비 정 기 비 평 무 크 지

요즘비평들

#.01

#.01 요즘비평들

비 정 기
비평무크지

강 보 원
김 건 형
김 요 섭
김 정 빈
김 지 윤
노 태 훈
박 운 영
박 혜 진
이 병 국
이 　 소 지
이 　 은 한
조 　 대 한

자음과모음

서문을 대신하여

비평은 사후적이기만 한가, 아니면 작품에 선행하여 발화될 수 있는가. 이분법적으로 구획될 수 있는 것은 아니겠으나 비평은 작품을 떠나 쓰여질 수 없다는 통념이 비평을 대하는 태도 전반을 지배한다. 비평이 사후적으로 쓰여진다는 측면에 집중한다면, 작품 안에 깃들어 있는 의미를 분석하고 해석함으로써 작가와 독자를 잇는 가교 역할에 충실할 것을 요구할 수 있다. 당연하게도 비평의 기본은 작품에 있다. 그런 이유로 비평은 작품에 내재한 가치를 중시하고 그것을 결정짓는 발화에 집중할 필요가 있다. 그러나 그것이 전부일까. 작품의 행간을 조목조목 따져보는 것, 의미를 추출하여 고정하는 작업은 외려 비평의 생기를 제한하고 한계를 노정하는 지리멸렬의 증상 안에 비평을 가둬두는 편향에 불과한 것은 아닐까, 하는 의문이 제기된다. 그렇다면 비평은 작품에 선행하여 존재할 수 있는 것인가. 오래전부터 비평은 지식인의 전유물처럼 간주되었다. 문학이 나아가야 할 바를 모색하고 작품의 방향성을 지시하는 것이 비평이라고 인식되는 시기가 있었다. 무지한 민중을 이끌어 혁명을 향해 나아가자는 언술처럼 지식인 비평은 작품을 이끌고 세계의 변혁을 꿈꾼 적이 있다. 이를 비평의 사명감처럼 여기고 정치·사회적 현장 앞에서 기치를 드높인 것도 사실이다. 그것을 가능하게 하는 작품만을 선별하여 의미화하고 이후에 올 작품들 역시 그 안으로 포섭될 수 있도록 미리 길을 닦아놓기도 하였다. 어쩌면 작품에 선행하여 존재하는 비평이란 작품을 당대의 요구에 맞춰 특정하는 방식으로만 자신을 증명할 수 있으리란 추동의 결과는 아닐까, 하는 의문이 들기도 한다.

수다하게 반복되어온 문제 제기인지라 분명하게 정의할 수 없다는 것은 명약관화하다. 비평이 작품에 선행하기도 하며 사후적으로 맥락화되기도 한다는 절충적 입장을 취할 수밖에 없는 것은 그 두 가지 방향성이 결국 비평의 현재이기 때문일 것이다. 지식인-비평과 작가-비평의 논의가 꾸준한 것도 마찬가지인 셈이다. 그런 점에서 비평적 정념은 특정 작품을 해석하고 그 안에서 발견되는 사회적 의미를 기치로 내걸어 새로운 방향성을 모색하고자 하는 데 고착되었다고 말할 수 있다. 한편으로 비평은 이미 발표된 시와 소설 등의 작품과 그 작품을 읽는 데 도움이 되는 사회인 문학적 이론 등으로 이중 구속된 것처럼도 보인다. 게다가 비평을 수행하는 평론가는 문단과 학계에 이중적 지위에 놓여 있기도 하다. 그런 이유로 사람들에게 평론가 역시 글쓰기 노동자라는 사회적 위치는 간과되기도 한다.

　최근 몇 년, 문학장에서의 비평적 활동은 문학장 바깥의 사회적 문제를 민감하게 수용하면서 이를 언어화한 작품들을 선점하여 맹렬하게 소비하고 있다. 그 과정에서 개별 작품에 대한 해석과 작품 이전에 존재하는 사회적 이슈에 대응하는 방향을 모색하고 탐구함으로써 문학은 무엇을 해야 하며 어디로 나아가야 하느냐는 근본적인 질문을 던진다. 또한 비평을 수행하는 평론가의 노동자성에 관해서도 의문을 제기하고 있기도 하다. 그런 점에서 다종다양한 양태의 비평이 장을 형성하고 있는 것이 요즘 비평의 추세라고 할 수 있겠다.

*

　이 책은 요즘비평포럼이 2020년에 진행한 네 차례의 포럼 중 세 차례의 발제문을 싣고 있다. 요즘비평포럼의 첫 책이니만큼 요즘비평포럼에 관하여 언급을 하지 않을 수 없겠다.

　2018년 3월에 처음 활동을 시작한 요즘비평포럼은 오늘날 한국문학 비평장에서 주목을 요하는 주제와 작가, 비평가를 독자에게 소개하고 함께 토론하는 자리를 마련하고자 형성된 비평그룹이다. 요즘비평포럼은 2018년 3월 〈정체성 정치의 시대에 비평을 한다는 것〉이라는 포럼을 시작으로 2020년 1월까지 총 열한 차례의 포럼과 한 차례의 좌담회 및 집담회를 진행했다. 그 2년간 포럼에서는 정체성 정치, 페미니즘, 노동문학, 비평 주체의 다변화, 재현의 윤리, 비평의 물적 토대, 장르로서의 한국문학/비평, 최근 소설에 나타난 1인칭 서사의 성격, 역사적 기원에 대한 소설 쓰기 등 문학 비평의 화두를 두고 대화를 이어왔다.

2020년에는 김요섭, 김지윤, 박윤영, 이병국, 이은지, 조대한 평론가를 주축으로 재편되었고 그해 말에 김정빈 평론가가 합류했다. 한국문화예술위원회의 지원과 자음과모음, 교보문고, 소전서림의 후원을 받아 네 차례의 포럼을 진행했다. 1차 포럼은 2020년 6월 25일 〈전지적 1인칭 시점〉(사회 이병국)이라는 이름으로 교보문고 합정점에서 진행되었으며 강보원, 김건형, 박혜진, 조대한 평론가가 각각 발제문을 발표했다. 이 포럼은 2019년 3월에 개최된 요즘비평포럼 7차 〈1인칭의 역습〉의 후속 기획으로 최근 한국문학에서 '나'라는 자기 주체에 대해 질문을 던지는 작품을 살펴보았다. 1인칭 화자를 내세우는 최근의 소설들이 하나의 경향을 이루면서, '나'에 대해 질문하고, '나'가 무엇으로 구성되었으며, 될 수 있고 또 되고자 하는지를 고민한 결과물이라고 할 수 있다. 기성문단의 암묵적 합의의 공동체였던 '우리', 광장의 혁명에서 비롯된 '우리'가 결코 '하나'가 아니라는 각성과 경험을 통해 각 개별자로 하여금 '나'의 위치와 정체성을 새롭게 재구성하도록 만들었다.

2차 포럼은 2020년 9월 24일 〈남류 소설가 : 남성 서사 되묻기〉(사회 조대한)라는 이름으로 소전서림에서 진행되었으며 김요섭, 노태훈, 이소, 이은지 평론가가 각각 발제문을 발표했다. 이 포럼은 2010년대 중반부터 지속되어온 페미니즘 리부트 이후, 문학에서 여성이 재현되어온 방식에 대한 전면적인 성찰과 더불어 여성 서사는 양적·질적 팽창을 거듭하는 가운데 남성 서사는 찾기 어려운 현실을 반영하여 기획되었다. 과거 문단이 관행적으로 '소설가'로서의 보편적 정체성을 남성 일반으로 상정함으로써 파생되었던 '여류 소설가'라는 명명이 사라졌다는 사실은 오늘날 문학장의 변화를 명징하게 보여준다. 반면 이러한 문학장의 변화에 응답할 수 있는 남성 화자 및 남성 서사의 발명은 상대적으로 지연되고 있는 실정이다. 이는 여성 소설가들의 약진에 대비되는 남성 소설가들의 부진한 실적으로 이어졌다. 이처럼 젠더별로 문학성의 갱신에 시차가 발생하면서 나타나는 현상을 '남류 소설가'라는 전도된 용어로 갈음하여 살펴보았다.

3차 포럼은 2020년 10월 29일 〈르네상時 : 유동하는 시의 좌표〉(사회 허희)라는 이름으로 소전서림에서 진행되었으며 김정빈, 김지윤, 박윤영, 이병국 평론가가 각각 발제문을 발표했다. 이 포럼은 최근 시가 문화센터의 대중 강좌 및 SNS 등의 온라인 플랫폼을 통해 다양한 방식으로 대중과 만나고 창작, 소비되며 소통을 도모하는 고무적 현상과 달리 시의 소비적 행위가 비평의 공론장으로 확장되지 않는다는 점을 고민하며 기획되었다. 이는 어쩌면 시를 관습화된 예술의 전형으로 인식하고 실제의 삶과 괴리되어 이해된 측면이 있기 때문이 아닐까 하는 질문을 야기한다. 또한 시가 커뮤니티 중심으로 창작되고 소비되면서 폐쇄적 독자를 양산하는 것도 성찰되어야 할 문제로 지적되었다. 또한 미투 운동의 피해자가 고발하는 문학인 중 시인의 비중이 상당한 것도 주목하면서 시인이란 존재가 일종의 무형 상징 자본을 획득한 권력으로 작동한다는 것과 그러한 권력 작동 방식을 거부하는 방식의 새로운 시 창작 플랫폼이 형성되는 양상을 반성적으로 살펴보며, 시인은 어디에 있고 독자는 어디에 있는지, 시 창작과 소비, 비평은 어떤 자리에 놓여 있는지 그 좌표를 점검하고 진단했다.

4차 포럼은 2020년 11월 26일 〈리와인드, 요즘 이 비평〉(사회 김요섭)이라는 이름으로 소전서림에서 진행되었으며 박동억, 이지은, 임지훈, 장은정 평론가가 각각 간단한 발제문을 발표했다. 4차 포럼은 이전 3차까지의 포럼과는 달리 요즘비평포럼에서 2020년 한 해 발표된 글 중 주목할 만한 비평을 다시 읽고 논의를 확장해보자는 의도로 기획되어 발제 평론가들이 2020년에 발표한 글을 요약 및 정리하는 방식으로 진행되었다. '글쓰기-노동'이라는 의제에 관해 비평적 접근을 시도한 이지은 평론가의 글과 문단 내 노동환경에 대한 문제의식을 바탕으로 평단과 출판계의 욕망이 한 시인의 시를 오독하고 잘못된 방식으로 규정함으로써 발생한 피해 사례를 살펴본 장은정 평론가의 글, 그리고 한국문학의 포스트 뉴웨이브 경향을 살펴봄으로써 젊은 시인들의 세대 감각과 그 필요성을 모색한 박동억과 임지훈 평론가의 글 등을 살펴보았으나 새롭게 발제한 경우가 아닌 이유로 이번 책에는 4차 포럼과 관련된 글은 싣지 않기로 했다. 회차별 좀 더 자세한 사항은 보론과 본문을 읽어보길 바란다.

총 4차에 걸쳐 진행된 2020년 요즘비평포럼은 비평이 단지 작품을 해석하고 그 의미를 도출하거나 특정한 방향으로 문학의 방향성을 제시하는 것이 아닌 최근 문학의 경향을 분석하고 이를 바탕으로 문학장과 비평장의 변화 및 사회의 제반 환경 변화 등을 점검하는 자리였다고 평가할 수 있겠다. 특히 현장 비평가들이 주목하고 있는 일련의 이슈에 관해 공론화하고 함께 이야기함으로써 요즘 비평의 맥락을 작가, 비평가, 독자와 공유하는 뜻깊은 기회를 마련할 수 있었다. 다만 코로나19로 인해 제한된 인원으로 포럼이 진행된 부분은 아쉬움으로 남는다.

*

이 책은 2020년의 요즘비평포럼에서 다루고 있는 요즘 비평들의 기획 무크지라고 할 수 있다. 특히 2020년에 주목된 요즘 비평을 아우르고 있다는 점에서 전체를 총괄하는 관점이나 틀을 제시하기가 어려울 수도 있다. 다만 그만큼 다양한 논의가 문학장에서 이루어지고 있음을, 그리고 그것을 확장된 논의의 장으로 요청할 필요가 있음을 환기하는 데 의의가 있다고 할 수 있겠다.

그런 의미에서 첫 번째 무크지의 키워드는 '시점(point of view)'으로 정했다. 물론 1, 2차 포럼에서 화자로서의 '나'와 남성 화자에 주목했듯이, 소설에서의 시점을 뜻하기도 한다. 하지만 한 해간 '요즘'의 시각으로 우리 문학을 살펴보았던 요즘비평포럼의 시점이라는 의미가 더 크다. 프랑스어 사전 『Le Robert』의 정의에 따르면 시점은 '어떤 대상을 잘 볼 수 있게 자리를 잡는 장소'라는 의미를 담고 있다. 요즘비평포럼이 이처럼 비평의 현장을 조망하기 위한 자리, 공통의 비평장을 마련하려 했다는 의미를 담고 있기도 하다. 지난 네 차례의 포럼 행사를 포함하여 이 책이 2020년 문학에 대해 잘 살펴볼 수 있는 장소가 되기를 바란다.

어떤 점에서 요즘비평포럼은 비평의 작동 방식에 관해 도입 부분에서 제기한 의문에 관한 대답을 하는 자리인지도 모르겠다. 다양한 양태로 문학과 비평의 맥락적 관계를 살펴보고 그 의미를 모색하는 요즘비평포럼의 작업이 앞으로도 계속될 수 있기를 희망한다. 비평장에 관한 공적 논의가 활성화될 수 있도록 자리가 꾸준히 허락된다면 우리는 좀 더 다층적인 비평의 양태를 마주할 수 있게 되리라 기대할 수 있을 것이다.

다행히 2021년 현재에도 요즘비평포럼은 여러 주제로 행사를 지속하고 있는 만큼 '요즘비평들'은 내년에도 이어질 거라 믿는다. 당연하게도 여기에는 아주 소중한 도움이 필요한데 그 몫을 톡톡히 해주신 분들께 감사를 표하고자 한다.

요즘비평포럼 패널로 참여하여 발제를 맡아주신 평론가분들과 이 책의 출간을 흔쾌히 허락한 자음과모음 측에 감사드린다. 앞으로도 지속적인 관심과 후원을 요청하는 바이다. 더불어 이 책을 읽고 계신 독자 및 동료 작가분들에게도 감사드린다.

2021년 10월
필자들을 대신하여 이병국 씀

차 례

1부

전지적 1인칭 시점

보 론

2020년 1차 요즘비평포럼 〈전지적 1인칭 시점〉은 2019년 3월 개최된 7차 요즘비평포럼 〈1인칭의 역습〉의 주제와 논의를 이어받은 것이다. 최근 한국문학에서 1인칭 화자가 두드러지는 경향은 '나'가 무엇으로 구성되었고, 될 수 있고 되고자 하며 되어야 하는지를 고민하며 '나'를 향해 질문을 던지는 양상을 보인다. 이는 '나'라는 존재를 사회적 합의를 거친 공동의 '우리'로 수렴하기보다 고유한 단자적 주체로 상상하려는 노력이기도 하다. 사회적으로는 광장의 경험을 통해 '우리'가 결코 하나가 아니었으며 그럴 수도 없고 또 그래서도 안 된다는 역설적인 깨달음이 도래했고, 문학계에서는 표절 스캔들과 페미니즘 리부트로 이어지는 일련의 흐름 속에서 문단이라는 암묵적 합의의 공동체에 대한 근본적인 회의가 있어왔다. 1인칭 글쓰기는 이러한 상황 속에서 우리 바깥의 나, 우리 이전/이후의 나에 대한 사유이자 실험으로서 주목할 만한 것이다.

〈1인칭의 역습〉이 그러한 현상을 포착하고 조망하는 자리였다면, 〈전지적 1인칭 시점〉에서는 그에 대한 전략과 실천으로서 최근의 1인칭 화법들을 구체적으로 살펴보고 있다. '나'가 어떻게 말하게 할 것인가, '나'를 통해 무엇을 말할 것인가에 대한 모색은 결국 나를 들여다보는 것에 그치지 않을 뿐만 아니라 나와 타자, 나와 세계의 관계를 달리 보거나 새로이 정립하는 계기로 나아가는 듯하다. 이때 기성 질서에 대한 반대급부로서 여성/퀴어 주체의 발화가 두드러지는 한편, 현실과는 다른 논리와 규범으로 작동하는 가상의 공간에서 1인칭 주체의 발화를 수행하는 것 또한 흥미로운 대목이다.

이에 대한 메타적인 비판 또한 공존하고 있다는 점은 특기할 만하다. 공동체가 무화되는 지점에 무수한 나를 비롯하여 그것의 무한한 연결이 자리를 차지하게 되는 오늘날의 모습은 보편적이고 총체적인 것이 불가능한 포스트모던한 세계의 이미지 그 자체라고 할 수 있다. 한편에는 이러한 세계를 근대 이후이자 근대의 대안으로 긍정하고 적극적으로 사유하는 흐름이 있는가 하면, 다른 한편에는 이러한 현실이 근대의 그림자이자 연장이며, 근대의 과오를 내밀하게 반복하고 있는 것일 수도 있으며, 따라서 이러한 관점에서 현실을 통찰함으로써 궁극적으로 근대의 기획을 완성시켜야 한다는 주장이 존재한다. 1인칭 글쓰기에 대해서도 이러한 양가적인 입장들이 충돌하는 모습이다.

강보원 평론가의 「아주 조금 있는 문학」은 스스로를 무효화함으로써 자기 바깥의 다른 모든 것들을 가로지르고 무효화시키는 문학성, 즉 문학의 보편성에 천착한다. 그의 작업은 이러한 보편적 문학성을 현실과 괴리되는 것 내지 현실을 외면하는 것으로 판단하고 현실의 정치적 변화에 맞춰 끊임없이 변화하는 실천적 문학성을 문학적인 것으로 승인하려는 최근의 움직임들을 비판적으로 검토한다. 특정한 실천에 한정되지 않음으로써 다른 모든 것을 가로지를 수 있는 기존의 보편적 문학성과 달리 실천적 문학성은 새로움이라는 수사 아래 기존의 것과 시간적으로 단절하고 기존의 것을 배제할 뿐만 아니라, 현재의 층위에서 논의되는 것들이 기존에는 배제되고 인정받지 못했음을 불가피하게 승인하게 된다는 것이다. 같은 맥락에서 1인칭 화법이 '나'를 특권화하고 '나'를 경유하지 않는 것을 배제하는 과오를 반복할 수 있음을 지적한다.

한편 김건형 평론가는 「한국 퀴어 소설에 나타난 자기 반영적 서술 전략」에서 최근의 1인칭 퀴어/페미니즘 소설들을 몇 가지 공통된 전략으로 범주화하여 두루 살펴보고 있다. 그는 소설의 재현이 세계를 투명하고 총체적으로 반영한다는 기존의 리얼리즘이 그 시효가 다했음을 진단하며, 재현의 주체와 대상을 끊임없이 의식하고 반영하는 '재현의 리얼리즘'이 최근의 소설들을 관통하고 있음을 읽어낸다. 가령 1인칭 화자의 고백체는 재현의 대상에 대해 권위적이고 위계적인 위치를 독점해왔던 화자가 아니라 이를 적극적으로 의식하고 다시금 재현의 대상으로 갱신하며 심문하는 자기 반영적이고 순환적인 화자의 모습을 보여준다. 규범적 역사와 그로부터 훈육된 재현의 위계로부터 탈각하여 자신의 생애를 다시 읽고 다시 쓰는 화자들 또한 전면에 대두된다. 이러한 재현 전략은 현재의 맥락 속에서 적극적인 읽기를 구사하는 독자들의 수행과도 유사점을 보이는 한편 서사 안팎으로 서로 영향을 주고받는다. 혹은 어떻게 재현할 것인가/재현하지 않을 것인가에 대한 화자의 자의식이 현실에 대한 적극적인 수행이자 자기 윤리로 작동함으로써, 현실의 반영으로서의 재현이 아니라 현실에 개입하고 적극적으로 말을 거는 재현이 서사 전략적으로 효력을 발휘하고 있음을 포착한다.

그런가 하면 박혜진 평론가는 「부스러기의 역습: 유계영, 『이런 얘기는 좀 어지러운가』」에서 유계영의 시집을 경유하여 1인칭 화법이 전체론적 사고를 탈피하고 부분과 부분을 연결하는 다원적이고 확장적인 사고를 실험하는 전략으로써 유효함을 보여준다. 타자가 개입하고 관여하며 구성되는 공동체적 세계관과 보편적 진실은 과거의 사고방식일 뿐 아니라, 다양한 사고와 다양한 진실이 공존 가능하게 된 오늘날의 관점에서 보았을 때 그 자체로 무수한 부분 중 하나로 정의될 수 있다. 같은 맥락에서 유계영의 시는 부분에서 전체로 나아가는 것이 아니라 부분이 곧 전체를 이루며 연결되어 상호작용하고 무한히 확장되는 세계관을 잘 보여준다. 이때 이러한 세계를 작동시키는 것은 '나'를 부분이자 전체로 바라보는 전지적 1인칭 화자이다.

조대한 평론가 또한 「21.2세기 시인들의 세계」에서 최근 시들이 구사하는 1인칭 화법으로부터 일관된 경향을 발견한다. 그에 따르면 최근 시의 1인칭 화법은 현실을 온전히 재현하는 것도, 현실과 무관하게 작품 내적으로 완미한 세계를 구현하는 것도 목표로 하지 않는다. 시인과 화자의 경계를 허무는 1인칭 화법은 시와 현실의 경계 또한 무너뜨리며 시와 무관하게 작동하는 현실도, 현실의 침범을 받지 않는 시도 불가능한 세계를 직조한다. 플레이어의 행동 양태가 고정되어 있는 게임 속 시스템을 전지적으로 관조하고 이에 불응하는 1인칭 화자들은 세계-내-존재의 존재론적 전회에 닿아 있는 것처럼도 보인다. '나'를 비롯하여 '나'가 속한 세계를 관조하는 1인칭 화자의 전지적 시선은 현실의 논리에 얽매인 '나'의 시선보다 시점상의 우위를 점함으로써 현실에 선행하는 가상의 지침이 되어주기도 한다. 즉, 게임과 같은 가상세계를 살아가는 캐릭터를 관조하고 조작하는 플레이어의 시점에서 얻어지는 인식과 경험에 기대어 현실과 그곳의 자아에 대한 이해 또한 도출되는 것이다.

아주 조금 있는 문학

강보원

1

데리다는 한 텍스트에서 "문학은 거의 없거나 있어도 아주 조금 있다"[1]고 썼다. 데리다가 어떤 맥락에서 이렇게 썼는지와는 별개로, 이 말의 흥미로운 지점은 이 문장에서 그가 문학의 정의를 양적인 측면에서 접근하고 있다는 것이다. 어떤 대상, 특히 가시적으로 포착하기 어려운 대상을 양적으로 표현할 때 생기는 이점은 그것을 실제로 눈에 보이고 공간을 차지하는 구체적 양상 속에서 파악할 수 있다는 것이다. 또한 보이지 않는 대상에 대한 양적인 측면에서의 접근은 그 대상 자체의 비가시성 때문에, 혹은 그 대상의 보이지 않음을 보려고 하는 노력 때문에 함께 보이지 않게 되는 다른 가시적 부분들을 볼 수 있게 해준다. 문학에 대해 말하자면 그것이 보이지 않게 되는 경우는 우리가 문학이라는 개념 자체, 혹은 문학성 혹은 문학의 본질과 같은 추상적인 성질을 파악하려고 노력할 때이다. 그렇다면 그것과 함께 가시성의 영역에서 사라

---

1 Jacques Derrida, *Dissemination,* trans. Barbara Johnson, University of Chicago Press, 1981, p. 223 ; 강우성, 「해체, 해석, 문학 : 데리다와 윤리」, 『영미문학연구』 2005년 제8호, 15쪽에서 재인용. 이 글의 데리다에 대한 인용은 강우성의 논문을 기반으로 했다.

지는, 원래 비가시적이지만은 않은 부분들은 무엇인가? 바로 문학성을 이루는 개별 문학 작품들, 문학성이나 문학의 본질을 이루는 바로 그 표면이다. 그리고 다시 생각해보면 문학은 그 표면의 가시성에 의해 양적으로 표현될 수 있는데, 예컨대 어떤 문학은 다른 문학보다 더 많이 팔리며 그러므로 실제로 더 많이 존재한다.

그런데 문학을 이렇게 양적으로 접근할 수 있다고 했을 때 데리다의 저 말에는 어딘가 이상한 지점이 있다. 왜냐하면 문학을 양적으로 파악한다면 그것은 꼭 거의 없거나 있어도 아주 조금 있는 정도는 아닌 것처럼 보이기 때문이다. 오히려 문학은 생각보다 훨씬 많이, 도처에, 흘러넘치듯이 있는 것이 아닌가? 어쩌면 데리다는 문학이라는 말로 원래는 가시적이지 않은 문학의 본질이나 문학성 같은 것을 뜻했기 때문에, 이 구절이 이상하다고 느껴지는 것은 단지 표현상의 오해 때문일지도 모른다. 그런데 이는 내가 인용한 데리다의 문장에서 흥미를 느낀 두 번째 이유이기도 하다. 왜냐하면 텍스트에 있어 단지 표현상의 오해 같은 것은 없다고 하는 것이 바로 데리다 자신의 주제이기 때문이다. 그리고 설사 그러한 오해가 때에 따라서는 있을 수 있다고 하더라도 이 텍스트 자체는 그 안에 단지 오해만으로 넘길 수 없는 어떤 진동을 내포하고 있다. 나는 "문학은 거의 없거나 있어도 아주 조금 있다"는 데리다의 구절을 부분적으로만 인용했는데, 이 구절의 앞뒤로 데리다는 내가 꼭 생각하는 바는 아닌 방식으로 문학을 표현하고 있다.

문학은 자신의 제한 없음으로 인해 스스로 무효화된다. 만일

문학에 대한 이 지침서가 무언가를 말하고자 하고 우리에겐 이제 그 점이 어딘가 석연치 않다면, 그것은 무엇보다도 문학은 거의 없거나 있어도 아주 조금 있다는 것, 어떤 경우에도 문학의 본질, 문학의 진리, 문학의 문학적 존재 혹은 문학적임은 없다는 것을 분명히 보여줄 것이다.[2]

인용된 첫 문장에서 데리다는 먼저 문학이 스스로 무효화되는 것이라고 쓴다. 그리고 그 뒤에 "문학은 거의 없거나 있어도 아주 조금 있다"는 바로 그 구절이 등장하는데, 이 구절은, 적어도 그 자체로는, 어쨌든 그 무효화의 과정이 완전하지 않을 수 있으며 거기에 어떤 잔여가 존재할 가능성을 남겨두는 것이다. 다만 그 가능성은 뒤에 따라오는 구절들이 형성하는 맥락에 의해 곧바로 취소된다. 그런데 그것이 취소되는 방식은 여전히 어떤 애매함을 가지고 있다. 데리다가 "거의 없거나 있어도 아주 조금 있"다고 말하는 대상, 즉 무효화와 그것의 잔여가 대립하는 장소는 어떤 수식어도 없는 "문학"이다. 반면에 이 대립을 유사하지만 조금 다른 맥락 속에서 취소시키는 문장들에서 그가 "어떤 경우에도" 없다고 강하게 단언하는 것들은 훨씬 더 직접적으로 비가시적인 대상들인 "문학의 본질, 문학의 진리, 문학의 문학적 존재 혹은 문학적임"이다.

그러므로 첫 번째로 여기에는 어떤 어긋남이 있다. 양적이며 그러므로 보이는 것으로서의 문학과, 양적이지 않으며 따라서 보이

<hr />

2   강우성, 앞의 글, 같은 쪽.

지 않는 그것의 본질, 진리, 기타 등등과의 어긋남. 두 번째로 이 어긋남을 경유해서 취소되는 것은 단지 데리다의 문장 속에서 문학이 순간적으로 가졌던 "거의 없거나 아주 조금 있"는—그 양적인 희박함 때문에 오히려 더 강렬해지는—실체성뿐만이 아니라 그러한 실체성을 무심결에 포착했던 양적인 접근 방식 자체이다. 따라서 이 애매함을 피하기 위해 위의 인용구에서 "문학"에 대해 직접적으로 서술하고 있는 두 구절만 떼어 와 나란히 놓는다면 아래와 같은 대립이 선명하게 보이게 된다.

> 1) 문학은 자신의 제한 없음으로 인해 스스로 무효화된다.
> 2) 문학은 거의 없거나 아주 조금 있다.

그렇다면 우리는 이 대립으로부터 조금 다른 질문을 던질 수 있다. 문학의 양적인 실체성은 왜 이러한 애매한 방식으로, 다시 말해 취소되지 않는 방식으로 취소되어야만 했을까? 그리고 문학에 대한 양적인 접근과 대립하는 문학의 무효화가 "자신의 제한 없음"에 의한 것이라고 한다면 그 "제한 없음"은 이 무효화와, 그리고 동시에 거부된 것으로서 그것의 잔여와 어떤 관계를 맺고 있는가?

2

우선, 현대의 문학적 글쓰기는 다른 용례들 중의 하나 그 이상으로 충분히 가세가 기저라고 부른 텍스트성의 일반적 구조에 다가갈 수 있는 특권적 지침일 수 있다. 문학이 언어로 "행하는" 일은 어느 정도까지는 법적 용어처럼 법칙과 공유할 수 있는 그다지 특별하달 것 없는 계시적 힘을 갖고 있다. 그러나 그 힘은 하나의 특정한 역사적 상황—정확히 표현하면 우리 자신의 시대를 말하는바 그 때문에 우리는 또 한 번 '문학의 문제'로 고심하며 자극받고 소환되는 것이기도 하다—에서 글 일반, 나아가 글의 해석에 관한 철학적 혹은 과학적—예컨대 언어학적—한계에 대해 더 많은 것을, 심지어 '본질적인' 것을 가르쳐준다. (……) 문학은 위반하고 변환시키는 일에, 그리하여 글쓰기의 바탕이 되는 법을 생산하는 일에, 혹은 더 정확히 말해서 바로 그 근본 바탕의 가능성이 적어도 '허구적으로'라도 도전받고 위협받고 해체되며 불안정함 그대로 현전하게 되는 담론의 형식들, '작품들'과 '사건들'을 생산하는 데 기반을 둔 제도이다.[3]

이 글에서 데리다는 "다른 용례들 중의 하나"이자 "어느 정도까지는 (……) 그다지 특별하달 것 없는 계시적 힘을 갖"고 있는 문학이 어떻게 우리의 시대적 상황 속에서 "글쓰기의 바탕이 되는 법을 생산"함으로써 텍스트 일반에 대해 "본질적인" 것을 가르쳐주

---

3 자크 데리다, 『문학의 행위』, 데릭 애트리지 엮음, 정승훈·진주영 옮김, 문학과지성사, 2013 ; 강우성, 앞의 글, 12쪽 재인용, 번역 수정.

는 제도로 인식될 수 있는지에 대해 다루고 있다. 그것은 언제나 얘기되었듯 문학이 가진 "위반하고 변환시키는" 기능에 근거하고 있다. 일차적으로 문학은 문학 자신이 설립한 실정성조차도 배반하므로 실정적으로는 말해질 수 없는 것이다. 그런데 이와 같은 특성만으로는 왜 문학의 "무효화"를 초래하는 것이 그것의 "제한 없음"인지를 설명하기에 부족하다. 문학이 결정적으로 "무효화" 되는 것은 문학이 가진 이 "위반하고 변환시키는" 기능이 단지 문학이라는 담론 내부에서만 작동하는 것이 아니라 오히려 문학이 문학이라는 실정성을 무너뜨리는 방식으로 텍스트 일반의 실정성을 무너뜨릴 수 있다고 가정될 때이다. 정확히 이 모든 담론에 적용되는 특성으로의 확장의 순간에, 단지 특정한 규칙이 아니라 상이한 규칙들의 체계가 공유하고 있는 규칙 그 자체의 불가능성을 가로지르는 역량을 획득하기 위해서 문학은 "다른 용례들 중의 하나"일 수 없고, 말하자면 자신의 몸을 버려야 한다. 텍스트 일반에 대해 본질적인 것으로서 동시적으로 모든 곳에 존재하기 위해서 문학은 비가시적인 것이 되어야만 하기 때문이다.

즉, 문학의 무효화는 보기와 다르게 문학을 사라지게 하는 것이 아니라 어느 곳에나 존재하게 만드는 것이다. 그것은 양적 축소가 아니라 양적인 접근에 대한 거부이며, 그러한 한에서만 가능한 편재의 욕망을 지시한다. 기본적으로 알려진 것에 대한 알려지지 않은 것, 혹은 알려질 수 없는 것의 우위라는 노선을 따르는 이 논변은 문학의 본질에 대해 얘기할 때 빠지지 않는 것에 속한다. 예컨대 신형철이 "한 사회를 지배하는 여러 종류의 판단 체계―정치

적 판단, 과학적 판단, 실용적 판단, 법률적 판단, 도덕적 판단 등
등 — 를 무력화하는 '문학적 판단' 기능"[4]에 대해 말할 때도 그의
요점은 동일한 데에 있다. 그가 강조하는 것은 문학이 어떤 독자적
판단 체계를 이룬다는 지점이 아니다. 그가 문학의 역량을 발견하
는 것은 문학이 그러한 독자적 판단 체계를 넘어서는 지점, 그 문
학적 판단이 "어떤 지배적인 판단 체계로도 파악할 수 없는 진실
이 있음을 고지하면서 사건을 특정 판단 체계의 권력으로부터 회
수하여 모든 것을 근본에서부터 다시 사유하도록 만든다"[5]고 말
할 때다.

　여기에서 두 가지 생각이 작동하고 있다. 문학적 판단이 다른 모
든 판단의 결과들을 무화시킬 수 있으므로 그것들을 관통하는 특
권적 자리에 있다는 것(그러므로 문학은 "다른 용례들 중 하나 그 이상"
의 글쓰기라는 것), 그리고 그러한 특권적 자리에 있을 수 있는 이유
는 문학이 특정한 판단을 내리는 것이 아니라 오히려 그 판단들을
"무화"시키는 역할에 머물기 때문이라는 것이다. 신형철이 말하
는 "문학적 판단"의 기능은 "모든 것을 근본에서부터 다시 사유하
도록" 만드는 것이지 스스로의 사유로부터 어떤 판단을 이끌어내
는 것은 아니다. 김연수가 "이 사람 말과 저 사람 말이 달라서 모

4　신형철, 「'윤리학적 상상력'으로 쓰고 '서사윤리학'으로 읽기: 장편소설의 본질과 역할
　에 대한 단상」, 『문학동네』 2010년 봄호. 신형철의 이 글과 뒤의 김연수의 문학론에 대
　한 인용은 인아영, 「시차(時差)와 시차(parallax): 2010년대의 문학성을 돌아보며」, 『문
　학과사회 하이픈』 2019년 가을호에서 재인용한 것이다.
5　같은 글, 579쪽.

순이 생길 때 비로소 진실을 볼 수 있다는 관점"[6]을 자신의 문학론으로 택할 때도 유사한 관점이 제시된다. 모순이란 결국 어떤 것을 일관성 속에서 알 수 없게 되는 지점이다. 그 모순을 직접적인 진실로서 회수할 때, 그러니까 그 부정성 자체를 문학의 판단과 일치시킬 때 그것은 판단이 아니라 비-판단이며 생각이 아니라 비-생각이다. 그러므로 그것들은 특정한 것이 아니며 모든 판단과 생각을 가로지르는 어떤 것이 될 수 있다. 다시, 문학은 모든 것에 대한 모든 것이다. 그러한 비-판단과 비-생각이 어떤 실정적인 진실로서 전환되는 한에서 말이다.

그런데 우리는 처음에 문학이 스스로 무효화된다는 말이 문학이 "거의 없거나 아주 조금 있다"는 양적인 접근과 직접적으로 대립된다는 독해에서부터 시작했다. 즉, 이러한 무효화가 양적인 접근을 거부하는 것이라고 읽을 때, 무효화의 논리 자체가 양적인 접근 혹은 그것이 초래할 어떤 결과에 대한 **방어**라는 측면에서 읽을 때 우리에게 다시 보이는 것이 있다. 만약 무효화의 논리가 역설적으로 문학의 존재를 보증해주는 가장 확실한 방안이라고 한다면, 반대로 양적인 접근은 바로 그 존재를 가장 취약하게 만들 것이다.

앞에서 인용된 글을 좀 더 발전시킨 다른 글[7]에서 신형철이 봉착하는 난관은 우리에게 바로 그 취약성이 무엇인지 알려준다. 소설의 인식적 가치를 옹호하는 논변들로부터 시작하는 이 글에서

6   김연수, 문학동네 팟캐스트 〈문학이야기〉, 제4회 part 2.
7   신형철, 「신은 소설을 읽지 않는다: 소설에서 '인식'과 '윤리'에 대하여」, 『문학동네』 2016년 겨울호.

신형철은 분명히 "모든 것을 근본에서부터 다시 사유하도록" 만드는 부정적 능력보다 훨씬 더 많은 것을 소설로부터 도출하려고 한다. 예컨대 "그럼에도-살아-감"[8]이라는 소설의 응답은 분명히 하나의 입장이다. 그러나 그런 시도에 착수하자마자 그는 어떻게 그런 식의 구체적인 인식이 소설에 고유한 것일 수 있는지에 대한 문제제기에 맞닥뜨린다. 왜냐하면 입장이라는 것은 그것이 명시적으로 표현되는 한 전적으로 접근 가능하며 교환 가능한 하나의 진술이 될 수밖에 없기 때문이다. 그렇다면 그 진술은 결코 "한 사회를 지배하는 여러 종류의 판단 체계(……)를 무력화하는" 보편적인 것이 될 수 없다. 심지어 하나의 입장을 채택함으로써 문학은 자신이 채택한 바로 그 입장과의 관계마저도 박탈당하는 것처럼 보인다. 왜냐하면 그 입장이 다른 경로로도, 예컨대 이론적인 방식으로도 접근 가능한 것인 이상 문학은 "이론적으로 얻어진 통찰을 예시하는 것 이외에 어떤 기능을 가질 수 있단 말인가?"[9]라는 물음에 언제나 노출될 수 있는 것이며 그 물음은 문학의 고유성을 박탈하는 것처럼 보이기 때문이다. 바로 이러한 취약성 때문에 신형철은 이 글의 시작에서 그가 "소설'만' 할 수 있는 일이 무엇인지를 쓰면 제일 좋을 텐데, 아직은 역부족이라서, 소설'도' 할 수 있고 특히 좀 더 잘하는 일에 대해 써보기로 한다"[10]며 소설에 고유한 것을 찾는

---

8 같은 글, 579쪽.
9 카이 함머마이스터, 『독일 미학 전통』, 신해경 옮김, 이학사, 2013, 266쪽 ; 신형철, 앞의 글, 571쪽 재인용.
10 신형철, 앞의 글, 566쪽.

작업으로부터 결정적으로 물러서야만 했던 것이다.

　그러므로 이렇게 말할 수 있다. 문학이 스스로 무효화된다는 정식화는, 그러한 정식화를 받아들임으로써 모든 텍스트의 불가능성의 층위에 편재하고자 하는 욕망임과 동시에, 그러한 정식화를 받아들이지 않았을 때 마주해야만 하는 더 끔찍한 무효화에 대한 방어라고 말이다.

3

　　그러나 과연 이 문학의 편재성은 우리가 끝끝내 고수해야만 하는 것일까? 이와 관련해 오규원은 참고할 만한 방향을 던져준다. 그는 『날이미지와 시』에서 "문학이란 인간이 할 만한 일 가운데 하나인 것은 틀림없지만 할 만한 일 가운데 하나에 불과하다"고 말한다.[11] 내게 이 말은 아주 중요한 것으로 느껴진다. 왜냐하면 그는 실제로 문학을 세계의 많은 일들 중 하나로 보고 있기 때문이다. '할 만한 일 가운데 하나'로서의 문학은 결코 독점적으로 중요한 자리를 요구하지 않는다. 동시에 그것은 어떤 한계를, 모든 것이 아닌 어떤 것으로서의, 정확히 한 부분으로서의 문학이 가질 수밖에 없는 한계를 암시하기도 한다. 만약에 문학이 모든 것을 할 수 있다면, 문학이 모든 것을 모든 방식으로 말할 수 있

11　오규원, 『날이미지와 시』, 문학과지성사, 2005, 146쪽.

게 하는 제도라면 문학은 단지 할 만한 일들 중 하나일 수 없을 것이다. 문학은 바로 그 일이 되었을 것이다. 조금 말을 바꿔보자. 문학이 하나의 생각이라면, 문학은 할 만한 생각이지만 세계에 많은 할 만한 생각 중 하나일 뿐이다. 이것은 또다시 두 가지를 말해준다. 문학은 어떤 특정한 생각이다. 또 그 생각은 다른 생각들 속에서만 존재하는 것이다.

여기서 오규원이 거부하는 것은 정확히 "현대의 문학적 글쓰기는 다른 용례들 중의 하나 그 이상"이라고 말하고자 하는 욕망이다. 그는 문학적 글쓰기를 "다른 용례들 중의 하나"로 한계 짓고자 하며, "그 이상"으로 나아가는 계단을 밟지 않는다. 그 계단을 오르는 순간 고정된 육신을 벗을 수 있는 바로 그 계단을 말이다. 그것은 그가 어떻게 『현대시작법』(문학과지성사, 2017)이라는 책을 쓸 수 있었는지를 말해준다. 현대시를 어떤 체계적인 방법에 의해 분석할 수 있고 쓸 수 있다고 주장하는 이 책은 그것이 문학의 부정성과 맞닿아 있는 신비성을 해체하는 바로 그 기능 속에서 어떤 유일한 시론이 된다. 그리고 이는 분명히 우리가 용기라고 불러야 할 태도를 함축한다. 물론 우리는 신형철에게도 용기가 있었다고 평가해야 할 정당한 이유가 있다. 왜냐하면 그는 자신이 봉착한 모순 앞에서 물러서는 이유를 "소설을 좋아하기 때문에 소설이 중요한 것이 되기를 바라"[12]기 때문이라고 솔직하게 쓸 수 있었으며, 그 물러섬을 전제한 채로 소설에 대해 사유하려는 시도를 멈추지 않았

12 신형철, 앞의 글, 571쪽.

기 때문이다. 그러나 오규원에게서 발견하는 것은 그것과는 다른 종류의, 어쩌면 반대되는 종류의 용기이다. 그것은 일차적으로 내가 좋아하는 것이 중요하지 않을 수도 있다는 사실을 인정하는 종류의 용기이다. 그러나 보다 엄밀히 말하자면 그것은 어떤 대상을 그것의 한계 속에서 사유할 수 있는 용기이다. 그런데 무언가를 한계 속에서 사유하는 것은 사실상 그것을 사유할 수 있는 유일한 방법이므로 이 용기는 더 간단히 사유할 수 있는 용기라고 말할 수도 있다.

요컨대 우리는 담론의 한 부분으로서의 문학을 사유할 수 있어야 한다. 그런데 문학의 무효화가 초래하는 결과들에 대한 비판이 곧바로 그것의 말하지 않음, 사유하지 않음에 대한 비판으로 이어지는 것은 아니다. 문학의 무효화를 비판하면서 동시에 문학의 "제한 없음"을 다시 주장하는 또 다른 방식이 있다. 그것은 요약하자면 문학성의 상대성에 기대어 단절에 기반한 새로움이라는 가치를 중요시하는 경향이다.

조강석의 글[13]로부터 촉발된 논의에서 그 일면을 확인할 수 있다. 이 글에서 조강석이 인용하는 랑시에르 자신은 예술의 실효성이라는 것에 대해 애매함이 없지 않은 태도를 취하고 있다. 가령 그는 예술이 가질 수 있는 실효성이 분명히 있다고 얘기하면서도 그것은 작가가 그에 대해 의도하지 않았을 경우에만 가능하다고 단언하며 창작자-작품-감상자의 직선적 연결을 끊어내고자 한다.

---

13 조강석, 「메시지의 전경화와 소설의 '실효성'」, 『문장 웹진』 2017년 4월호.

사실 『해방된 관객』의 상당 부분이 이 직선적 연결에 대한 비판에 할애되고 있다.

> 예술은 불쾌하기 짝이 없는 것들을 우리에게 보여줌으로써 우리를 반항적으로 만들 수 있다고 가정된다. 예술은 작업실이나 미술관 바깥으로 움직인다는 사실을 통해 우리를 동원할 수 있다고 가정된다. 예술은 스스로 이 체계의 요소임을 부인함으로써 우리를 지배 체계의 반대파로 변모시킬 수 있다고 가정된다. 예술가가 서투르거나 수신인이 어쩔 수 없는 자라고 가정할 수 있을지 모르겠지만, 원인에서 효과로, 의도에서 결과로 가는 이행은 늘 명증한 것으로 상정된다. (……) 이를 예술의 실효성에 대한 교육학적 모델이라고 부르자.[14]

 랑시에르가 비판하는 "교육학적 모델"의 핵심은 특정한 예술 작품이 어떤 정치적인 전언이나 효과를 노리고 있는가 그렇지 않은가에 달려 있지 않다. 중요한 것은 어떤 예술 작품이 제대로 만들어졌다면 그것은 관객에게 특정한 효과를 낼 수 있다는 믿음에 대한 것이다. 그 믿음이 아무리 "중립적" 혹은 "미학적"이라 하더라도 그러한 믿음이 이미 "교육학적"인 것이다. 이러한 비판의 목표는 예술의 특정한 비판적 개입에 대한 욕망, 그리고 예술이 비판적 개입을 할 때 자신을 교육자의 위치에 놓고자 하는 욕망에 제한을 두고

---

14 자크 랑시에르, 『해방된 관객』, 양창렬 옮김, 현실문화, 2016, 74쪽.

자 한 것이다. 하지만 그 요지를 끝까지 밀고 갔을 때 그것은 사실상 예술 작품 그 자체를 두고서는 어떤 내적 실효성도 논할 수 없다는 말과 같다. 이는 부분적으로 랑시에르가 미학적 실효성이 예술의 범위를 한참 넘어선다고 말한 이유이다. 그는 예술이 "시공간의 나눔과 감각 제시 방안에 기인"하는 정치를 수행하며 "이 틀 안에서 예술가들의 전략이 존재한다"고 말하지만 그럼에도 끝내 "이 효과가 미학적 단절을 거치는 이상 그것에 대해서는 규정 가능한 어떤 계산도 하기 어렵다"[15]고 단언한다. 이 단언은 그가 말하는 미학적 실효성이 통상적 의미의 효율성으로 읽히지 않도록 하기 위해 필수적인 것이다. 효율성이란 원인과 결과를 이어주는 바로 그 매개이기 때문이다.

하지만 조강석은 이러한 실효성 개념을 그 불안 속에 둔 채로 그것의 한계와 역량 속에서 사용하는 대신, 그것을 통상적인 의미의 "효율성"과 일치시킨다. 예컨대 그뢰즈의 그림을 두고 그의 그림에 나타나는 어떤 결함이 "전언을 전달하는 데 오히려 **방해**가 될 수도 있음을 지적"[16]하는 디드로를 인용하며 "그 결과 감상자에 대한 작용과 효과의 측면에서도 **비효율적 오류**를 범할 수 있음을 생각해보게 한다"[17]고 얘기할 때 이는 뒤에 배치될 "실효성"의 공간과 그 성격을 이미 한정하는 것이다. 그리고 그러한 한정 속에서 정치적 올바름이라는 알려진 것을 그대로 형상화하는 미술 작품과, 베이컨

15 같은 책, 93쪽.
16 조강석, 앞의 글.
17 조강석, 앞의 글.

의 "기괴한" 그림을 대립시키며 예술의 실효성을 얘기할 때 그는 랑시에르가 의도한 것과는 다르게, 다시 한번 알려진 것과 알려질 수 없는 것, 판단 중지의 역량으로서의 미학이라는 대립 속으로 문제를 가져간다. 그와 함께 미학적 실효성이라는 개념, 작품과 독자 양쪽에 외밀한extimate 것으로서의 거리를 취하는 그 개념은 그것에 고유한 거리를 상실하고 작품의 내적 평가에 대한 측량의 기준으로, 작품-정동의 직선적 관계를 매개하는 다리로 기능한다. 그러므로 조강석의 논리는 또한 정확히 랑시에르가 "예술의 실효성에 대한 교육학적 모델"이라고 부른 것에 수렴한다. 여기서 판단을 무화하는 것으로서의 미학적 역량은 그 자체로 진실이 되지는 않지만, 진실로 접근하도록 하는 유일한 보증으로서의 작인이 된다. 그렇다면 조강석의 글이 랑시에르를 인용하며 무엇을 의도했든 조연정이 이 글을 "전언적 가치와 미학적 가치 사이의 불일치라는 문학사의 오랜 아포리아"[18]로 읽은 것은 온당한 일이다.

그러나 내가 주목하고 싶은 것은 조강석의 주장 자체가 아니라, 그의 글에 대한 반응에서 나타나는 어떤 공통적인 경향성이다. 최근 들어 우리는 이와 같은 문학적 진실 개념에 대한 강도 높은 비판들을 마주하고 있다. 이 비판들의 한 초점은 편재하는 문학성을 상대화하는 것이다. 그리고 문학성의 상대성을 강조하는 비판들이 공통적으로 가리키는 것은 이때까지 얘기되어온 문학의 "바

---

18 조연정, 「문학의 미래보다 현실의 우리를」, 『문장 웹진』 2017년 8월호.

깥"들이다. 예컨대 조강석을 비판하는 조연정의 글에서 흥미로운 것은 조연정이 조강석의 "미학주의적" 관점에 일부 동의하면서도 그것을 부차적인 것으로 밀어놓을 때다.

> 만약 최근의 여러 사정들을 겪지 않은 문단이었다면, 조강석의 글은 문학과 정치의 관련을, 즉 작품의 재현적 가치와 미학적 가치 사이의 관계를 랑시에르의 논의에 기대 섬세한 방식으로 질문하는 역시나 유려한 글로 읽혔을 것이다. 아니 좀 더 신랄하게 말해본다면, 문학 밖의 현실에 대해 새로운 통찰을 보여주지는 못하며 조강석의 말처럼 '아는 것'을 '보는 것'으로 전환시키는 효과만을 지녔을지 모르는 『82년생 김지영』 같은 소설이 지금처럼 활발하게 비평의 대상이 되지 않았을지도 모른다. (……) 메시지의 전경화가 작품을 미학적으로 누추하게 만들고, 오히려 미학적 가치에 헌신한 작품이 의외의 효과를 발휘할 수 있다는 원론적인 말을 반복하기에는 문학을 대하는 우리의 방식이 많이 달라져 있다. 문학의 누추화를 걱정하기에 앞서 삶의 비참을 더 심각하게 여겨야 하는 불행한 시절을 우리가 살아내고 있기도 하다.[19]

조연정은 조강석이 이야기한 "재현적 가치와 미학적 가치" 사이의 관계를 이론적인 수준에서 부정하는 것은 아니다. 그는 그것

---

19 조연정, 앞의 글.

을 "원론적인" 수준에서 인정하고 있지만 다만 그러한 원론적인 이야기를 하기에는 "문학을 대하는 우리의 방식이 많이 달라져" 있으며, 이는 또한 우리가 "문학의 누추화를 걱정하기에 앞서 삶의 비참을 더 심각하게 여겨야 하는 불행한 시절"을 살고 있기 때문이라고 주장한다. 그러니까 여기에는 이론적인 판단의 외부로서 실천적 판단이 있으며, 그에 대응하는 자족적인 내부로서의 문학과 그것의 외부로서의 현실이 있다. 이러한 대비는 신형철의 글을 비판하는 인아영의 글에서도 반복된다. 그가 문학적 진실이라는 것이 "단지 자족적인 세계 안에서만 작동하는 진실이 아닐까"[20]라고 물으며 "현실의 다른 영역과 분리된 문학적 진실이 더 이상 유효하지 않다"[21]고 얘기할 때 설정되는 것은 마찬가지로 문학의 외부로서 비참하고 다급한 현실이다.

이러한 비판들의 공통적인 다음 단계는 새로움에 대한 호소이다. 그리고 그와 함께 중요해지는 것은 문학이 그 새로움에 부응하고 바깥으로서의 "현실"을 수혈받을 수 있는 공간으로서의 문학성의 상대성이다. 문학성의 상대성에 대한 참조 속에서 우리는 이전까지와는 다른 문학을, 전혀 새로운 문학을 상상하고 맞이할 수 있게 된다. "현실의 변화에 따라 문학성은 끊임없이 해체되고 재구성되는 것"[22]이라는 지적이나 "이제 읽고 쓰는 '나'들의 자리에서

---

20 인아영, 「시차(時差)와 시차(parallax): 2010년대의 문학성을 돌아보며」, 『문학과사회 하이픈』 2019년 가을호, 6쪽.
21 같은 글, 13쪽.
22 백지은, 「'K문학/비평의 종말'에 대한 단상(들)」, 『문장 웹진』 2017년 2월호.

부터 문학(성)을 '후험적'으로 말하"[23]는 일의 중요성을 강조하는 경향은 몇몇 필자나 특정 주제에서만 발견되는 것이 아니다. "요컨대 지난 5년간의 변화에 민감하게 반응해온 소영현, 조연정, 장은정, 강지희의 글은 (……) 현실의 변화에 따라 문학성은 끊임없이 해체되고 재구성되는 것임을 알려준다"[24]는 인아영의 정리는 문학성이 상대적이라는 사실을 강조하는 논리가 새로운 문학을 추구하는 데 있어 핵심적이라는 사실을 말해준다. 그리고 이러한 새로움의 중요한 성격 중 하나는 그것이 항상 시간적 단절을 전제로 한다는 점이다. 문학성이 끊임없이 해체되고 재구성된다는 사실에 대한 강조는 "우리는 이전의 문학으로 돌아갈 수 없다"[25]는 선언으로 이어진다. 이 단절을 보증해주는 작인이자 주체는 "집단의 체질 자체가 달라진 (……) 지금의 독자"[26]들이며, 이런 목소리들을 묶어주는 것은 '리부트'라는 단어에서 볼 수 있는 단절이고, 그러한 단절로부터만 얻어질 수 있는 새로움이다.

그런데 이러한 비판의 논리적 흐름에는 두 가지 검토할 만한 부분이 있다. 첫째는 우리가 여전히 "제한 없음의 무효화"라는, 정확히 "무효화"라는 특정한 방식의 말하지 않음을 다루는 데 있어서, 문학성의 상대성이라는 논리는 적어도 그 자체로는 여전히 우

---

23 김건형, 「소설의 젠더와 그 비평 도구들이 지금」, 『문학과사회 하이픈』 2019년 가을호, 28쪽.
24 인아영, 앞의 글, 13쪽.
25 같은 글, 같은 쪽.
26 노태훈, 「'나'로부터 다시 시작하는 문학사: 최근 한국 소설의 징후」, 『문학들』 2018년 가을호, 43쪽.

리에게 문학에 대해 아무것도 말해주지 않는다는 것, 여전히 문학이 "텅 빈 기표"라는 논리에 의존하고 있다는 것이다. 신비화와 상대화는 어떤 것에 대해 말하지 않기 위한 두 가지 방식이다. 여기서 신비화는 상대화로 대체되며 무한한 능력을 지니는 대신 무한한 효용을 지니게 된다. 왜냐하면 상대화 속에서 문학은 어떤 것이든 읽고 어떤 것이든 쓸 수 있는 모든 것을 흡수 가능한 글쓰기의 제도처럼 보이기 때문이다. 따라서 이 새로운 문학이 주장하는 것은 다시 한번, 진정으로 문학이라는 제도 속에서 "모든 것에 대해 모든 방식으로 말하는" 방법에 대한 것이다. 제한 없음의 무효화는 그것이 너무 비대해서 문제인 것이 아니며, 오히려 그것으로는 부족하다는 것이다. 여기서 요청되는 것은 실질적인 영토의 확장이다. 문학만이 할 수 있는 것을 거부하는 대신 문학이 할 수 없는 것은 원칙적인 수준에서 철폐된다. 그리고 이에 따라 문학의 역량, 문학의 제한 없음은 오히려 확대되는 것처럼 보인다. 그러므로 문학성의 두 가지 버전은 말해지지 않는 것이 갖는 공통적인 한계를 상이한 형태로 공유한다. 그것은 우리가 문학에 고유한 것을 말하는 일을 사실상 포기해야만 한다는 것이다.

검토해야 할 두 번째 문제는 이 상대화를 통해 정립하고자 하는 문학성이 단절을 전제한 새로움에 의존하고 있다는 점이다. 하지만 실제로 어떤 문학들이 새롭다고 하더라도, 그 문학적 흐름을 옹호하기 위해 새로움이라는 수사를 동원하는 일 자체는 우리에게 너무나 익숙한 것 아닐까? 이러한 의문으로부터 우리는 이 새로움이라는 수사가 실은 어떤 관성적인 보존의 절차가 아닐까 의

심해볼 수 있다. 그것은 단절과 새로움이라는 수사가 정립하는 특정한 시간성에 대한 비판적 검토이기도 하다.

　"퀴어 서사 미학을 위하여"라는 부제와 "퀴어 서사 리부트"라는 단절의 수사로부터 시작하는 김건형의 글[27] 전반에 흐르고 있는 것은 기존의 근대문학적 독해와 구별되는 "퀴어 미학을 창안"해야 한다는 문제의식이다. 이 새로움의 성취는 기존 근대문학의 미학과의 단절로부터만 가능하다고 전제된다. 근대문학적 리얼리즘을 "이성애자 남성 지식인에게 당연한 세계 원리"[28]로 상대화한 뒤 "그 폭력적인 것은 이제 없어도 되지 않을까요?"[29]라고 기각하면서, 그가 발명이라는 형식 속에서 요청하는 것은 정확히 그러한 근대문학의 외부로서의 퀴어 문학이다. 그런데 문제는 이러한 단절의 제스처가 오히려 끊임없이 타자로서의 근대문학을 불러와야만 한다는 것이다. 바로 그 때문에 김건형은 퀴어 서사에 대한 독해가 "보편 문학사"에 편입되는 것처럼 보이는 순간들을 강박적으로 찾아내야만 했던 것이다. 그러나 이 강박적인 탐색이 보여주는 바는 퀴어 서사의 새로움을 정초하기 위해 근대문학이라는 타자를 필요로 하는 바로 그 정도만큼, 그 시도 자체가 이미 근대문학에 의존하고 있으며 그것의 논리에 포섭되어 있다는 사실이다. 여기서 지적해야 할 것은 애초에 근대문학 자신이 바로 그 새로움을 발명하는 기계였다는 사실이다.

27 김건형, 「'퀴어 신파'는 왜 안 돼? : 퀴어서사 미학을 위하여」, 『크릿터』 2호, 2020.
28 같은 글, 23쪽.
29 김건형, 「소설의 젠더와 그 비평 도구들이 지금」, 32쪽.

그것은 '풍경'이 외부 세계에 관심을 갖지 않는 '내면적 인간'에 의해 도착적으로 발견되었다는 것, 또 그때까지의 문학 언어로 덧칠된 곳이 아닌 신세계, 홋카이도에서 발견되었다는 것을 지적한 것이었다. (……) 그가 홋카이도를 대상으로 상상(환상)한 것은 그러한 공허를 채워줄 '신세계'였다. 그는 광활한 들판에서 이렇게 느꼈다고 적고 있다. 사회가 어디에 있는가, 인간이 자랑스런 얼굴로 전하는 '역사'가 어디 있는가. 그러나 소라치라는 지명이 나타내는 것처럼 그곳에는 이미 아이누인이 거주하고 있었다. 그곳은 충분히 '역사'적인 공간이다. 구니키다 돗포에 의한 '풍경'의 발견은 그런 식으로 역사와 타자의 배제를 통해 이루어진 것이다. 이때 타자는 단순히 '풍경'으로 존재할 수밖에 없다.[30]

이제 새로운 문학을 만들어가는 새로운 독자들을 이야기할 때 가장 먼저 의문의 대상이 되는 것은 그 이전에 존재하던 비이성애자-비남성-비지식인 독자의 존재다. 그들은 남성중심적 근대문학의 자장 안에서 원래는 존재하지 않았으나 이제야 가시적이 된 존재로 재현된다. 이런 재현 방식은 그들이 어떤 근본적인 배제를 통해서만, 즉 새로움이라는 명칭과 함께인 한에서만 장에 출현할 수 있으며, 결정적으로 그 이전에는 결코 온전한 주체성의 형태를 지닐 수 없었다는 가정하에서만 재현될 수 있다는 한계를 지시

---

30 가라타니 고진, 『일본근대문학의 기원』, 박유하 옮김, 민음사, 1997, 11쪽.

한다. 이러한 시간성의 논리에 따르면 '리부트' 이전의 시점에 그 주체들은 남성적 근대문학에 의해 억압받거나 그러한 결과로 이데올로기적으로 회유되거나 자신의 욕망을 잘못 이해하고 있었거나[31] "기묘한 해석 노동"에 시달려온[32] 모습으로만 재현될 수 있다. 단절에 기반해 의미화되는 시간성에 대한 비판은 절대적인 퀴어 서사의 양적 증진과 질적인 변천[33]이 없다거나 그러한 현상이 논해질 가치가 없다는 것이 아니다. 요점은 현재의 특권화 속에서 우리가 어떤 시간적 동질성을 전제하고 있다는 것, 그러니까 우리는 현재의 시점에서 획득한 관점을 가지고서 과거로 돌아간 어떤 인물이 느꼈을 법한 억압에 대해서, 그것을 과거의 주체들이 그대로 느꼈을 것이라는 가정 위에서 이야기하는 것이며, 그러한 과거의 억압된 주체라는 것 자체가 새로운 발명품으로서 현재를 서사화하는 데 동원된다는 점이 간과되고 있다는 것이다. 이렇게 거대한 현재의 서사화 속에서 퀴어 서사의 창안이 갖는 의미는 그 흐름의 가속에 이바지한다는 점에 초점이 맞춰지며, 그에 따라 가속되는 서사화 자체는 그 서사의 흐름에 속하지 않은 이들의 배제를 자연적인 것 혹은 정치(윤리)적인 것으로 정립한다. 퀴어 서사를

---

31 하나의 예시로써 이성미, 「참고문헌 없음」, 『문예중앙』 2016년 겨울호, 14~25쪽.

32 "'그녀'들은, 카프카와 만과 조이스와 카잔차키스 소설의 주인공들과, 그것을 읽는 자아를 애써 일치시키고자 할 때에도 필시 이물감을 느꼈을 것이고, 그럼에도 결국에는 기이한 희열을 맛보는 '해석 노동'을 해보았을 것이다." 김미정, 「여성교양소설의 불/가능성: '한국-루이제 린저'의 경우 (1)」, 『문학과사회 하이픈』 2016년 겨울호, 84쪽; 김건형, 「소설의 젠더와 그 비평 도구들이 지금」, 24쪽 재인용.

33 물론 이를 인상적으로 다룬 글로 김건형의 「2018, 퀴어전사: 前史·戰史·戰士」(『문학동네』 2018년 가을호)가 있다.

다루는 데 있어 이러한 단절의 서사가 필요하다는 것 자체는, 일상적인 층위에서의 퀴어 서사의 출현이 갖는 의미[34]와 정반대되는 것이다. 왜냐하면 그러한 퀴어 서사들의 출현 자체가 말하는 것은 퀴어 서사를 말하는 데 있어서 그 밖의 더 큰 서사가 필요치 않다는 것이기 때문이다.

문학성을 상대화한다는 것은 문학을 상대화하는 것과 다르다. 문학성이 상대적인 것일 때 우리는 원칙적으로 모든 종류의 글쓰기를 잠재적인 문학적 텍스트로, 그러므로 그것의 바깥이 없는 그러한 글쓰기의 일종으로 보는 것이다. 여기서 문학은 상대화되는 것이 아니라 모든 상대화의 보이지 않는 중심으로 작용한다. 풍경으로서의 근대문학, 그리고 그 풍경에서 벗어나는 것으로서의 퀴어 서사라는 독해가 반복하는 것은 새로움을 매개로 한 확장이다. 그리고 이 둘은 "총체성의 누빔점이기에 자신이 어디에 서서 무엇을 하는지 보지 않아도 되는"[35] 바로 그 원근법적 소실점을 정확히 공유하는데 왜냐하면 이 지점에서 문학이란 무엇으로든 채워질 수 있는 텅 빈 기표로, 이제까지는 존재한 적 없던 광활한 영토로, 자신을 확장하고자 하는 욕망만큼은 여전히 말해지지 않은 채로 남아 있기 때문이다.

---

34 "이제 퀴어는 순정한 사랑의 장면이나 숭고한 희생의 담지자 같은 상징적 지위에서 세속적인 일상으로 내려온다. 낭만화와 비극화를 모두 넘은 퀴어의 세속화인 것이다." 김건형, 「2018, 퀴어전사: 前史·戰史·戰士」, 381쪽.
35 김건형, 「'퀴어 신파'는 왜 안 돼?: 퀴어서사 미학을 위하여」, 22쪽.

4

특히 새로움과 관련해서 납득하기 어려운 비판이 많은 것 같습니다. 이를테면 특정한 종류의 실험은 베케트가 했다, 보르헤스가 했다 등등. 그런데 거꾸로 말하면 전통적인 서사로 구성된 소설들도 다 과거에 있었던 거잖아요. 이렇게 이야기할 수 있겠죠. 이건 체호프가 했고, 톨스토이가 했던 거라고. (……) 문학에서 예를 들면 에마뉘엘 카레르의 『러시아 소설』이나 『나 아닌 다른 삶』을 보면 실제 자기 삶을 자전적인 요소로 투입시킵니다. 그러다 보니 작품 때문에 주변 사람들이 영향을 받고, 그것 때문에 작품이 다시 틀어지고, 자기도 틀어지고, 이 과정들이 계속 발견이 됩니다. 그리고 그 내용을 또 소설에서 쓰고. (……) 이를테면 세계는 이미 픽션으로 이뤄져 있고, 우리가 픽션의 영향으로 움직이고 있는데, 그렇지 않고 사실의 영역이 따로 있다는 생각 역시 언어의 한계와 관련 있다고 생각합니다.[36]

단절과 새로움이라는 수사를 거부한다는 것은 결코 문학을 초월적인 혹은 초역사적인 대상으로 봐야만 한다는 것을 의미하지 않는다. 그것은 오히려 문학의 역사성을 제대로 보기 위해서는 역

---

36 정지돈·강동호, 「모든 것은 영원했다, 사라지기 전까지는」, 『문학과사회 하이픈』 2017년 겨울호, 160, 167~168쪽.

설적으로 우선 문학을 어떤 비시간성 속에서 사유할 수 있어야 한다는 것을 뜻한다. 위의 대담에서 새로움이라는 기준에 대한 정지돈의 신경질적인 거부에서 드러나듯이, 어떤 것을 새로운 것으로 볼 것인가 반복으로 볼 것인가를 평가하는 시선은 필연적으로 투명한 것으로서의 기준을 설정한다. 체호프와 톨스토이를 반복하는 것은 반복으로 인식되지 않는데, 왜냐하면 체호프와 톨스토이가 의지했던 구조는 자연적인 것으로 인식되고 있기 때문이다. 근대문학의 원근법적 질서는 문학이라는 제도가 부과하는 압력과 강요에 의한 하나의 질서이지만, 그것이 근대문학 자체로 성립하는 것은 그 질서의 우연성과 작위성이 보이지 않게 되었을 때다. 많은 가능한 배치들 중 하나인 원근법적 질서가 리얼리즘이라는 현실-재현의 틀로 보이게 될 때 사라지는 것은 이러한 우연성과 가능성이다.

그렇다면 중요한 것은 근대문학으로부터 단절하고 전혀 새로운 문학을 창안하는 것이 아니라, 오히려 단절과 새로움이라는 수사가 바로 근대문학적이라는 사실을 인지하고 그것에 저항하는 것이다. 문학이란 제도를 어떤 불투명한 것으로 바라봐야 할 이유, 문학이라는 글쓰기의 장치를 거칠 때 반드시 통과해야만 하는 압력, 세계를 특정한 관점으로 바라보도록 만드는 그 입장 자체를 문학 자신의 것으로 귀속시켜야 할 이유가 여기에 있다. 문학은 그것에 외부적인 것처럼 보이는 이러저러한 조건들과 분리되어 존재하는 어떤 대상이 아니라 그러한 조건들을 포함하는 것이다. 근대문학을 특정한 주체들에 의해 전유 혹은 오염된 것으로만 바라볼 때 중립적이 되는 것은 바로 문학이란 제도 그 자체이다. 그럼으로써 해결책은 다른 주체들의 투입으로 상정된다. 반대로 근대문학적인 배치는 문학적 재배치의 결과 중 하나이며, 근대문학적인 배치를 가능하게 한 바로 그 **동일한** 압력으로부터 또 다른 배치가 가능할 수 있다는 감각이 중요하다. 바로 그 동일성으로부터 근대문학적 배치에 기반한 작품들도 **다르게** 독해할 수 있는 가능성이 생기는 것이다. 그것은 자연적인 질서에 대한 저항이 아니라 자연적일 수도 있었으나 현재로서는 그렇지 않은 또 다른 질서의 제시라는 측면에서, 그것이 기존의 질서와 동등하게 맺는 어떤 관계의 수립이라는 측면에서, 정확히 그것과 나란히 놓일 수 있는 어떤 잠재성의 평면을 발견하는 데에서 시작한다.

따라서 여기서 중요해지는 것은 그저 태연한 반복의 실천이다. 이 실천은 무언가를 거부해야 할 것으로 상정하거나 새로움을 추구하지 않는다. 그것은 단지 체호프와 톨스토이와 베케트와 또 다른 수많은 글쓰기들이 나란히 놓인 평면에서 그 모든 것들을 동시대적으로 파악한 채로 그저 원하는 것을, 그때그때 필요로 하거나 마음이 끌리는 것을 뒤섞고 반복한다. 세계 그 자체를 픽션으로 보는 일은 부분적으로 이러한 반복의 실천을 가능하게 만드는 지평이다. 거기에는 단독으로 우월한 지위를 가진 자연적 질서라는 것이 없다. 그러므로 한 텍스트의 안과 밖은 수평적이고 상호적으로 영향을 미치며 또 다른 텍스트를 만들어내고 옆에 놓을 수 있다.

지금 다시 1인칭에 대한 논의를 통해 하려는 것이 단지 작품 내적 시점에 대한 분석이 아니라 작가와 작품의 관계 자체를 의문에 부치는 일이라고 한다면, 그 의미는 이 재배치와 관련되어 있을 것이다. 문학에서 소위 현실과 픽션의 이분법에 대한 의문은 사실상 '자전적'이라는 말과 함께 언제나 있어왔다. 이 의문을 회피하는 가장 편리하고 표준적인 방법은 어쨌든 우리가 다루는 것이 '소설'이라는 식의 주장이다. 이 경우 소설을 성립시키는 건 소설이라는 벽 그 자체이다. 그러나 그러한 방어와 함께 보이지 않게 되는 것은 애초에 어떻게 소설이라는 형식이 실제 일어난(심지어 일어난 것과는 다른) 사건을 소설로서 제시할 수 있는 역량이 있는가이다. 말하자면 무엇이 픽션인지 논픽션인지 구분할 수 없다는 것이 중요한 것이 아니다. 여기에 걸려 있는 것은 소설적인 것 자체는 픽션과 논픽션을 구분하지 않는다는 것, 그것이 사실이든 사실이 아니든 전혀 중요치 않은 어떤 층위에서 그것을 소설로 만드는 구조가 있다는 것, 그러므로 결국은 우리가 무엇을 어떻게 배치할 것이냐의 문제를 다루고 있다는 점이다.

그리고 그러한 맥락에서, 1인칭에 중요한 것은 결코 사적 개인으로서의 작가가 아니라는 점을 다시 강조해야 한다. 요점은 소설이 픽션이므로 작품의 화자가 실제 현실의 작가와 결코 일치할 수 없다는 식의 분리에 있지 않다. 문학이 특정한 형식을 통과한 글쓰기인 이상, 그것이 공적 언술인 이상 사적 개인으로서 작가의 탈개성화라는 것은 문학이 하나의 형식으로서 처해 있는 조건이며, 문학을 긍정한다는 것은 이 조건을 문학의 입장으로서 긍정해야 한다는 뜻이다. 그러므로 1인칭에 있어서 '나'라는 형식이 갖는 의미는, 카프카가 "'나'를 '그'로 대체할 수 있었을 때 문학에 들어섰다."[37]고 말했던 것과 정확히 같은 의미에서 중요하다. '그'라는 지칭이 작가의 탈개성화를 위한 도구였다면 '나'라는 형식은 그 탈개성화를 개성의 핵심이라 여겨지는 1인칭의 내부에서 실현한다. 그런 의미에서 1인칭은 3인칭의 반복이다. 단지 그것은 탈개성화가 3인칭 형식과 맺는 관계가 필연적이지 않다는 사실을 의미할 뿐이다.

고진에 의하면 "'작가' '자기' '표현' 이런 말들이 이미 근대문학적인 것"[38]인 것이다. 왜냐하면 거기에서는 그러한 표현의 매체로서의 문자가 자신의 기원과 모습을 감추고 투명한 것으로서 나타나기 때문이다. 따라서 최근의 1인칭 소설이 근대문학적 재현 방식의 '허구'에 저항하며 소박하고 자연스러운 일상을 옹호하는 움직임이라는 독해는 여전히 근대문학적 이분법으로 회귀한다. 예컨대 최근의 1인칭 화자들에 대해 "이들은 그저 '나'에 대해서 말한다. 이들에게 중요한 것은 '나'의 정체란 대체 무엇인가, '나'는 어떤 생각을 하고 어떤 감정을 느끼는가(이다). (……) 문제가 되는 것은 '나'라는 사건이며 모든 '나'는 그 자체로서 끝없이 탐사하고 발굴하고 이해해야 할 대상이다"[39]라고 말할 때 이 모든 논리는 현실-재현이라는 대립 속에서 현실을 구성하는 특정한 관점(우리가 흔히 '일상'이라고 부르는 바로 그 현실)을 자연화하며 그러한 한에서만 발견되는 '나'라는 대상을 특권화하는 것이다.

37 모리스 블랑쇼, 『문학의 공간』, 이달승 옮김, 그린비, 2010, 22쪽.
38 가라타니 고진, 앞의 책, 249쪽.
39 인아영, 앞의 글, 8쪽.

아마 이런 식의 특권화에 저항하는 글쓰기들과 독해들이 있을 것이다. 에두아르 르베의 『자화상』[40]에서 "나는—"으로부터 시작되는 그 무수한 문장들은 그의 개성을 드러내는 것이 아니라 오히려 그것을, 한 사람의 나라는 것을 박탈한다. 이 '포스트모던'한 작품이 아주 엄격한 구조에 의지한다는 사실이 중요하다. 여기서 작중 인물로서의 '나'와 작가 사이의 환원 불가능한 거리를 드러내는 것은 여전히 어떤 방어에 불과하다. 반대로 이 책이 보여주는 것은 그것이 실제로 작가 자신의 이야기라 하더라도 그 사실 자체가 무의미해지는 지점이다. 여기서 작용하는 것은 모눈종이처럼 아주 단순한 구조이고, 그 구조를 통하는 한해서만 전해지는 사실들이며, 1인칭이라는 것은 그러한 의미에서 나의 이야기를 풀어놓도록 하는 장치가 아니라 오히려 나의 이야기에 특정한 변형을 가하게 만드는 작인이 된다. 『자화상』의 구조는 그 자체로 어떤 대칭성과 그 대칭성 위에서의 가능성을 지시한다. 말하자면 슬프거나 슬프지 않거나 중요하거나 중요하지 않거나 역사적이거나 역사적이지 않은 모든 사실들이 "나는—"이라는 구조 속에서 무차별적으로 기입된다. 그것은 일차적으로 그 수많은 문장들의 무차별적인 배치가 가능하다는 사실을 주장한다. 다른 한편으로 다른 누군가가 그것을 바꾸거나 바꾸지 않는 방식으로 반복할 수 있다는 의미에서 익명적이고 공적으로 바쳐진 구조를 통과한다는 사실은, 정확히 원래 그것들이 배치되어 있던 자연적인 구조를 상대

---

40 에두아르 르베, 『자화상』, 정영문 옮김, 은행나무, 2015.

화한다는 맥락에서, 자연적인 '나'가 그 사실들과 맺고 있던 특권적 권리를 포기한다는 것을 의미한다.

이 점을 지적하는 게 중요한 이유는 이러한 특권에 대한 포기가 궁극적으로 문학을 한다는 사실이 그 자체로 우리에게 요구하는 것들 중 하나이기 때문이다. 이 특권의 포기는 문학에 '본질적인' 행위와 상응한다. 즉, 문학 속에서 나는 나로부터 발생했거나 나를 이루는 나에 대한 문장들을 인용될 수 있는 것들의 영역에 양도해야 한다. 그런 의미에서 문학은 글을 쓰는 나 자신에게 그 문장들에 대한 어떤 종류의 독점권을 포기하기를 강요하는 것이다. 이 요구에는 부정성이나 모호함이 존재하지 않으며 다른 어떤 실정성을 위반하고자 하는 것 자체가 목표인 것도 아니다. 아주 실정적이고 구체적인 주장이 있으며 그것은 어떤 이유로든 반박당할 수 있는 그러한 종류의 사실이다. 그런데 바로 그렇기 때문에, 모든 책들이, 특히 문학이라고 불리는 모든 책들이 이 요구를 받아들이는 것은 아니다. 이 불일치의 정도와 양상은 문학이라고 불리는 책들 사이의 다양한 스펙트럼을 구성할 것이다. 다만 이 요구와 그것이 의미하는 바를 자신의 것으로 받아들이는 책들이 있다. 그 받아들임은 그 책의 만질 수 있음 만큼이나 구체적이며, 그 책이 보이지/읽히지 않을 수 있음 만큼이나 사라질 수 있으며, 수많은 사물들 가운데 혹은 우리가 문학이라 부르는 수많은 책들 중에서도 거의 없거나 아주 조금 있는 그런 것이다.

한국 퀴어 소설에 나타난 자기 반영적 서술 전략*

김건형

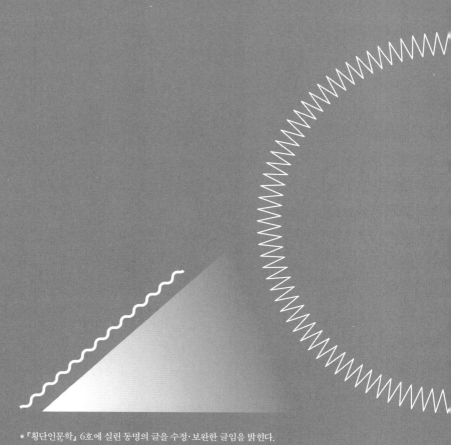

* 『횡단인문학』 6호에 실린 동명의 글을 수정·보완한 글임을 밝힌다.

들어가며

지금 한국문학장의 특징을 '페미니즘 리부트'와 '퀴어적 전회'로 집약할 수 있을 만큼, 근래 퀴어 페미니즘적 주제 의식을 갖춘 텍스트들이 다수 생산되고 독해되고 있다. 그런 만큼 퀴어 서사에 대한 비평과 연구 역시 증가하는 추세지만, 대개 텍스트의 소재나 상황을 한국 퀴어의 현실과 연결하는 독해로 집중되고 있다. 이는 물론 중요하고 필수적인 독해지만, 퀴어 서사의 서사 형식에 대한 독해는 다소 지연되어온 것은 아닌지 점검해볼 필요가 있다. 따라서 이 글에서는 텍스트의 자기 반영성을 중심으로 근래 퀴어 서사의 형식과 전략을 살펴보고자 한다. 그간 개별 작가론이나 주제론을 중심으로 퀴어 서사의 서술 전략에 대한 산발적인 독해가 있었으나, 역으로 서술 전략을 중심으로 현재 한국 퀴어 서사의 특징을 집중해볼 필요가 있다.

이를 위해 다음의 도식으로 널리 알려진 채트먼의 서사 담화 구조를 통해 퀴어 서사의 서술 전략을 살피는 기초 작업을 시도한다.[1]

---

1   시모어 채트먼, 『이야기와 담론』, 한용환 옮김, 푸른사상, 2003.

| 실제 작가 – | 서사 텍스트 내부
내포작가–(서술자)–(수화자)–내포독자 | – 실제 독자 |

물론 이러한 구조적 도식화는 서사 각각의 고유성은 다소 간과하기 마련이지만, 그럼에도 자기 반영적 서술 전략이 현재 개발·갱신하고 있는 서술적 특징을 일관성 있게 파악하여 비교하기 수월하게 해준다는 장점이 있을 것이다. 한편 리몬 케넌은 채트먼이 목소리를 가진 인격체만이 서술자라고 다소 협소하게 간주한 것을 비판한다.[2] 서간, 일기, 인물 간의 직접적 대화만을 제시하는 경우에도 그 상위에 서술상의 필요에 의한 행위자로서 서술자가 존재한다고 지적한 바 있다. 이는 내포작가를 담화의 참여자라기보다는 내포적 규범으로 간주하는 입장이다. 이러한 비판을 통해 표면적인 인격체 이상의 서술자를 받아들일 필요가 있지만, 그럼에도 채트먼이 '작가–내포작가'를 분리하고, '서술자의 관점–인물의 시점'을 분리하여 이를 모두 미학적 기획의 생산물로 규정했다는 점은 의미 있는 시사점을 제공한다.[3]

이 글은 한국 퀴어 서사들에서 내포작가, 서술자, 인물이 각각 정교하게 기획된 '행위자'로서 상호작용하는 양상을 분석한다. 근래 한국 퀴어 서사에서 자기 반영적 메타 서사 기법이 자주 독해

2   박진, 「채트먼의 사사이론 : 서사시학의 새로운 영역」, 『현대소설연구』 19호, 2003, 372쪽.
3   박진, 『서사학과 텍스트 이론 : 토도로프에서 데리다까지』, 소명출판, 2014 ; S. 리몬 케넌,
     『소설의 시학』, 최상규 옮김, 문학과지성사, 1988, 6장 참조.

된다는 전제를 바탕으로 텍스트 자체의 자기 반영적 운동성을 살펴보고자 한다.

연작을 통한 퀴어 소설가 '나' 연속체의 창출 전략

'연작소설집'임을 명시한 박상영의 『대도시의 사랑법』(창비, 2019)은 30대 게이 '나'가 자신이 겪은 우정과 사랑의 경험을 후일 소설가가 되어 쓴 것임으로 드러내는 표지들을 통해서 연작소설의 구심력을 만든다. 「재희」는 대학생 시절 동거하며 여성 혐오와 퀴어 혐오에 맞선 우정을 나누었던 재희와의 경험을 서사화하는 자신을 관찰한다. 돌이켜보니 "내가 쓴 소설들이 재희와 내가 보냈던 밤들과 썩 닮아 있다"(54쪽)는 것을 발견하는 것이다. 「우럭 한점 우주의 맛」의 화자는 자기혐오를 앓던 연인에게 보냈던 자신의 일기를 소설가가 된 이후 되돌려받는다. 이 사건을 계기로 화자는 자신의 과거를 쓰기 시작한다. "나는 핸드폰의 메모장 앱을 켰다. 그리고 나는 한 문장을 적었다. 5년 전, 나는 그를 엄마에게 소개하려 했었다."(73쪽) 그때의 "일기에는 그를 만날 때마다 끓어넘치던 나의 과잉된 감정이 담겨 있었"(166쪽)다. 퀴어와 여성/가족의 관계 및 퀴어의 자기혐오에 얽힌 경험을 쓰고, 그렇게 쓰는 자신의 감정을 다시 관찰하는 퀴어 소설가 '나'의 연작이다. 퀴어적 경험을 기입하는 자신의 행위와 이 자기 기술에 반응하는 자신의 감정 작동 범위를 알고자 하는 수행적 과정이다. 이러한 쓰기 작업을 서사적 주요 특성으로 가시화함으로써 자기 형성에 영향을 준 주변 사람들과의 관계망 속에서의 자신을 응시하고, 다시 그들과의 관계를 정립하는 퀴어 주체의 상을 만드는 것이다.

『대도시의 사랑법』은 인물 '나'의 경험을 스스로 서사화한다는 퀴어 소설가 화자 '나'의 자의식을 겹침으로써 연작소설의 응집력을 만든다. 앞선 소설에 등장한 에피소드와 인명이 다른 소설에도 등장하는 방식으로 연속적 관계를 설정하고 있다. 이러한 방식으로 인물과 화자 사이의 경험—쓰기의 연속성을 창출한다. 소설가 화자는 이를 종합하고 통제하는 위치에 도달함으로써, 스스로를 이 소설집의 내포작가의 위치에 선다.

> ─명희가 네 책 재밌다더라. 지금까지 나온 건 죄다 봤대. 걔가 우리 중에서 제일 똑똑하잖니. 숙대도 나오고. 네 글 보더니 애가 아주 착하게 큰 것 같대. 지난 3년 동안 쓴 소설이라고 해봤자 술 먹고 물건을 훔치고, 군대에서 계간鷄姦을 하고, 성매매를 하고, 바람 피우는 사람들 얘기가 전부였는데 도대체 뭘 보고 착하다는 건지. (「우럭 한점 우주의 맛」, 75쪽)

> 내 소설 속에서 규호는 여러 번 죽었다. 농약을 마시고, 목을 매고, 교통사고를 당하고, 손목을 긋고……
> 규호는 헤테로 남자가 됐다 게이도 됐고, 여자가 되기도 하고, 아이도, 군인도 되고…… 아무튼 인간이 될 수 있는 거의 모든 것이 다 되었다가 결국 죽는다.

죽은 상태로 내 사랑의 대상이 되고, 추억의 대상이 되고, 꿈의 대상이 되며 결국 대상으로 남는다. (「늦은 우기의 바캉스」, 272쪽)

소설가 화자는 자신의 소설 내용과 등장인물을 반복해서 요약하고 자평하는데, 그 내용이 전작 『알려지지 않은 예술가의 눈물과 자이툰 파스타』(문학동네, 2018)에 실린 단편들의 얼개와 같다는 점에서, 독자는 실존하는 소설가 박상영과 겹쳐 읽게 된다. 작중 소설가 화자 '나'의 이름이 '영'이라는 설정도 내포작가의 자기 반영적 특성을 강조한다. 물론 '나'의 이름은 한자로 "높은 곳에서 빛나다"라는 뜻으로 설정해 생활인 작가 박상영朴相映과 다르다. 따라서 이러한 연속성은 소설가(지망생)라는 직업적 특성을 환기함으로써 자기 반영적 쓰기 모드를 강조하고, 또 이를 유도하는 참조적 표지로 간주해야 한다.

이러한 연작 형식은 내포작가 '나'의 일관성과 통합성을 강화하는 작업이면서, 동시에 앞선 단행본의 실존하는 작가로 보다 '실재화'하는 효과를 낳는다. '나'에 대한 유사한 정보를 일관되게 반복함으로써 개별 단편소설 속에서 사건을 경험하는 인물 '나'와 전체 단행본 소설집을 쓰는 화자 '나'를 동일한 역사를 가진 인물로 추정하게 만든다. 그 연속성에서 독자는 내포작가에 대한 상과 인물/화자 '나'를 겹쳐 읽게 된다. 이처럼 작품 속 인물–화자 '나'들의 일관성, 연속적 에피소드 등이 퀴어 소설가 '나'의 연속체를 구현하는 것이다.

작가-내포작가-서술자-인물-수화자-내포독자-독자
퀴어 소설가 '나' 연속체

　물론 이러한 일관성은 실재하는 것이라기보다는 독서에 따라 체
감되는 서술적 효과로서 창출된다. 생활인 작가와 화자/인물의 일
치 여부를 확인할 수도 없고, 그럴 필요 역시 없지만 다만 작품들
사이의 일관된 소설가 화자를 창출하고 그 1인칭 화자를 통해 추
정되는 내포작가의 형상을 유도하는 서사 전략은 주목할 만하다.
이는 '나'가 서사 한 편의 가상세계에 국한되지 않도록 자신을 실
존하는 인물로 창출하기 위하여, '나'의 이야기라는 자기 선언과
자전적 정보를 여러 텍스트 사이에 산포하여 서로 참조하도록 하
는 것이다. '나'의 배후에 실존하는 작가라는 환상을 계속해서 삽
입하고 노출시킨다. '나'가 '실재'한다는 감각을 환기하는 서사 전
략이다. 소설가 화자 '나'는 스스로 자신이 실존하며 재현하는 현
실감 있는 존재가 되고자 하는 것이다.
　그리고 이러한 내포작가로서 퀴어 소설가 '나'의 실존을 창출하
는 전략은, 전작과 해당 소설집을 일관된 주제의 기획의도로 묶어
낸다. 소설 쓰기를 퀴어 소설가 화자가 연인 규호와의 관계를 보
존하고 명명하는 다른 언어를 스스로 개발하는 노력으로 의미화
하는 것이다. 특히 전개상 에필로그에 해당하는 「늦은 우기의 바
캉스」는 "규호와 만날 때에도 글을 쓰고 있"었고 "규호와 헤어진
후 나는 책을 한권 냈"(271쪽)다고 강조한다. 소설가 화자의 소설
창작을 자신이 만든 현실적 영향에 대한 개입과 대응으로 기입함

으로써, 자신의 쓰기를 단편 텍스트 하나 속 세계로 완결·한정하지 않는다. 이를 통해 자신의 작품에 대한 개입과 반응을 축적하게 된다. 이는 '나'의 (재현이라는) 수행이 만든 효과와 반응에 대한 지속적인 '독서'와 연쇄적 응답이라는 퀴어적 삶의 원리를 서사적으로 구조화하는 것처럼 보인다.

> 때때로 그는 내게 있어서 사랑과 동의어이기도 하다. 그러니까 내게 규호의 존재를 증명하는 것은, 규호의 실체에 대해 말하는 것은 사랑의 존재와 실재에 대해 증명하는 과정이기도 하다.
> 나는 지금껏 글이라는 수단을 통해 몇 번이고 나에게 있어서 규호가, 우리의 관계가, 누구도 침범할 수 없는 둘만의 특별한 어떤 것이었다고, 그러니까 순도 100퍼센트의 진짜라고 증명하고 싶었던 것 같다. 온갖 종류의 다른 방식으로 규호를 창조하고 덧씌우며 그와 나의 관계를, 우리의 시간들을 온전히 보여주고자 했지만, 애쓰면 애쓸수록 규호라는 존재와 그때의 내 감정과는 점점 더 멀어져버리고야 만다. 내 소설 속 가상의 규호는 몇 번이고 죽고 다치며 온전한 사랑의 방식으로 남아 있지만 현실의 규호는 숨을 쉬며 자꾸만 자신의 삶을 걸어 나간다. (……) 오직 글을 쓰고 있는 나 자신만이 남는다. (「늦은 우기의 바캉스」, 307~308쪽)

소설가 화자는 자신의 소설 쓰기가 퀴어의 존재 증명이자 사랑의 언어를 개발하기 위한 기획이라고, 자신의 재현을 통해 의도한 퀴어적 수행성을 강조한다. 이러한 자기 규정적 고백은 특히 작중 규호의 영문 이름 'Q Ho'가 "퀴어 호모Queer Homo의 줄임말"(268쪽)이라는 '나'의 농담을 다시 곱씹게 만드는데, 특정한 개인의 층위를 넘어 퀴어적 관계망 속에서의 글쓰기라는 맥락으로 확장하게 해준다. 이 연작소설집 자체가 퀴어의 감정과 사랑의 언어를 개발하려는 서사적 기획임을, 텍스트가 스스로 설명하는 것이다. 이처럼 '나'가 현실의 실존 인물임을 강조하면서 소설 창작 자체의 수행성을 강조해서 읽도록 유도하고, 소설집 자체가 가진 기획의도를 의미화함으로써, 퀴어 소설가 화자는 자신이 위치한 세계에 적극적으로 개입한다. 이는 자신에 대한 소설을 씀으로써 좀 더 나은 '나' 자신이 '되기' 위해 노력하는(상을 제시하는) 자기 형성의 방법론이기도 하다.

소설가 화자의 재현에 대한 자의식과 퀴어의 미래

연작의 형태는 아니지만, 화자들이 자신의 보고 겪은 일을 서사화하는 일에 대한 자의식을 드러내는 계열의 퀴어 서사 역시 살펴볼 수 있다. 소설가 화자는 자신이 등장하는 해당 소설을 집필하는 행위를 통해 퀴어(적) 정치에 어떠한 효과를 가질 수 있는지를 의식한다. 소설가 화자가 퀴어의 경험을 재현하는 자신의 행위가 갖는 정치적 의미를 고심하면서, 쓰기의 방향을 스스로 결정하고 의미를 부여하는 과정이 소설의 결말부에서 두드러지는 계열이다.

이현석의 「그들을 정원에 남겨두었다」(『다른 세계에서도』, 자음과모음, 2021)는 의사이자 소설가인 화자 '나'가 가족구성권을 박탈당하는 게이 연인의 수난을 지켜보며, 이를 소설로 재현하면서 겪는 곤혹을 다루고 있다. 응급수술을 받아야 하는 '이시진'을 위해 그의 동성 연인이 남동생이라고 거짓말을 하여 수술동의서에 서명을 했다가 가족들에게 들켜, 혐오 발화를 들으며 추방되고 말았다. 이시진의 딸 '유나'는 가족들의 혐오에 동조해선 안 된다고 생각하면서도, 이혼하고 뒤늦게 자신의 정체성을 찾아간 아버지에게 배신감과 연민을 느낀다. 그런 유나의 고민을 곁에서 보고 들으면서 '나'는 자신이 쓰고 있는 소설에 대해 말해준다. "노인정에서 만나 단짝이 된 두 노인. 누구라도 먼저 죽을 때가 다가오면 서로의 곁을 지키자고 약속한 두 노인이 있"(10쪽)었다. 그런데 갑자기 연락이 두절되어버린 그 친구를 찾아 나서는 소설이라고.

> 나는 그 노인의 뒤를 좇았다. 슬프고도 웃긴 모험이 눈앞에 펼쳐지자 전과 달리 이야기가 술술 풀려나왔고 그들을 떠올린 밤부터 일주일가량 나는 틈나는 대로 정신없이 써 내려갔다. 당연히 빨리 마무리되리라 생각했으나 그들이 만나야 할 결말부에 이르니 예의 난처한 기분이 밀려들었다. 노인은 단짝이 입원한 병원 앞에서 한 발자국도 움직이지 않았다. 나는 노인이 병원 안으로 들어가도록 쓰고 지우길 반복했는데 늘 지

우는 데서 멈췄고 다시금 교착에 빠진 나는 그 이야기를 써야 겠다고 생각했을 때부터 그랬던 것처럼 한밤중에 5병동으로 내려가기 시작했다. 그곳에 누워 있는 이시진 씨의 존재가 이 소설에 당위를 부여해주지 않을까, 라는 일말의 기대 때문이 었다. (……) 나는 나만의 방식으로라도 그들을 만나게 해주고 싶었다. 그리하여 해갈되지 않은 먹먹함에서 벗어나길 바랐 다. (11쪽)

소설가 화자는 퀴어 연인이 의료제도의 이성애 가족주의에 의 해 위기에 처한 상황에서, 자신만의 방식으로 재회시켜주고 싶다 는 마음에 그들을 '단짝'으로 설정하여 이야기를 다시 쓰고자 하는 기획이라고 고백한다. 그러나 '단짝'의 재회로 다시 쓰는 일은 계속 실패한다. "등장인물의 나이를, 성별을, 젠더를 바꿔보았고 배경과 상황과 디테일을 바꾸기도 했으며 국적과 시대도 바꿔보았다. 그 러나 어떻게 바꿔도 찝찝한 마음이 가시지 않"(10쪽)는다.

게다가 이시진의 수술을 집도했던 동료 의사 '수연'이 이시진 의 연인이 병원에서 쫓겨나는 비극을 밝히면서 이런 일이 반복되 지 않길 바란다는 글을 게시하고, 이 글이 SNS에서 폭발적인 지지 를 받은 사건으로 인해 더 큰 고민에 빠진 상태다. '나'는 그 글에 는 왜곡된 부분이 있고 환자의 동의도 구하지 않고 게시했다고 수 연을 비판한다. 그러자 수연은 자신의 글이 소설과 다를 게 뭐냐 며, 외려 자신은 공론이라도 부르지 않았냐고 반박한 뒤, 화자 역 시 과거에 수연을 모티프로 한 소설을 쓰면서 동의를 구하지 않았었다는 사실을 상기시켜준다. 대학 시절 수연이 자신에게 커밍아 웃을 하자, "내가 비밀을 존중할 줄 아는 사람으로 보이는구나, 라는 어설픈 충족감"(20쪽)을 느꼈다. 그리고 수연을 모티프로 소설을 쓴다.

> 나는 번듯한 성공에도 정체성으로 인해 환대받지 못하는 상황에 흥미를 느꼈고, 인정투쟁에 골몰하다 권위의식에 찌들어버린 레즈비언 외과의는 그런 이야기에 더없이 잘 어울리는 캐릭터일 거라고 생각했다. 어쩌면 수연이 그 작품을 읽었다는 사실을 알았을 때, 수연이 아니라고 스스로에게 최면을 걸었던 이유는 결국 수연이 아닐 수 없음을 알고 있어서가 아니었을까. (23쪽)

수연이 SNS에 올린 글이 대중의 정치적 각성과 공론을 불러일으키기 위해 "지나치게 적나라"(14쪽)하게 묘사했다는 불만을 가진 화자지만, 실은 그 역시 '환대'라는 윤리적 성취를 위해 퀴어 당사자들의 삶을 박탈당한 존재로 확정하며 써온 것이다. 살아 있는 현실 속 인물들의 목소리보다는 쓰는 이의 기획을 위한 글이라는 점에서 실은 같은 구도 속에 있다. 끝내 병원의 연인은 재회하지 못한 채 사망하고, 화자도 재회 장면을 완성하지 못한다. 결말에서 화자는 '친구'가 입원한 병원 앞에서 더 나아가지 못하는 인물을 생각하며 "내가 두 노인을 정원 저편에 남겨두었다는 것을"(26쪽) 곱씹는다. '친구'로라도 재회하게 해주는 '온정적인' 재현이 현실의 퀴어들에게 미치는 영향력을 고민하는 것이다. 이는 소설가의 미학적 기획을 담은 재현이, 동시에 현실의 인간에게 영향력을 발휘한다는 점을 고려하도록 쓰기 행위의 의미를 옮겨놓는다. 소설가가 인물을 장악하고 지배하는 소설 문법의 (재)승인보다는 자신의 수행이 (자신을 포함한) 현실의 인간들에게 미치는 영향력을 고려하며 쓰기의 원점으로 돌아오는 순환적 구성이다.

특히 같은 문제를 겪되 다른 관점을 가진 인물들과, 자신의 소설에 대한 대화를 나누며 지금의 재현 행위가 어떤 정치적 효과를 생산할 수 있을지 점검하면서 쓰(지 못하)는 자의식을 적극적으로 드러낸다. 인물 '나'가 자신의 재현이 동시대 퀴어 정치에 미치는 영향을 의식함으로써 화자 '나'의 소설관을 갱신하고, 그 갱신의 자의식을 소설의 결말부를 통해 드러낸다. 그러한 소설가 화자의 갱신된 재현이 해당 소설로 도래하여 지금 독자가 읽고 있는 것처럼 연결됨으로써, 소설의 내포작가 역시 소설가 화자와 연결된다. 소설가 인물/서술자 '나'의 재현관의 갱신 과정이 해당 소설의 창작으로 이어졌다는 순환성을 다음과 같이 간략히 정리해볼 수 있다.

작가-내포작가-서술자-인물-수화자-내포독자-독자
소설가 '나'의 갱신 과정

황정은의 『디디의 우산』(창비, 2019) 역시 소설가 화자 '나'의 자기 읽기와 쓰기의 순환 구조를 갖고 있다. 『디디의 우산』은 연작소설이라는 표제를 달고 있으나 소설 사이의 서사적 연계는 다소 느슨하다. 「d」의 화자는 연인을 잃은 게이이고 「아무것도 말할 필요가 없다」의 화자는 레즈비언 양육자로 서로 다른 인물이다. 두 작품은 촛불혁명과 탄핵 선고 당일까지의 한국 사회를 배경으로, 그간 배제되어온 정치적 주체들의 감정 구조와 담론을 성찰한다는 점에서 주제적인 연작성을 띠고 있다. 특히 「아무것도 말할 필요가 없다」의 소설가 화자 '나'는 자신이 성장하면서 겪어온 경험을 쓰면서 촛불혁명 이후 이어져야 할 혁명의 방향을 모색하고 있다. 화자는 1987년 6월 항쟁, 1996년 연세대 한총련 사태를 비롯해 서울광장의 촛불혁명에 이르기까지 한국 사회의 민주주의 운동/담론장이 여성과 퀴어, 장애인에 대한 혐오와 배제 위에 구축되어왔음을 성찰한다. 직장에서 반복되는 성차별과 성폭력, 진리를 추구하는 대학(원) 사회의 젠더적 위계와 남성 연대, 양육과 교육 과정에서 계속 강요되는 이성애 정상성과 고정적인 젠더 역할 등을 짚는다. 화자는 민주화 이후 세대로서 자신의 일상적 경험으로부터 그간 한국의 민주주의가 누락한 주체들을 추출해낸다. 이는 광장의 혁명과 민주화 운동의 담론장이 그간 민주주의를 이야기했지만, 정작 일상 속의 민주화는 간과하면서 구축한 한국 사회의 남성중심적 인식론과 감정 구조에 대한 날카로운 지적이다.

그런데 이러한 역사적 경험과 성찰을 바탕으로 화자는 자신의 소설 쓰기의 방법과 목표를 스스로 기획한다. 화자 '나'는 「아무것도 말할 필요가 없다」의 서두에서 더 이상 "누구도 죽지 않는 이야기를"(151쪽) 완성하고 싶다는 소설가로서의 과제를 설정하고 있다. 그런 소설을 쓰기 위해서 노력하고 실패해온 경과를 고백하면서, 지금 식탁에서 책과 노트북을 펼쳐 다시 한번 더 이야기를 쓰고 있는 화자의 상황을 드러낸다. 화자의 집에 있는 식탁에서 글쓰기를 시작하는 자의식으로 시작한 소설은, 탄핵 선고가 방송되는 당일 오후의 식탁으로 결말을 맺는다.

누구도 죽지 않는 이야기 한편을 완성하고 싶다. 언제고 쓴다면, 그것의 제목을 '아무것도 말할 필요가 없다'로 하면 어떨까. 그것을 쓴다면 그 이야기는 언제고 반드시 죽어야 할 것이므로. 누구에게도 소용되지 않아, 더는 말할 필요가 없는 이야기로.

그것은 가능할까.

오후 1시 39분.

혁명이 도래했다는 오늘을 나는 이렇게 기록한다. (……)

아무것도 아닌 일에도 깔깔 웃으며 서둘러 식사를 준비하고 다 같이 먹고 올리브잎 차도 한 잔씩 마셨다고. 남자는 울지 않는 법이라며 구석에 숨어서 우는 아이를 말하고 그 아이에게 어떤 이야기를 들려주며 살아야 하는지를 걱정하기도 하면서. 쌤 스미스의 커밍아웃을 말하다가 보편성과 특수성에 대해 회원들과 작은 언쟁을 벌이고 만 일을 말하기도 하면서. 헌법재판소에 들어가는 재판관의 머리칼에 핑크색 헤어롤 두 개가 말려 있는 것을 우리가 보았으나 그런 것은 하나도 중요하게 여겨지지 않아서 그것에 관해 별말을 하지 않았다고.

(316~318쪽)

글을 쓰는 식탁으로 시작해서 세계를 읽는 식탁으로 끝나는 순환적 구성이다. 탄핵 선고로 끝나는 결말은 당일 오후에 소설을 쓰기 시작한 서두로 다시 이어진다. 이러한 구성은 소설을 쓰고 있는 소설가 화자가 자신이 위치한 시공간을 가능한 한 구체적으로 자각하면서, 자신이 쓰고자 하는 이야기가 미칠 효과를 기획하고 의식하고 있다는 표지가 된다. 소설가 화자가 자신이 쓰고 있는 소설의 제목을 짓는 장면은 독자가 현재 읽고 있는 해당 소설의 내포작가로, 이 소설가 화자 '나'를 연계해 읽게 만든다. '아무것도 말할 필요가 없다'라는 제목에는 젠더 폭력과 퀴어 혐오에 대한 이야기가 더 이상 필요하지 않아 소멸될 시간을 위해 나아간다는 기대와 의도가 담겨 있다. 소설가 화자가 고민하던 재현의 목표를 그대로 담은 이 제목이 해당 소설 텍스트 자체로서 실현된 셈이다. 이러한 기획-재현의 자기 반영적 순환 구조를 통해 소설은 세계와 삶에 개입하는 소설의 수행적 운동 에너지를 구현한다.

소설가 화자가 이러한 소설/이야기의 목표와 의미를 스스로 고민하는 것은, 자신이 읽고 쓰는 언어에 대한 통찰에서 기인한다. 홀로코스트 시기 동성애자 추모관, 2차 세계대전 이후의 일본 애니메이션, 니체의 철학을 가능하게 한 타자기 등을 되돌아보면서 소설가 화자는 문학사, 지성사, 문화사 속에서 작동하는 사유의 '툴tool'을 생각한다. 촛불혁명 시기에 시위대를 관리하는 '차벽'은 시위와 저항을 국가의 재산에 대한 손괴 행위로 간주하게 한다. "운동이 아닌 관리자의 방향으로 대중의 공감이나 이입이 이루어지도록"(189쪽) 함으로써, 사람들에게 관리자의 툴을 주고, 관리자의 입장에서 생각하게 만드는 것이 권력의 작동 방식인 것이다. "툴을 쥔 인간은 툴의 방식으로 말하고 생각"하고 "어찌된 영문인지, 툴을 쥐지 못한 인간 역시 툴의 방식으로"(189~190쪽) 생각하고 만다. 민주화 탄압 과정에서 벌어진 여성에 대한 폭력과 "惡女OUT"(304쪽)이란 표어를 내건 촛불 광장까지의 한국 사회가 젠더 폭력과 퀴어 혐오를 만들어왔던 툴을 되돌아본다.

그럴 때 소설가 화자는 이야기가 사유를 주조하는 툴이라는 점에 주목한다. "산다는 것은 (……) 우리보다 먼저 존재했던 문장들로부터 삶의 형태들을 받는 것"(211쪽)이라는 롤랑 바르트의 말을 빌려, 화자는 소설/이야기의 수행성을 만들어간다. 이야기는 단순한 재현이 아니라 세계와 삶에 개입하는 툴이기 때문이다.

> 어쨌거나 어머니가 모성을 말하고 아버지가 금기를 말하는 이야기는 싫다. 그런 이야기를 도취된 채로 아이들에게 읽어주는 어른도 싫다. 정진원은 그것보다는 좋은 이야기를 읽고 자랐으면 좋겠어. 왜냐하면 독서의 경험이란 앞선 삶의 문장을, 즉 앞선 세대의 삶 형태들을 양손에 받아드는 경험이기도 하니까. (211쪽)

삶의 형태는 곧 독서를 통해 구성되기에 젠더 역할을 고정하고 혐오를 재생산하는 이야기를 멈춰야 하는 것이다. 분홍색 양말을 신은 조카 진원에게 또래 남자아이들은 때리겠다는 위협을 가한다. 어린이집의 교사는 "여자 같은 자세로 오줌을 눈다"고 지적하거나, 여자끼리는 결혼할 수 없고 "상식적으로 결혼은 남자와 하는 거"(251~252쪽)라고 가르친다. 이처럼 진원이 기초적인 사회화 과정에 들어가자마자, 이성애 중심주의와 젠더 이분법이 '상식'이라는 툴로 강제된다. 이를 지켜보며 화자는 진원과 이후의 세대에게 다른 도구를 남겨주고 싶어서 다른 이야기를 쓰고자 하는 것이다. 이러한 자의식은 "정진원은 우리를 어떻게 기억할까. 김소리와 서수경과 나를. 지금 이 집에 모인, 그의 어른들을"(227쪽)이라는 자문으로 이어진다. 자신의 삶과 자신이 쓰는 이야기가 이후 세대의 삶과 독서를 정초하는 도구로써 어떤 효과를 생산할지 의식하는 것이다.

> 그는 김소리에게 어른을 요구했지만 그 자신도 김소리에게는 어른이었으면서, 그는 김소리의 아무것에도, 김소리의 어른 됨에 아무런 책임을 지지 않고 비난만 하고 갔어. 그의 어른 됨은 김소리를 관찰하고 김소리를 판단하고 사후에 다가와 비난할 때에만 유용하게 작동했는데, 어른 됨이 그런 것이라면 너무 편리하고 야비하지 않나. (240~241쪽)

그러므로 '나'에게 '어른 됨'과 이야기를 남긴다는 것은 둘 다 (자연적인 현상이 아니라) '되기'를 의식한 수행적 과정이다. 특히 어른/이야기가 자신이 개입하는 시간/대상에 책임을 지지 않고 사후적으로 비난만 하는 '윤리/지성'에 대한 분노는, "누구도 죽지 않는 이야기 한 편을 완성하고 싶다"(316쪽)는 화자의 소설관으로 이어진다. 이는 그간의 서사 속에서 남성 화자/소설가의 미학적·윤리적 자기 성찰을 위해 여성과 퀴어들을 비극적으로 죽이거나 사라지게 만든 소설 문법에 대한 자의식이다. 소설가 화자는 그간 주어졌던 기성의 담론과 언어를 갱신하는 퀴어 페미니즘적 이야기를 쓰고자 한다. 이제부터 자신의 새로운 재현 언어가 이후의 세대에게 다른 툴이 될 수 있다라는 자기 수행적 역사철학이다. 이것은 재생산 미래주의[4]를 비롯하여 퀴어의 시간을 자기 폐쇄적인 단절이나 죽음 충동적 향유로 한정하는 기성의 독법에 대한 적극적인 대타 의식이기도 하다. 레즈비언 양육자 인물 '나'이면서 동시에 소설가인 화자 '나'는, 퀴어의 존재를 재현하고 다른 삶과 관계를 기획하는 언어를 스스로 만드는 내포작가 '나'의 수행인 소설 쓰기로, 혁명을 혁명하고 있다.

이종異種 텍스트의 병치를 통한 재현물의 상호 대화적 구조

김병운의 『아는 사람만 아는 배우 공상표의 필모그래피』(민음사, 2020)의 경우 한 편의 소설에서 다양한 장르를 교차하면서 장

---

4 재생산 미래주의(reproductive futurism)는 아이를 미래와 희망을 의미하는 표상으로 제시함으로써, 이성애 가족에게 선형적인 시간관의 주체이자 절대적으로 특권적인 지위를 제공하는 이데올로기다. 공동체와 관계 맺음의 담론/형식을 장악하여, 재생산을 하지 않는(다고 간주되는) 퀴어를 사회적인 죽음 충동으로 한정한다. Lee Edelman, "The Future Is Kid Stuff", *No Future : Queer Theory and the Death Drive*, Duke University Press, 2004, pp. 2~11.

편 특유의 다각적인 시선을 구축하고 있다. 소설은 크게 1장 '가진 게 많은 사람은 쉽게 떠날 수 없고'와 2장 '우리는 이 좁아터진 집에서만 연인인데' 그리고 부록 '배우 공상표의 필모그래피'로 구성되어 있다. 옷장 안에서 두 벌의 셔츠가 서로 연결되어 부둥켜 안고 있는 이 책의 표지 그림(김두은, 〈One〉, 2014)처럼, 1장과 2장의 제목은 벽장 안의 퀴어 연인들을 가시화하고 그들이 겪는 문제들을 집약한다. 소설의 1장은 유명한 젊은 배우 공상표(본명 강은성) 주변에서 그를 데뷔시키고 연예 산업계에 종사해온 어머니 김미승, 누나 강은진, 매니저였던 양병진 등을 초점화자로 삼아 공상표의 커밍아웃을 계기로 벌어진 사태를 다룬다. 공상표가 누나에게 커밍아웃을 한 이후, 당시 현장에 있던 사람들에 의해 소문이 퍼지자 가족들은 연예 기사의 부정적인 영향력을 감쇄시키기 위해 노력한다. 열애설을 퍼뜨릴 여성 배우를 물색하고, 공상표가 연인과 헤어지도록 종용하는 등 1장의 전개는 가족과 재현 산업의 욕망을 대리 실현하면서 살아온 공상표의 삶을 보여준다. 자신의 솔직한 욕망을 말하지 못하도록 강제하고, 발화하더라도 손쉽게 사실이 아닌 것으로 만들 수 있는 가족 담론과 재현 산업의 규범에 둘러싸여 있기에 공상표는 '은폐'를 위해 자신이 아닌 어떤 배역만을 계속해서 연기하며 살았던 것이다.

2장에서는 공상표의 '탈은폐'를 본격화하기 위하여 공상표와 그의 연인 영화감독 김영우를 초점화자로 설정한다. 공상표는 김영우를 만나면서 차츰 자기에 대한 부정과 혐오에서 벗어난다. 그는 김영우의 퀴어 영화 시나리오를 읽고 제작하는 과정을 통해서 자신의 정체성을 인식하고 언어화하기 시작했던 자신을 재발견한다. 이는 기존의 재현물에 대한 '독서'를 통해 퀴어적 정동을 발견하고 습득하는 훈련 과정을 연상시킨다. 2장의 서사는 공상표의 자기 인식/발화에 작용하는 독서의 원리를 전개하는 동시에 그가 읽거나 재현한 것으로 설정되는 창작물을 병치 삽입하고 있다. 이것은 중심 서사를 매개하는 3인칭 서술자를 잠시 정지시키고, 그 자체로 하나의 완성된 재현물의 형식을 빌려 삽입된다. 2장에서부터 공상표의 필모그래피를 비롯해 인터뷰, 인터뷰 자료집 제작을 위한 펀딩 공지문, 신문 기사 등 중심 서사와 직접 연결되진 않지만 공상표의 독서/재현과 연결되는 하위 서사물을 삽입하는 것이다. 이를 통해 공상표와 김영우라는 인물은 마주한 텍스트를 읽고 반응하고 이를 기반으로 다른 재현물을 생산하거나 발언하는 상호작용의 과정 속에 배치된다. 2장의 서두에는 실제 출판을 위한 펀딩 웹페이지의 공지문과 같이 편집된 다음의 내용이 중심 서사와 별개로 등장한다. 이를 통해 (서사 안에) 인물이 개입하고자 하는 현실세계를 직접 창출한다.

카테고리 > 출판 > 논픽션
이태원 클럽 방화 참사 희생자 6인을 위한
추모 인터뷰집『여기에 함께 잠들다』
펑크펑크펑크

모인금액	남은 시간	후원자
14,142,000원	1일	397명
141%		(141쪽)

오늘 선공개하는 인터뷰의 주인공은 바로 배우 공상표 씨입니다.(우리가 익히 아는 그 공상표를 말하는 거냐고 되묻는 듯한 여러분의 목소리가 여기까지 들리는 것 같은데…… 정말이지 그 공상표가 맞습니다!) 상표 씨는 이태원 클럽 방화 참사의 희생자 중 한 명인 독립 영화감독 김영우 씨와 각별한 사이였는데요. 생전에 김영우 씨가 연출한 세 편의 단편 영화에 모두 출연했을 뿐만 아니라 미발표 유작인 단편 〈작별의 계절〉의 시나리오 작업을 하기도 했습니다. (……)

덕분에 이번 인터뷰는 자신의 자리에서 묵묵히 퀴어 영화를 만들고자 노력했던 감독 김영우 씨에 대한 인터뷰이자, 오랫동안 자신을 부정하고 감춰왔던 배우 공상표 씨의 공식적인 커밍아웃 인터뷰로 완성되었고요. (……) 후원자 여러분에게도 제가 느꼈던 상표 씨의 용기와 긍지가 온전히 전해졌으면 좋겠습니다. (147~148쪽)

공상표는 자기부정과 자기혐오를 넘어서는 계기가 자신이 촬영하던 "영화 속에서 '진짜 나'를 발견"(193쪽)하는 과정이었음을 인터뷰를 통해 밝힌다. 그 이후 김영우 감독과 연애를 시작한 계기 등은 중심 서사의 3인칭 화자를 통하지 않고, 작중의 '인터뷰집'의 대목을 여러 부분 삽입하면서 서술된다.

영화 속 '강은성'은 게이니까 상표 씨가 게이 같아 보이는 건 그리 이상한 일이 아니었을 것 같은데요.

그렇죠. 저는 주어진 역할을 제 방식대로 소화해낸 거니까요. 그런데 그걸 알면서도 게이인 내 모습을 마주 보는 게 힘들더라구요. 화면으로 '진짜 나'를 마주하는 게 너무 거북했어요. 왜냐하면 저는 그때까지도 내가 게이라는 사실을 완전히 받아들이지 못하고 있었으니까요. 마음 속 깊은 곳에서는 여전히 게이인 나를 비관하고 혐오하고 있었으니까요. (193~194쪽)

　이를 통해서 공상표라는 인물이 자신의 커밍아웃과 영화에 대한 발언이 관객 및 영화 산업 종사자들에게 어떻게 받아들여질지를 의식하면서, 자신이 마주한 현실에 개입하기 위해 인터뷰에 응하고 있음을 적극적으로 드러낸다. 특히 2016년 미국 올랜도에서 발생했던 게이 클럽의 총기 난사 사건을 모티프 삼아 이 소설에서는 이태원의 게이 클럽에서 혐오 방화 사건이 일어났다고 설정한다. 이러한 사건을 중심 서사의 화자가 직접 서술하기보다는, 인터뷰 등의 하위 텍스트들을 통해 전달하고 있다. 이는 공상표와 김영우가 기반해 있는 '현실세계'를 창출한다. 이를 통해 서사의 필요와 서술자의 매개에 의해 설정된 '배경'이라기보다는 실존하는 '현실'로서 퀴어 혐오를 그려내고, 이에 응답하고 반응하는 인물들의 관계성과 수행성을 강조하는 것이다. 공상표의 필모그래피와 김영우의 영화에 대한 인터뷰 등은 작중 인물들이 제작한 재현물과 그것이 제출되는 시공간을 실존하는 것으로 창출하고, 그 하위 텍스트들을 인물들의 의식적인 활동이자 현실에 대한 개입 행위로 만든다. 일반적인 소설의 서술 문법이 가정하는 가상의 내부 세계를 초과하는 현실적 참조물을 창출하고, 다시 그것에 기반한 메타적·자기 반영적 하위 텍스트들을 병치하는 것이다. 층위가 다른 서사물들이 서로를 참조하면서 인물과 세계 사이의 역동적 관련성을 드러낸다. 특히 3장은 실존하는 배우처럼 배우 공상표의 여러 작품의 필모그래피가 제시된다.

> 작별의 계절
> 김영우 | 2014 | 32분
> 주연 – 강은성 역
> 영화감독을 꿈꾸는 김영우에게는 남들에게 말하지 못하는 비밀이 하나 있다. 바로 인기 배우 강은성과 자신이 연인 관계라는 것. 김영우는 평생을 클로짓 게이로 살아온 강은성에게 연민을 느껴왔으나, 언젠가부터 자신의 존재가 지워지고 삭제되는 것 같아 서운하다. 그리고 그러한 감정의 저변에는 강은성의 갑작스러운 성공에 대한 시기와 질투도 깔려있다. 김영우는 그동안 기꺼이 감싸 안았던 강은성의 결점들을 더는 견딜 수가 없다. (281쪽)

이 필모그래피에서 소개되는 영화는 『아는 사람만 아는 배우 공상표의 필모그래피』의 인물로서 공상표와 김영우가 겪은 연애와 거의 동일한 얼개를 지니고 있다. 이런 공상표의 필모그래피의 가장 마지막에는 2020년 2월 20일 개봉 예정인 〈여름과 비밀과 가을〉이라는 영화가 있다. 여기에서 공상표는 감독이자 김영우의 배역을 맡아 자신의 연애와 재현을 다시 응시하고 있다. 이 영화가 2014년 작품인 〈작별의 계절〉을 모티프로 한 재창작물이라는 점까지 밝히면서, 이 장편소설은 끝맺는다.

이처럼 『아는 사람만 아는 배우 공상표의 필모그래피』는 하위 텍스트를 교차함으로써 퀴어 혐오 테러를 비롯한 중심 서사가 실존하는 사건이라는 현실감을 창출하고, 이에 대한 인물들의 의식적인 활동을 현실에 대한 개입으로 의미화한다. '현실'과 '개입'을 상호 보증하는 효과가 생기는 것이다. 이러한 하위 텍스트에서 공상표는 김영우를 비롯한 테러의 희생자들을 추모하기 위한 다큐멘터리와 인터뷰에 개입하고 참여하고 있다는 자의식을 적극적으로 드러낸다. 추모 인터뷰를 통하여 공상표는 공적 커밍아웃을 감행하는 자신의 각오를 이야기하고, 혐오범죄에 희생된 전 연인 김영우가 만들고자 했던 유작 〈작별의 계절〉을 이어 제작하려는 기획까지 드러낸다. 이 유작은 김영우와 공상표의 자전적 영화로, 공상표는 김영우의 역할로 등장한다. 직접 자신의 이야기를 재현하는 작업을 통해 자신의 생애사를 다시 쓰는 것이다. 이러한 결말을 통해 이 소설 자체가, 공상표가 제작한 자전적 영화로도 읽히게 만든다. 그럴 때 소설의 마지막에 배치된 필모그래피는 공상표가 다른 재현관을 향해 나아가는 궤적을 드러내며, 선행하는 소설 속 공상표의 경험과 자의식을 다른 재현물(에 대한 재현)로 상호보증한다.

작가-내포작가-서술자-인물-수화자-내포독자-독자

인물의 수행 ↔ 재현물의 수행

그간 서술자-인물-수화자-내포독자의 층위에서 소설은 독립된 가상의 사건으로 간주되도록 거리를 유지해야 한다는 재현/독서 규범이 있었으나, 이 퀴어 소설은 퀴어 인물이 마주한 자신의 세계에 개입하고 대응하는 창작물을 끊임없이 병치함으로써 그 미학적 거리를 유동적으로 만든다. 물론 독자가 정말로 이 사건이 실재했다고 여기지는 않겠지만, 서사 구성의 원리 면에서 '(서사가 창출한) 현실에 반응하는 (내부) 서사'라는 텍스트의 자기 반영성이 생겨나는 것이다. 중심 서사의 3인칭 서술자를 정지시키고, 인물이 1인칭으로 직접 발화하게 하는 하위 재현물, 중심 서사와 아무런 연결 표지 없이 제삼의 이종 텍스트를 병치하여, 서술자와 인물의 층위가 계속해서 재조정된다. 또한 그러한 서술 위치의 재조정은 중심 서사의 내포독자(서점에서 단행본을 구입할 독자)와 하위 텍스트의 수화자(추모 인터뷰 펀딩 참여자/공상표의 영화 관객)를 의도적으로 혼용하게 한다. 소설 텍스트가 독자를 어떤 구체적인 (서사 내부의) 현실적 위치로 호명하는 것이다. 서술자 ↔ 인물, 내포독자 ↔ 수화자 사이의 자기 반영적 순환이 만들어내는 텍스트의 운동성이다.

나가며

이 글은 근래 퀴어 서사에서 소설가와 재현을 직업으로 가진 1인칭 화자가 자신의 삶을 재현하는 서사 전략이 자주 사용된다는 점에 착안하여, 자기 반영적 텍스트의 특성을 퀴어적 전략으로 보고자 하였다. 이는 퀴어 서사를 윤리적·정치적 메시지로 국한하는 독법에 저항하면서, 지금의 한국 퀴어 서사가 새로운 형식을 실험하고 새로운 서사 전략을 제안하고 있음을 실증하려는 시도이기도 하다.

인물로서의 자신을 관찰하고 재현하는 소설가 화자는, 자신의 과거와 현재를 인식하고 그것에 대해 쓰는 상황을 소설 안에서 강조하여 드러내고 있다. 이는 퀴어 재현에 대한 자의식을 소설 안에 기입하는 것이며 미학적인 기획을 스스로 형성하고자 한다. 이를 통해서 그동안 퀴어에게 제한되어온 재현의 언어와 정치를 갱신하는 서사적 형식의 창안이 지금 퀴어 서사의 목표임을 스스로 선언하는 셈이다.

이러한 자기 반영적 서술 전략이 강조하는 것은 '인물의 수행성'과 '재현물의 수행성'의 상호 순환 관계다. 소설 밖 현실을 지극히 의식하는 소설 내부의 현실세계. 인물의 독서와 창작에 대한 반응을 재창작하는 텍스트다. 이러한 자기 반영적 순환성의 전략은 특기할 만한데, 재현물에 대한 반응과 독해를 통해 자신의 퀴어성을 인지하고 표현하는, 퀴어의 자기 형성 원리를 서사 자체의 전략으로 만든 것이다. 기성의 재현 규범에 대한 의식적인 독해와 교섭, 전유라는 퀴어적 수행의 원리를 서사 형식 자체가 구현하고 있는 것이다. 이는 소설이 독립적인 가상의 완미한 세계라는 규약을 통해서 심미성을 인정받던 기존의 서사 문법과 달리, 현실에 개입하(고자 하)는 텍스트의 역동성과 쓰기의 에너지를 부각하고 강조함으로써 정치 미학을 창출하는 것이다.

물론 퀴어 서사 이외의 문학에서도 이러한 자기 형성과 자기 반영적 메타 전략을 자주 발견할 수 있다. 그럼에도 불구하고 그간 자전소설과 사소설이 예술가 소설과 사상(전향) 소설에 치우쳐 있다는 점을 감안할 필요가 있을 것이다. 개별 예술가의 소외와 고독 혹은 유미주의적 자의식을 주로 표출하거나, 사상적 전향을 계기로 윤리적 자기 '해명'에 치우쳐 있는 장르였던 것이다. 자기 반영적 쓰기가 주로 이성애자 기혼 지식인 남성의 예술적, 윤리적 자의식을 형성하는 전략이었기에 내면성과 진정성의 크기를 과시하곤 했다. 이 글이 살펴본 퀴어 서사의 자기 반영적 특성은 세계에 대한 수행과 반응을 의식하고 지향한다는 점에서 결이 다른 것으로 생각된다. 이 글은 퀴어의 자기 형성의 원리와 서사 전략의 연계를 모색하기 위한 시론이다. 종적으로 퀴어 서사의 자기 반영적 서술의 문학사를 검토하는 것은 이어질 과제로 남긴다.

부스러기의 역습
: 유계영, 『이런 얘기는 좀 어지러운가』

박혜진

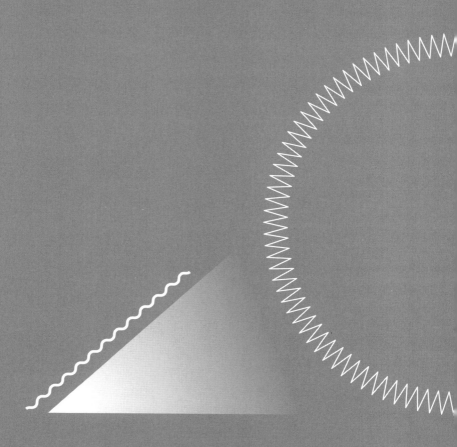

훔쳐보고 싶은 게 아무것도 없는 시
아무것도 훔쳐보고 싶지 않은 사람
——유계영, 「시」[1]

칸토어의 먼지

모든 시대는 저마다 행복의 표상을 지닌다. 2015년 출간된 소설 『한국이 싫어서』의 화자는 행복을 자산성 행복과 현금흐름성 행복으로 구분한다. 자산성 행복은 무언가를 성취하는 데서 오는 행복이다. 힘든 과정을 뚫고 이 자리에 왔다는 생각에 행복감을 느끼는 사람들은 목표를 이뤘다는 기억이 잔류하는 동안 오래 조금씩 행복할 수 있다. 이들은 행복 자산의 이자가 높아서 순간의 고통을 인내하는 것이 다른 사람들보다 수월하다. 반대인 사람도 있다. 현금흐름성 행복 성향을 지닌 경우다. 이들은 행복의 금리가 낮아서 행복 자산에서 이자가 거의 발생하지 않는다. 따라서

---

1 『이런 얘기는 좀 어지러운가』, 문학동네, 2019, 96쪽.

현금흐름성 행복을 많이 창출하기 위해 순간의 행복을 최대치로 끌어올리며 살아야 한다.[2] 2018년에는 소확행이라는 말이 행복론의 대명사였다. 소확행은 일상에서 느낄 수 있는 작지만 확실하게 실현할 수 있는 행복을 말한다. 소확행을 실천하는 데 가장 중요한 요소는 '나 혼자'서도 행복할 수 있는지 여부다. 타인이라는 불확정 요소가 끼어들면 확실한 행복은 불가능해진다. 소확행의 핵심은 소소함이라는 행복의 규모보다 '혼자'라는 주체의 단위에 더 방점이 찍혀 있다. 자산 가치로서의 행복이든 실현 가능한 일상적 단위로서의 행복이든 두 종류의 행복론 사이에는 공통된 것이 있다. 행복이 타인과의 관계에서 정의되지 않고 혼자만의 만족감에서 정의된다는 것이다. 타자와 함께 공동체를 형성하며 살아가는 데에서 인간 존재의 의미를 발견하는 생각은 확실히 유효하지 않거나 부차적이다. 행복은 작고 확실하다. 혹은 작고 확실한 것이 행복이다. 보이지 않는 막대한 희망보다 손안에 들어오는 작은 희망이 우리를 더 실존적으로 행복하게 한다.

행복에 대한 정의는 세상을 인식하고 표현하는 방법과도 긴밀하게 연결된다. 행복을 정의하는 기준이 나 자신이거나 나 혼자인 소확행은 세상을 바라보는 방식에 있어서도 나 자신이나 나 혼자가 기준점이 되는 양상에 영향을 미친다. 이른바 탈진실은 정치적으로 비약한 소확행이자 문화적으로 응용된 소확행이다. 진실에서 벗어난다는 것은 진실을 추구하지 않는다는 말이 아니라 '어떤'

---

2 장강명, 『한국이 싫어서』, 민음사, 2015, 184쪽.

진실과 결별하겠다는 말이다. 이때의 어떤 진실은 '공통의 진실'을 의미한다. 탈진실은 모두의 진실을 찾기 위해 노력하는 여정에서 이탈하겠다는 말이며, 나 자신의 진실이 파악할 수 있는 진실의 전부라고 믿겠다는 말이기도 하다. 이러한 관점에서 보자면 모두의 진실은 공동체적 허위이거나 허상의 진리값에 지나지 않는다. 허상의 진실에서 벗어나 자기 확신에 근거한 자기만의 진리에 도달하는 것만이 진리에 이르는 가능하고 유일한 방법이 된다.

탈진실은 극단화된 다원주의의 한 양상이다. 포스트모더니즘의 다원주의는 같은 세상을 서로 다른 방식으로 살아가는 것이 아니라 각자가 다른 세상을 살아가고 있다는 감각에 기반한 이론이다. 포스트모더니즘의 다원주의에 입각해서 세상을 바라보면 어느 누구도 다른 사람과 같은 세상을 살고 있지 않다. 우리는 각자 자기만의 속도와 방향으로 운행되고 있는 행성이며 저마다의 행성이 어떤 항성 주변을 돌고 있는지는 아무도 모른다. 그러나 다양성 자체인 다원주의는 스스로의 함정에 빠진다. 모순에 빠지고 마는 것이다. 다원주의는 다양한 세계를 논하려고 하지만 그 많은 세계가 공존한 결과 모두가 자기 자신의 이야기 이외 어디로도 도착할 수 없기 때문이다. 많은 이야기가 공존하지만 결국에는 자신에게서 비롯된 단 하나의 이야기만을 이해하고 인정할 수 있을 뿐이니 풍요 속 빈곤이고 새로움이 탄생하지 못하는 척박한 공터. 공존하기 위한 다양성이 오히려 자기 자신에게 한정되고 고립되는 다양성이 되고 마는 아이러니는 다원주의의 한계를 포함한다.

인류학자 메릴린 스트래선은 다원주의가 여전히 전체를 상정하고 있다는 점에서 구체적 한계를 비판한다.[3] 그에 따르면 다원주의자들은 더 거대한 차원의 세계, 즉 전체가 있고 그 아래에 작은 세계, 즉 부분이 무수하게 존재한다고 생각한다. 따라서 전체에 포괄된 부분들은 아무리 파편화해도 전체를 벗어나지 못하고 전체와 부분이라는 구조를 벗어나지 못함으로써 전체론적 세계관에서 탈주하지 못한다. 요컨대 다원주의의 아이러니는 전체에 복무하는 일부로써 개별자를 바라보는 전체론적 시선으로 인해 발생한다. 그에게 전체론은 인류 문명사의 낡은 사고방식이다. 인간은 전체를 볼 수 없기 때문이다. 전체론적 세계관의 모순이 발생하는 것도 바로 이 지점이다. 인간이 전체를 알 수 없다면 전체라고 구상된 것은 전체가 아니라 부분이며 우리가 알 수 있는 것도 부분이 전부가 아닐까. 스트래선은 이와 같은 생각 아래 전체론에서 비롯되는 전지전능한 시선을 문제 삼는다. 그의 입장에서 전지전능한 시선 역시 인류 문명사의 낡은 시점視點이다.

전체론에 대한 스트래선의 생각은 데리다의 이론에 뿌리를 둔다. 전체론적 사고가 위계 발생의 근원이라고 주장했던 데리다는 유럽 형이상학의 중심에 '로고스'가 있으며 로고스는 서구와 남성을 중심에, 비서구와 여성을 주변에 위치시킨다고 보았다. 유럽 형이상학은 세계를 전체로 구축하기 위해 초월적 중심을 상정했고,

---

3   이하 메릴린 스트래선의 이론과 관련한 내용은 『부분적인 연결들』(차은정 옮김, 오월의 봄, 2019)을 참고했다.

이 중심을 상상적으로 구축함으로써 객관성을 표방했다. 문학에서라면 3인칭 서사나 전지적 시점이 바로 이와 같이 객관성을 표방하는 시선이겠다. 데리다가 해체한 로고스 중심주의를 발전시킨 스트래선에게는 앞서 말한 것처럼 전체를 내려다보는 시야 자체가 문제적으로 보였다. 전체론적 사고에 저항한 스트래선은 '부분적 감각'을 주입함으로써 전체론적 사고에 균열을 내고자 했다. 부분적 감각은 이 세계에서는 누구도, 무엇도 전체일 수 없고 전체와 부분의 관계는 부분들 사이의 상호 관계로 대체된다는 내용이다. 20세기는 '사회'가 곧 전체였으나 포스트모더니즘에 이르러서는 '개인'이 전체가 되었다. 개인이 전체가 된 세계에서 세계는 전체를 포괄하지 못한다. 전체를 포괄할 수 있다는 방식의 시선이 이미 20세기적이다. 1인칭이 도래하고 1인칭이 확장되는 것은 그것이 전체를 조망하지 않는 21세기적 시선이기 때문이다. 세계는 하나로 파악되는 물질이 아니라 무수한 연결고리를 사이에 둔 거대한 연결망이다. 부분들이 서로 관계하는 방식만이 세계를 이해하는 가장 종합적인 방식인바, 다음 인용문은 스트래선의 저서인 『부분적인 연결들』중 가장 핵심적인 부분이기도 하다. 그는 포스트모더니즘의 관점에서 객관적 현실을 이해하는 것은 부차적이거나 불가능한 일이며 포스트모더니즘의 관점에서 가능한 동시에 중점적으로 취해야 하는 인식 방식은 다양한 관계를 통해 경험을 재구성하는 일이라고 말하고 있다.

　(포스트모던 민족지의) 목적은 지식의 성장을 촉구하는 것이

아니라 경험을 재구성하는 데 있다. 그리고 객관적인 현실을 이해하는 것도 아니며 혹은 어떻게 이해해야 할 것인지를 해명하는 것도 아니다. 왜냐하면 전자는 상식에 의해 이미 확립되어 있으며, 후자는 불가능하기 때문이다. 그것이 겨냥하는 바는 자기를 사회 속으로 재통합, 재동화하고, 일상생활에서의 행동을 재구성하는 일이다.[4]

전체로서의 부분, 부분의 전체성을 이야기할 때 흔히 프랙털을 떠올린다. 프랙털은 부분의 부분을 계속해서 확대하더라도 그 구조가 본질적으로 변하지 않는 자기 닮음을 본성으로 지니고 있는 구조를 말한다. 프랙털에는 두 가지 종류가 있다. 사람이 만든 프랙털과 자연이 만든 프랙털이다. 자연이나 몸에서 발견되는 프랙털은 유사하지만 정확히 같지는 않다. 반면 사람이 만든 프랙털을 칸토어의 먼지라 부르는데, 칸토어의 먼지는 부분과 전체의 모양이 정확하게 일치하는 것으로 알려져 있다. 칸토어의 먼지는 부분 그 자체다. 전체와 부분이라는 포함 관계를 거부할 뿐만 아니라 관찰하는 자와 관찰되는 자 사이에 존재하는 위계의 구분 역시 거부하는 칸토어의 먼지는 부분이 곧 전체인 세계에 대한 적확한 비유이다. 이 글에서는 칸토어의 먼지처럼 전체의 부분이 아니라 전체인 부분을 지지하는 세계관과 그러한 세계관을 '나'라는 1인칭 시점으로 드러내는 시를 통해 전지적 시점과 구분되는 1인칭 시

4 같은 책, 92~93쪽.

점의 다양한 가능성을 발견해보려고 한다.

1인칭의 다양한 사용

　　2019년 출간된 유계영의 시집『이런 얘기는 좀 어지러운 가』는 '1인칭의 귀환' 혹은 '1인칭의 발견'이라고 불러도 지나침이 없을 정도로 다양한 상황에서 전략적인 방식으로 1인칭을 활용한다. 이 시집에서 유계영의 1인칭은 '나'를 구성하고 있던 것들과 헤어지고 계속해서 '나'를 잃어버림으로써 진짜 '나'를 찾아가는 과정의 다양한 변주라고 할 수 있을 만큼 '나'에 대한 탐구가 본격적이다. 그중에서도 전체론적 사고방식과 반대의 목소리를 내고 있는 시가 있어 먼저 읽어보려 한다. 전체로서의 부분이 잘 드러나는 시이기도 한 「반드시 한쪽만 유실되는 장갑에 대하여」는 '완성'과 '전체' '불완전'과 '결여'에 대한 기존의 사고방식을 전복한다. 아래는 시의 전문이다.

　　　　접힌 색종이로 테디베어를 오려요
　　　　내가 줄줄 태어납니다
　　　　테디베어가 테디베어를 끌고 나오는 것입니다
　　　　여자에게 여자아이가 대롱대롱 매달려 있는 것처럼요

　　　　손뼉 치던 사람이 짧은 순간

손바닥 사이로 하프를 펼쳐놓습니다
거대한 물방울을 연주합니다
암전 중의 대공연장

빛의 반대는 어둠이 아니라 빛의 없음입니다
포승줄에 묶여 줄줄 끌려나오는 빛의 암살자들은 압니다
삶의 반대는 죽음이 아니라 살 수 없음입니다

침실의 귀여운 친구 테디베어
수만 명의 아이들을 잠재우고 있습니다
눈동자가 의식과 멀어질 때
악수가 제자리로 돌아갈 때
푸른 덩굴이 웅성웅성 점진하는 것을 보았습니다

나는 반쪽이 사라진 상태로 오랫동안 자장가를 꿰매고 있습
니다
너 자신과 멀어지면 멀어질수록
훌쩍 자라게 되는 거란다 속삭이면서

아이가 쥐기 반사에 열광하던 시절
뜯어간 왼쪽 눈알
아이는 아직도 꼭 쥐고 잡니다
　　　　　　—「반드시 한쪽만 유실되는 장갑에 대하여」 전문

화자인 '나'는 종이로 만들어진 테디베어다. 종이 테디베어를 오린 사람은 줄줄이 엮여 나오는 테디베어를 보고 손뼉을 치다 엮여 있는 테디베어를 하프처럼 손 위에 펼쳐놓는다. 종이 테디베어가 만들어진 순간에서 시작된 이야기는 아이가 많은 밤을 보내는 동안 그 옆을 지키고 있는 테디베어를 지나 그사이 아이에게 눈이 뜯겨 왼쪽 눈이 없어진 테디베어에 이른다. 테디베어의 시간이 흐르는 동안 반복적으로 제시되는 이미지는 "반쪽이 사라진 상태"다. 테디베어는 왼쪽 눈이 없다. 그러나 한쪽 눈으로 보면 양쪽 눈으로 볼 때와 비교해 사물과의 거리가 더 멀게 느껴지는 것처럼 "자신과 멀어지면 멀어질수록/훌쩍 자라게" 된다고 '나'는 잠자는 아이에게 속삭인다. 반쪽의 사라짐은 결핍과 무용함만을 의미하진 않는다. 3연에 이르면 반쪽의 사라짐을 결핍으로 보지 않는 이유가 전체론에 반하는 사고방식에서 기인한다는 사실을 알 수 있다. "빛의 반대는 어둠이 아니라 빛의 없음"이고 "삶의 반대는 죽음이 아니라 살 수 없음"이라는 말이 전제하는바, 빛과 어둠이 세계를 구성하는 전체가 아니고 삶과 죽음이 생을 구성하는 전부가 아니라는 것이다. 전체의 부분으로서 빛을 보지 않기에 빛의 반대는 흔히 빛의 상대적 개념으로 일컬어지는 어둠이 아니라 빛의 없음이 된다. 삶의 반대는 삶의 상대적 개념으로 일컬어지는 죽음이 아니라 살 수 없음이 된다. 이 과정에서 명확해지는 것은 오히려 반대어 역시 전체론적 사고에 기인한 개념이라는 것이다. 부분이 전체의 일부가 아닌 것처럼 접힌 종이에서 줄줄 태어나는 테디베어 사이에도 위계가 존재하지 않는다. 어떤 테디베어는 다른 테디베어와 구분되지만 어떤 테디베어가 다른 테디베어보다 위아래에 있지는 않다. 테디베어 각각이 곧 전체다.

'반드시 한쪽만 유실되는 장갑'이란 제목에 대해서도 "자신과 멀어지면 멀어질수록/훌쩍 자라게" 된다는 말을 할 수 있다. 사라진 한쪽과 남아 있는 한쪽이 결합해 완전한 하나가 된다는 전체론적 생각을 버리고 나면 유실된 장갑은 남아 있는 장갑과 멀어질수록 남아 있는 장갑을 자라게 한다는 생각에 미칠 수 있다. 장갑은 왼쪽과 오른쪽이 한 쌍을 이루는 데에 그 쓰임의 본질이 있는 것이 아니라 각각의 손을 책임지는 데에, 즉 한 손과 맺는 관계에 그 실질적 의미가 있기 때문이다. 한쪽만 유실되는 장갑은 기능을 잃어버린 장갑이 아니며 부분으로 존재하는 불완전한 장갑 또한 아니다. 남아 있는 반쪽을 불완전한 상태라고 생각하는 것은 다른 하나가 함께 존재할 때에만 온전한 역할을 할 수 있다고 생각하는 고정된, 최초의 형태에 사로잡힌 우리의 낡은 사고방식일 뿐이다. 한 편의 시를 더 읽어보자. 앞서 살펴본 시 「반드시 한쪽만 유실되는 장갑에 대하여」의 '나'가 줄줄 태어나는 여러 테디베어 중 한쪽 눈알을 잃어버린 어떤 테디베어를 통해 위계가 없고 부분으로도 완결성을 잃지 않는 1인칭의 활용을 보여줬다면 「눈금자를 0으로 맞추기 위해」에 등장하는 '나'는 '나'의 신이 되고자 하는 또 다른 가능성을 보여주는 1인칭이다.

매일 숨겨둔 발톱을 갈았지
아름다운 파마머리들로 만석인 신전처럼

걸상 다리가 부러지는 순간을 기다려
목련나무 가지 끝에 매달아놓은 스피커가 꽝꽝거리는 것을
보아라

그들의 신이고자
잠자리의 붉은 꼬리 끝에 실을 묶어
너희가 돌리며 즐거워하듯이
내가 나의 신이고자
낮은 지붕 밑에서 편안하게 잠드는 것을 보아라

문밖을 나서면 사람을 잊을 수 있도록
여기서부터 저기까지의 마룻바닥에서만 사람이도록 연습한
것을 보아라
비눗갑 밑에서 부글거리는 거품들이 마침내 투명이 되는 것
을 보아라

꽃은 나무의 무엇입니까
봄마다 날아오는 식상한 질문을 피하기 위해
창백한 휴가입니다
바늘 끝에 꿰어둔 떡밥입니다

흰 허벅지를 겨운 모서리입니다
종일 기지개 켜는 몽상가들을 길러낸 것을 보아라

반바지 차림의 대머리가 이발소 문을 열고 들어가

나도 이발할 수 있나요? 물어보듯이

스스로를 얼마나 아껴 쓸 수 있는지

눈금자를 0으로 맞추기 위해

내가 나를 얼마나 가여워할 수 있는지

　　　　　　　　　　　　　—「눈금자를 0으로 맞추기 위해」전문

　「눈금자를 0으로 맞추기 위해」에 등장하는 '나'는 나의 신이다. "잠드는 것을 보아라" "연습한 것을 보아라" "되는 것을 보아라" "길러낸 것을 보아라"와 같이 '~보아라'로 끝나는 문장은 전지전능한 신의 목소리를 재현하고 있다. 다른 신과 차이가 있다면 나의 신이라는 점이고 신이 곧 '나'이기도 하다는 점이다. 무엇보다 내가 하는 말은 나에게 돌아오는 나만을 위한 목소리다. "내가 나의 신이고자"가 의미하는 바가 무엇인지 알기 위해 눈금자를 0으로 맞춘다는 것이 무엇을 의미하는 것인지부터 알아야 할 텐데, 그를 위해서는 화자가 가하는 다양한 노력들의 면면을 살펴볼 필요가 있겠다. "내가 나의 신이기 위해" 가장 먼저 하는 일은 낮은 지붕 밑에서 편안하게 잠들기다. 집을 나서면 스스로가 사람임을 잊을 수 있도록 특정 구간의 마룻바닥에서만 사람임을 연습하기도 한다. 여기에서 저기까지의 마룻바닥을 벗어나면 더 이상 사람이 아닐 수 있는 연습이란 실상 존재와 비존재를 넘나드는 연습이기도 하다. 비눗갑 밑에서 부글거리는 거품들이 투명해지는 것을 보는 것 역시 투명해짐으로써 사라지는 것처럼 보이는 이미지를 인식하는 것으로 존재와 비존재를 넘나들기 위한 이미지 학습의 일환이라 할 수 있다. '나'는 또 기지개 켜는 몽상가들이 길러지는 것을 보고 스스로를 아껴 쓰며 자신을 가여워할 수 있는 것을 상상하기도 한다. 이 모든 노력들은 신으로서 '나'의 목소리가 '나'에게 들려주는 생의 지침이다. 지침에 따르면 편안하게 잠들고 자신을 가여워하고 언제든 투명하게 사라질 수 있다고 믿으며 존재와 비존재를 넘나들 수 있는 능력을 지님으로써 '나'는 '나'를 통제하고 '나'와 화해할 수 있다.

눈금자를 0점으로 맞추는 것은 '나'의 의식이 형성되기 시작하는 태초의 순간을 재현하는 것이다. 이미 시작되어서 갖은 역사를 쌓아온 '나'에게 처음부터 리셋되는 0점은 언제나 누구나가 원하는 이상적인 순간이지만 사실은 누구도 도달할 수 없는 가상의 순간이자 몽상의 순간이기도 하다. 나를 0점으로 맞추어 다른 누군가의 시선이 아닌 내가 나를 가여워할 수 있는 상태에 이르는 것은 나의 무게를 만들어내는 다른 누군가의 시선이 더해져 있지 않은 '순순한' 상태다. 이 시는 「반드시 한쪽만 유실되는 장갑에 대하여」와 더불어 태어나는 나를 재구성하고 '나'의 존재를 자신이 소속되어 있는 사회나 집단에 의탁하지 않고도 '나'를 완성하는 방법을 발견하고자 한다. 나의 신으로 군림하는 '나'는 내가 물질적으로 심리적으로 수단화되고 전락해 껍데기로 살아가는 것을 방지해준다. "내가 나의 신"이라는 말은 '전지적 1인칭 시점'이라는 이상한 말을 연상케 한다. 오직 '나'만이 '나'의 신일 수 있고 이

럴 때 신은 인간의 자기소외적 존재가 아니지만 그만큼 '나'는 '나'
를 알 수 없고 통제할 수 없다는 제한적이고 한정적인 존재로서
의 '나'도 동시에 드러낸다. 이어서 살펴볼 시 「나는 미사일의 탄두
에다 꽃이나 대일밴드, 혹은 관용, 이해 같은 단어를 적어 쏘아올
릴 것이다」는 '나'를 지켜보는 '나'의 시점이 보다 구체적인 상황
속에서 재현된다. 이 시는 추락하고 있는 '나'를 바라보는 '나'의
입장을 보여준다.

> 내가 떨어지는 것을 보고 있다
> 사고 현장에 우두커니 서서
>
> 나는 왜 떨어지고 있는 것인가 점심은 먹고 떨어지는 것인가
> 옷매무새는 잘 여미고 떨어지는 것인가 몇 층에서 떨어지기
> 시작한 것인가 나는 내가 떨어지는 모습을 처음 목격하기 때
> 문에 내가 떨어지는 것을 끝까지 내버려둔다 떨어진 것이 내
> 가 확실한지 알기 위해서
>
> 난간 위에서 누군가 외친다
> 밑에 떨어진 사람 없어요?
>
> (……)
>
> 내가 떨어지는 것을 지켜보다가 꾸벅꾸벅 존다

꿈결에 사고 현장을 벗어나버린 줄도 모른다

걷는다 어딘지도 모른다

—「나는 미사일의 탄두에다 꽃이나 대일밴드, 혹은 관용,

이해 같은 단어를 적어 쏘아올릴 것이다」 부분

앞서 살펴본 시에서 내가 나의 신이었다면 「나는 미사일의 탄두에다 꽃이나 대일밴드, 혹은 관용, 이해 같은 단어를 적어 쏘아올릴 것이다」에서 '나'는 나의 관찰자다. '나'는 내 죽음의 최초 목격자인 것이다. 내가 죽어가는 과정을 지켜보는 '나'는 지금 떨어지고 있으며 이렇게 계속 떨어지다가는 사망할 것이 분명해 보이는데 그런 와중에도 이 상황의 주인공이 자신인지 확신하기 위해 떨어지는 것을 막지 않고 끝까지 내버려두고 있다. '나'는 '나'의 생존에 별로 관심이 없어 보인다. 내가 나의 생사에 관심이 없다는 건 뒤에서도 반복되는데, 떨어지는 '나'를 지켜보던 '나'는 졸음을 참지 못한다. 꿈결에서 어딘지도 모를 곳을 걸어가며 사고 현장을 벗어나는 '나'는 '나'의 무엇일까. 「눈금자를 0으로 맞추기 위해」가 전지적 1인칭으로 '나'를 장악하며 '나'에게로 귀환한다면 이 시는 나와 내가 한 사람이었던 것을 상상할 수 없을 정도로 나와 나 사이의 거리가 멀다. 두 사람의 '나'는 거의 타자화되어 있는데, 사건 현장을 세밀하게 관찰하지 못하고 잠들어버림으로써 끝내 관찰자 시점에도 미치지 못하는 목격자 시점으로, 그러니까 지나가다 우연히 마주한 사고 현장 앞에서 처음에는 조금 관심을 보이다 어느새 지루해져 딴생각을 하게 되는 목격자 자리로 뒤처진다.

이럴 때 1인칭은 「눈금자를 0으로 맞추기 위해」와 달리 자기소외의 기제가 된다. 내부에 있어야 할 목소리가 외화하여 자신과 다른 존재가 되었고, 다른 존재가 되었을 뿐만 아니라 자신에 대한 무심함과 무관심으로 서먹한 불화의 관계까지 형성하고 있기 때문이다. 이쯤에서 시의 제목을 상기해볼 필요가 있겠다. 미사일의 탄두에다 꽃이나 대일밴드, 혹은 관용이나 이해 같은 단어를 적어 쏘아올린다. 보기에 좋은 꽃이나 상처가 덧나지 않도록 보호해주는 밴드, 품어주는 관용과 이해라는 단어가 미사일 탄두와 결합할 때 앞서 언급한 평화롭고 아름다운 개념들은 여전히 존재할 수 있을까. 미사일이 관용과 이해에 포함될 수도 있고 꽃이나 밴드, 관용이나 이해의 이름이 공포와 폭력의 수단이 될 수도 있을 것이다. 무기 자체와 무기를 이루는 정신이 분리되어 무기의 성격을 규정하지 못하고 있는 상태는 내가 죽은 나를 바라보고 있고 나와 내가 분리되어 있는 상황과 유사하다. 내가 나에 의해 대상화되는 현장을 보여주고 있는 이 시는 자기 자신과 타자로 분열되어 있는 주체의 상태를 부분의 감각을 통해 재현한다고도 볼 수 있다. 여전히 중요한 것은 떨어지고 있는 '나'와 목격하는 '나' 사이에 통합을 전제한 의식이 보이지 않는다는 것이고 이는 유계영의 1인칭이 완전하고 독립적인 '부분'을 생산하고 있음을 말해주는 지점이기도 하다.

자신의 죽음을 목격하는 1인칭이 있다면 죽음을 통과한 1인칭도 있다. 이른바 사후적 1인칭의 존재다. 「적록색맹에게 배운 지혜」는 죽은 이후 냉동 보관되고 있는 시체가 화자로 등장하는 시다. 냉동 보관 상태에서 화장에 이르는 시간 동안 화자인 '나'의 눈에 들어온 '당신'은 시체를 관리하는 사람이다. 아마도 당신은 영안실에서 시체를 닦거나 그와 비슷한 종류의 일을 할 것이다. 당신은 맡고 싶지 않은 것이 있다. 죽은 사람에게서 나는 냄새다. 당신은 자신을 따라다니는 냄새를 없애보려 조향사를 찾아가 애원한 적도 있는 것 같다. 그러나 냄새는 사라지지 않고 끈질기게 당신을 따라다닌다. 그 냄새, 그러니까 죽음의 냄새가 싫기는 당신이나 '나'나 마찬가지다. 조향사를 찾아가 냄새를 떨쳐달라고 애원하는 당신을 보며 '나'는 죽더라도 죽음의 냄새를 남기고 싶지 않다고 생각한다. 당신에게 조향사가 있었던 것처럼 '나'에게는 지혜를 배울 수 있는 색맹의 증상이 있다. 보지 않을 수 있음이 맡지 않을 수 있는 방법을 알려줄 수 있다고 생각했을 것이다. 제목에서 언급되는 적록색맹은 적색과 녹색의 감각이 결여되어 무색 또는 황색으로 보이는 것을 뜻하는 말로, 스펙트럼이 단축되어 분간할 수 있는 색깔의 수가 적은 사람을 가리킨다. '나'는 분간할 수 있는 색깔의 수가 적은 적록색맹의 지혜로부터 냄새를 맡지 않을 수 있는 방법을 모색한다.

냉동 보관이라면
얼마나 더 삽니까
이 사랑스러운 아파트식 병동에서

(……)

사람 냄새가 매일 밤 담장을 넘어요

참을 수 없는 건

다시 돌아온다는 것

아침이면 내 옆에 곤히 잠들어 있다는 것

냄새를 남기지 않는 냄새를 찾아

극지의 불씨를 들고

나는 얼마나 오래 살았던지

불태우고 싶은 것을 만날 때까지 걸었고

영원히 쉬지 못했습니다

어떤 자들은 불붙지 않으려고 빠르게 걸었습니다

이마 위로 붉은 땀이 뻘뻘 흘렀습니다

여름의 거리에는 여름의 사람들이 몰려나와요

싱싱한 코를 손에 꼭 쥐고서

—「적록색맹에게 배운 지혜」부분

사후적 존재인 '나'는 아직 완전히 죽음을 통과하지는 못했다. '나'는 영안실에 냉동 보관된 상태이므로 아직은 죽은 '사람'의 냄새를 공간에 남기고 있다. "극지의 불씨"가 화장의 순간 만나게 되는 불이라면 "불붙지 않으려고 빠르게" 걷는 "어떤 자들은" 죽었으나 '완전히' 죽지 않기 위해 마지막으로 달음쳐보는 것이겠다. 화장장에서 소멸 직전에 흘리는 땀은 생의 시간, 여름의 거리를 메우는 여름의 사람들이 몰려나오는 이미지로 전환된다. 그들이 "싱싱한 코를" 손에 쥐고 맡지 않으려는 냄새는 뭘까. 영안실 시체에게서 나는 죽은 냄새를 맡은 것도 아닐 텐데 그들은 어떤 냄새를 맡고 싶지 않았던 걸까. 아마도 그것은 땀과 뒤섞인 삶의 냄새일 것이다. 시체인 '나'의 눈으로 본 사람들은 죽음의 냄새를 떨쳐내려고 조향사를 찾아간 "당신"과 거리에 몰려나온 여름의 사람들 사이에 뒤섞여 있는 삶의 냄새가 달라붙는 것을 피하고 싶은 당신들로 이루어져 있다. 적록색맹처럼 특정한 향을 맡지 못해 무향이나 본래의 향과 전혀 다른 향으로 느낄 수 있다면 가장 많은 사람이 거부할 냄새. 그것은 바로 살아 있는 사람의 살냄새와 죽어 있는 사람의 살냄새일지 모른다는 생각에 시인은 이른 것 같다. "냉동 보관이라면 얼마나 더 삽니까"라는 말로 시작되는 시에서 영안실 시체로서의 '나'는 어디에도 속할 수 있는 '부분적 존재'다. 죽었지만 끝까지 죽지 않았기 때문이다. 삶의 출구와 죽음의 입구 사이에서 '나'는 '부분적 존재'로서 모든 냄새에 근접할 수 있다. 앞선 시들이 '나'에게로 귀환하고 '나'와 불화하는 '나'였다면 죽음 당사자로서 '나'는 죽은 자들과 산 자들을 연결하는 생사의 부분적 존재가 된다.

앞서 살펴본 네 편의 시는 유계영의 시에 드러나는 1인칭의 다양한 사례들을 보여주는 작품들이었다. 접은 종이에서 태어난 테디베어를 통해 살펴본 1인칭은 복수의 테디베어를 통해 위계 없는 부분을 보여주는가 하면 한쪽 눈을 잃은 테디베어와 한쪽을 잃어버린 장갑을 통해 멀어짐으로써 성장하는 사유를 보여준다. 이는 남아 있는 것이 '반쪽'이 아니라 여전히 '한쪽'이며 이때의 한쪽은 미완성으로서의 절반이 아니라 여전히 완결한 한쪽임을 암시한다. '나'에게 여러 행동 방침을 일러주는 나의 신으로서의 1인칭은 세상을 굽어보는 전지전능한 신이 아니라 오직 '나'에게만 존재하는 '나'의 작은 신으로서 '나'의 평화와 안정을 위한 지침만을 예언할 수 있을 뿐이다. 모두의 신이 아니라 '나'의 신이라는 점에서 이때의 1인칭은 신의 개념과 범주 역시 개인의 단위로 축소한다. 죽은 나를 바라보는 목격자이자 관찰자인 1인칭은 죽어가는 '나'를 바라보는 '나', 즉 분열된 주체를 통해 자기소외가 발생하는 현장을 재현한다. 분화하는 '나'는 '나'를 이루고 있는 다양성이 '나'라는 하나의 정체로 통합되어야 한다는 생각과 결을 달리하며 전체를 이루지 않은 채 불화하는 것 자체를 긍정한다. 시체가 된 1인칭은 영안실에 누워 있는 시체의 시점에서 본 당신을 시작으로 화장 직전에 처한 시체들과 뜨거운 여름을 나고 있는 사람들 사이에서 살아 있는 사람들을 '냄새'로 연결한다. '나'를 등장시킴으로써 형태적으로 1인칭의 목소리를 내고 있지만 '나'가 처해 있는 상황과 실존적 배경은 내면의 심리적 공간에 한정되지 않는다. 오히려 1인칭은 제한 없는 시점으로 '나'의 범주를 확대해 전체를 종합적으로 보는 대신 무수히 많은 부분을 그리는 방식으로 활용된다.

1인칭, 인간의 가장자리

1인칭 시점에 대해 갖고 있는 가장 일반적인 생각은 '나'의 목소리로 '나'의 내면을 드러낸다는 것이다. 그러나 살펴본 바와 같이 유계영의 시집에서 발췌한 네 편의 시에서 1인칭은 자기 고백을 위한 도구로 사용되거나 내면의 풍경을 묘사하는 심리적 재현의 기제로 쓰이지 않는다. 1인칭은 감각이나 사적 관계를 측정하는 언어로 쓰이지도 않는다. 유계영의 '나'는 오히려 시체가 되어서 생사에 걸쳐 있는 모든 사람들을 바라보거나 '나'의 죽음을 목도하거나 '나'에게 가르침을 주는 존재가 되는 길을 선택함으로써 대체로 바깥의 존재에 더 가까운 양태를 띠고 있다고 봐야 할 것이다. 내가 파악할 수 없는 전체론적 관점이 아니라 내가 파악할 수 있는 지성과 감성에 기반한 가장 바깥의 존재로서의 '나'가 유계영의 1인칭이 지닌 개념과 범주이다. 부분을 통해 전체를 그리는 것이 아니라 부분의 전체성을 그리는 것이고 단편을 엮어 전체를 이루는 것이 아니라 단편의 확장성을 이루는 것이다. "혼자 열심히 쪼개지면서" 부유물을 만들어내지만 이때 생성되는 부유물은 "많고 투명"하다. 투명하기 때문에 가라앉을 때까지, 그러니까 부유물이 눈앞에서 사라질 때까지 기다리지 않아도 좋다. 부유물이 투명한 이유는 열심히 쪼개진 그것들이 다시 결합되어야 할 부분이 아닌 그 자체로 이미 완성된 형태이기 때문이다. 불완전한 단편이 아니기 때문에 투명한 부유물 사이로 많은 것들이 보이고 많은 것들이 비친다. 스트래선은 20세기스러운 전체론적 사고방식이 불완전한 존재이자 과정에 해당하는 개념으로서만 부유물을 바라보는 이유를 다음과 같이 분석한다.

> 부분들과 절편들로 넘쳐나는 세계에 절망한 사람들은 그것들을 '모으고' '묶고' 하는데, 그 노고에는 어떤 서구적인 불안이 뒤따른다. 아마도 이 불안은 절단이 파괴적인 행위라는 전제 하에 가상의 사회적인 전체가 그로 인해 반드시 다수화되고 파편화되고 말 것이라는 사실에서 비롯된다. 그들은 신체가 수족을 잃어가는 느낌을 받는다. 그러나 절단이 관계를 출현시키고, 응답을 이끌어내고, 또 증여자의 선물을 수중에 넣으려는 의도와 함께 행해지는 곳에서, 요컨대 절단이 창조적인 행위인 곳에서, 절단은 인격의 내적인 역량과 관계의 외적인 힘을 지열한다. 그리하여 이번에는 사회성이 이 능력과 권력 속에서 인격과 관계를 배경으로 하는 형상처럼 '움직이는' 것으로서 나타난다. 칸토어의 먼지는 연결들의 부분적인 현현을 다루는 방식 간의 알레고리를 시사한다.[5]

모으고 묶고 엮는 것을 전체론적 사고에 근거한 서구적 불안의 전조로 읽는 스트래선이 주장하는 바의 핵심은 부분과 절단이 불완전한 단수가 아니라 다른 세계와 연결될 수 있는 최상의 단위이며 그러한 단절을 바탕으로 단수와 단수, 단수와 다수를 넘나드는

---

5 같은 책, 267쪽.

연결이 이루어질 때 여전히 전체론적 사고방식이 유효하게 작동하는 세계에 균열을 가하고 그 사이에서 발견되지 않은 무수한 관계의 가능성을 발견할 수 있다는 것이다. 따라서 모든 것을 내려다볼 수 있는 전지적 시점이 지닌 현실적·윤리적 문제점을 민감하게 인식한 스트래선은 부분과 부분이 연결되는 관계, 말하자면 '관계의 시점'으로 세계를 바라보고자 했다. 유계영이 1인칭을 사용하는 전략은 '나'를 쪼개고 분할함으로써 '나'라는 1인칭의 영역 안에서 칸토어의 먼지처럼 '분할되었으나 완전한' '나'들을 현현시키는 것이다. 살펴본 시들에서 '나'는 그 자체로 완전한 '나'들의 절편을 다루는 방식의 알레고리를 시사한다.

기준점을 0에 맞추면 통합의 기준으로서 '나'는 사라진다. '나'의 0점은 하나의 지점을 의미하지 않는다. 분분한 '나'들이 공존하며 결합을 전제하지 않되 어떠한 방식으로도 결합할 수 있는 상태야말로 기준점 0이 의미하는 바이며 유계영의 시에서 '나'들이 혼자 열심히 쪼개지는 이유이기도 하다. 이르사 시구르다르도티르의 스릴러 소설 『부스러기들』(박진희 옮김, 황소자리, 2016)은 살인 사건이 발생하자 하찮은 부스러기 단서들을 그러모아 숨겨진 진실을 추적해가는 이야기다. 부스러기는 언제나 이렇게 존재한다. 그것은 하찮고 작으며 결집해야만 의미가 발견되는 파편이다. 그러나 전체가 곧 실체는 아니다. 전체는 오히려 허상에 더 가깝다. 전체에서 의미를 찾지 않을 때 부스러기는 모아야만 의미를 가지는 불완전한 존재가 아니라 자유롭게 결합할 수 있는 유동적이고 완전한 존재가 된다. 1인칭이 나의 세계로 침잠하는 것이 아니라 바깥의 세계와 연결됨으로써 관계를 만드는 연결의 시점일 때 점점이 쪼개지는 '나'는 투명한 부유물이고 혼자 있어도 좋은 부스러기다.

"훔쳐보고 싶은 게 아무것도 없는 시/아무것도 훔쳐보고 싶지 않은 사람." 이 글의 도입부에 배치한 유계영의 「시」 일부를 불러본다. 서른네 살 된 화자가 다 죽은 사람처럼 미소를 잃고 아무것도 훔쳐보고 싶은 게 없다고 말할 때 그것은 세상이 지루해서만은 아닐 것이다. 차라리 그것은 너무 많은 것들을 보고 있어서 남몰래 보고 싶은 게 없어진 세상을 향한 목소리가 아닐까. 가장 훔쳐보고 싶은 것은 '나'이고 아직 다 보지 못한 것도 '나'이다. 내가 쪼개지면서 다른 나와 만나는 것은 인간의 가장자리를 증식하는 일이다. 가장자리가 많아질 때 세계와의 접점도 많아진다. 전체 없는 세계에서 1인칭은 쉼 없이 절단면을 만든다. 연결을 위해, 발생하는 관계를 위해.

21.2세기 시인들의 세계*

조대한

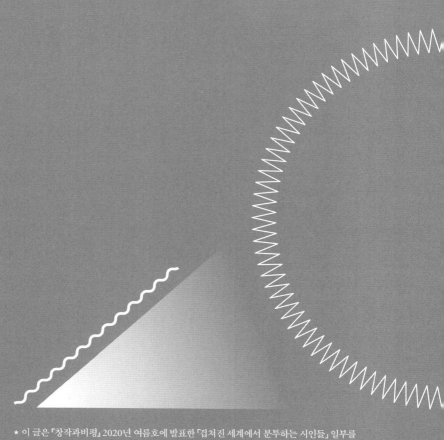

* 이 글은 『창작과비평』 2020년 여름호에 발표한 「겹쳐진 세계에서 분투하는 시인들」 일부를 수정·보완한 글이다.

현실세계의 침입과 1인칭 작가 시점

『전지적 독자 시점』이라는 소설이 있다. 웹소설 분야에서 누적 판매 기록을 갱신할 만큼 큰 호응을 받았던 작품이다. 소설의 서술자는 '김독자'라는 이름의 회사원이다. 그는 이름과 어울리게도 작품 속에 등장하는 어떤 소설을 읽는 재미에 기대어 하루하루의 일상을 버텨나간다. '멸망하는 세계에서 살아남는 세 가지 방법'이라는 표제를 가진 그 소설은 설정의 과잉과 방대한 세계관 때문에 점차 구독자를 잃어갔고, 김독자가 클릭하는 '조회수 1'의 힘에 기대어 겨우 명맥을 이어나간다. 긴 소설의 완결이 다가와 실의와 회한에 잠겨 있을 때쯤, 김독자는 퇴근길 지하철에서 익숙한 이야기의 시작과 다시 마주한다. 도깨비가 나타나고 사람들이 죽어가는 비현실적인 그 장면은 김독자가 수없이 읽었던 소설의 첫 장면이었다. 현실과 허구가 겹쳐지는 그 기이한 소설 속에서 김독자는 등장인물들과 교류하며 자신의 이야기를 새로이 써나간다.

이 작품에는 독특한 메타적 시선과 함께 웹소설에서 흔히 사용되는 여러 장르적 클리셰들이 공존해 있다. 그 속에서 최근 시인들의 시 세계를 독해하는 흥미로운 입각점들을 짚어볼 수도 있다. 첫 번째는 시점의 문제이다. 전지적 독자 시점이라는 이름에 걸맞게 김독자는 자신만이 미리 알고 있는 소설의 내용과 정보의 우위를 이용하여, 마치 작가와 독자의 자리를 뒤바꾼 것처럼 이야기를 주도해나간다. 이는 환생, 회귀, 전생 등 앎의 비교 우위를 지닌 채 작품 속으로 개입하는 설정의 소설들에서 공통적으로 엿보이는 시점이기도 하다. 두 번째는 세계의 문제이다. 앞서 짤막히 서술된 장면처럼 이 작품 속에서 현실과 가상의 세계는 하나로 포개어진다. 김독자에게 소설은 지친 일상과 분리된 위안의 공간이었으나, 현실이 침입하는 순간부터 그곳은 더 이상 안전하지 않은 곳으로 화한다. 이를 읽는 독자들은 익숙했던 세계의 구분이 흔들리는 데서 불안을 느끼면서도, 가상세계에서만 존재했던 영향력이 현실계로 이어질 때 묘한 쾌감을 느끼기기도 한다. 이는 완고하게 구획된 가상과 현실세계의 구분선의 소거이자 익숙했던 리얼리티의 파열일 것이다. 이렇게 겹쳐진 시점과 세계의 징후들을 통해 낯선 근미래의 시간을 살아가는 최근 시인들의 시 세계를 이야기해볼 수는 없을까.

> 딸 같아서 그랬다 귀여워서 그랬다 기억이 안 난다
> 고등법원 재판장 참고인으로 증언한 지도교수가 위증했다고
> 감 씨 고발했지만
> 혐의 없음 불기소처분
> pass****
> 2018. 02. 23. 20:03

짜식아. 빨 리. 내려오고절간에. 들어가서.

이불덮어쓰고수행해라. 지옥행이다

부당 해고 당했다 억울하다

2008년 감 씨 교육부에 소청심사 의뢰

1심 패소 항소 기각

행정소송

1, 2, 3심 모두 패소

지옥행이다

이렇게 당했다 이야기하다

시인들이 일어나고 있다

시인협회는 감 시인에게 자진 사퇴를 권고했다

협회 관계자가 말했다 감 씨의 과오를 모르고 뽑은 것이다

lit0****

2018. 02. 23. 17:09

— 성다영, 「좋은 시」 부분[1]

　이 시편은 언뜻 일반적인 문학 작품이라기보다는 여러 시점의 발화들이 이리저리 조합된 온라인상의 텍스트처럼 읽힌다. 그중 하나는 성범죄로 추정되는 '감 씨'의 잘못을 규탄하고 비난하는 원색적인 목소리이고, 다른 하나는 억울함을 호소하는 당사자의 변

---

[1]　언론사를 통해 진행된 성다영 시인의 인터뷰를 참조하여 시인의 트위터(@tristexxe)에 공개되어 있는 작품을 일부 가져왔다.

명과도 같은 목소리이다. 이에 더해 불기소처분, 해고, 패소, 자진 사퇴 등 사건과 관련된 듯한 공식적 언어들이 함께 나열되어 있다. 시인이 밝힌 바에 따르면, 해당 작품의 제목은 모 문예지에서 청탁 인사 문구로 남긴 '좋은 시를 기대하겠습니다'라는 표현에서 가져온 것이라 한다. 사연인즉슨 신작시의 원고 청탁을 받았는데 그 문예지의 임원이 성추행 문제로 교수직에서 물러난 이였다는 것을 사후에 알게 되었고, 청탁을 거절하는 대신 자신이 고민한 좋은 시를 보내게 되었다는 것이다. 예상된 것처럼 이 작품은 반려 요청을 받았고, 시인이 본인의 SNS 계정에 발표하여 크게 화제가 되었다.

　이 작품에 제기될 비판 중 하나는 아마도 다음과 같을 것이다. 시가 현실의 목적의식을 달성하기 위해 사용되고 있다는 것. 이 비판 속엔 시 혹은 문학이 현실의 목적이나 담론을 구현하는 수단이 아니라는 입장, 최소한 현실의 관점을 직접적으로 담아내는 문학은 덜 아름답거나 세련되지 못하다는 미학적 태도가 담겨 있다. 시의 아름다움을 구성하는 질적 내용에 관하여서는 저마다 입장 차가 존재하겠지만, 확실한 것은 이제 어떤 이들에게 시의 '좋음'이란 작품 내의 아름다움일 뿐만 아니라 동시에 현실의 선함이기도 하다는 것이다. 이와 관련하여 일전에 현실의 목소리가 개입되는 시적 경향에 대한 글을 하나 쓴 적이 있다.[2] 시인과 시의 목소리를 겹치게 하는 작품은 일견 세련되지 못한 미학적 퇴행이거나 현실의

2　「1인칭의 역습, 그리고 시」, 『문학과사회 하이픈』 2019년 가을호.

납작한 재현에 불과하다고 여겨지는 경향이나, 언표행위^{énonciation}의 주체와 언표^{énoncé}의 주체 사이의 분리가 현대시의 성취로 인정받는 일반적인 생각과는 조금 달리, 현실의 음성들이 이중적으로 얽혀 있는 어떤 시적 세계에 관한 이야기였다. 가령 이런 작품들이다.

> 아버지는 제기 위에 온 가족의 손바닥을 두고 못을 쿵쿵 박았다 이제 우리는 영원히 헤어질 수 없단다 가족이니까 아빠는 마지막으로 못 머리를 자르고 영원히 뽑지 못하게 두었다
>
> 이제 너와 나는 우리가 되었다
>
> 우리는 흰쌀밥을 찬물에 말아 먹었다 한자에 우리 이름을 적고, 서걱서걱 과도로 갈라 먹고 우리는 글이 되었다 꾸깃한 종이로 서로를 감싸 안고 까맣게 까맣게 종이를 채웠다
>
> 우리는 문장에 머물렀을 때 가장 아름다웠다
> ──이소호, 「경진이네─5월 8일」[3] 부분

2월 27일
동생이 일기를 쓸 때

───

[3] 이소호, 『캣콜링』, 민음사, 2018. 이후 인용 시 작품 제목만 표기.

나는 낯선 우리에 대한 시를 쓴다

지긋지긋하게 우리로 묶이는 그런

시를

　　　　　　　　　　　—「마이 리틀 다이어리—경진이네」 부분

　내가 요즘 신인들 시집을 자주 보잖아. 잘 들어 시라는 건 말
이야 미치는 거야. 지금 네 상태에서 한 발자국 더 나아가야
지. 독자들을 니 발밑에 무릎 꿇게 만들어야지. 선배들 니들
좆도 아니야 이런 마음으로 나도 뛰어넘어야 하는 거야. 그래
알지 너 시 잘 쓰거든? 시를 못 쓰면 내가 이런 얘기 하지도 않
아. 근데 니가 가족 시를 쓴다는 그 행위 자체에 매몰되어 있
는 거 같아. 니가 이해를 못 하는 거 같으니까 예를 들어볼게
너 제일 좋아하는 시인이 누구야. 그래 최승자처럼 되고 싶다
며, 근데 너 최승자가 될 수 없어. 다르거든 이 세상에 최승자
는 최승자 하나야. 니 시는 뭘까. 끝까지 안 간 느낌? 더 갈
수 있는데, 지금보다 더 극단으로 가야 한단 말이야.

　　　　　　　　　　　　　　　　　　—「송년회」 부분

　이소호의 시집 『캣콜링』에서 발화되는 목소리의 면면들이다. 「경
진이네—5월 8일」에는 제사로 추정되는 풍경이 그려져 있다. 그곳
에서 아버지는 "온 가족의 손바닥을 두고 못을 쿵쿵 박"아 "영원히
뽑지 못하게" 하고 '우리'라는 혈연의 울타리를 선언한다. 「마이 리
틀 다이어리—경진이네」에서 표현된 것처럼 이 시집 안에는 그렇

게 "지긋지긋하게 우리로 묶이는 그런/시"가 여기저기 담겨 있다. 시인은 태어나면서부터 주어진 그 선험적인 현실의 원을 자신의 시적 세계에 겹쳐놓는다. 실제 시인의 동생 이름을 딴 시진이와 시인의 개명 전 이름인 경진이는 그 겹친 세계 속에서 연속된 등장인물처럼 출현한다. 이야기의 무대가 되는 시진이네와 경진이네에서 벌어지는 일들엔 종종 시인의 시점이 반영된 듯한 발화가 각주로 삽입되어 있기도 하다. 그리고 「송년회」는 이 가족의 세계를 그린 작품들에 덧붙은 또 다른 누군가의 목소리이다. 술 취한 음성이 재생되는 것 같은 해당 시편 속의 목소리는 조언을 빙자한 가스라이팅의 일종으로 읽힌다. 이 작품 옆에는 고발을 사과하듯 비꼬는 이소호 시인의 「사과문」이 이어져 있다.

이처럼 앞의 시 세계에서 형상화되고 있는 인물과 사연의 연속체들은 마치 현실 속 작가의 시점이 직접 반영된 것처럼 보이기도 한다. 물론 여기서의 핵심은 그 시적 묘사들을 실제의 사실 여부로 환원시키는 것이 아니라, 현실의 것처럼 기입된 그 목소리들이 시와 현실세계의 경계를 흐트러뜨리며 발생시키는 미적 효과에 집중하는 것이다. 주네트는 이러한 시점들과 관련하여 흥미로운 언급을 남긴 바 있다.[4] 그는 『잃어버린 시간을 찾아서』를 텍스트로 삼아, 등장인물의 경험적 제약과 시점에 묶여 있으면서도 동시에

---

4 실제 주네트는 '시점'이라는 용어가 시각적인 측면만을 유달리 강조한다고 생각하여 대신 '초점화'라는 표현을 사용했다. 여기서는 논의의 편의를 위해, 한국문학장에서 일반적으로 사용하는 방식 그대로 시점이라는 표현을 사용하도록 한다. 주네트의 논의를 손쉽게 설명한 글로는 박진, 『서사학과 텍스트 이론』, 소명출판, 2014, 133~164쪽 참조.

전지적 작가의 시점으로 설명할 수밖에 없는 한 사례를 소개한다. 주인공인 1인칭의 '나'와 작가인 서술자 '나'의 시점들을 이리저리 넘나드는 이러한 서술 방식은 시점의 논리를 침범할 뿐 아니라 서사적 세계의 문법 자체를 뒤흔드는 것이라고 그는 이야기한다.

이 관점을 최근의 시인들이 만들어내고 있는 시적 세계에 잠시 적용해보자. 신형철 평론가는 2010년대 이전 시의 성과를 '시인 (1인칭)의 내면 고백으로부터의 완전한 자유'라고 이야기하며, 한국 시가 "누구도 될 수 있고 무엇이건 말할 수 있는" "위조 신분증"[5]을 얻었다고 언급한 바 있다. 미래파라는 담론에 동의하든 동의하지 않든, 낯설게 빛났던 당시의 시편들 덕분에 한국 시가 지면 속의 '나'를 더 넓은 영역으로 확산시킬 수 있었다는 점을 부인하기는 어려울 것 같다. 당시 그렇게 새로운 발화의 영역을 개척한 작품들과 눈 밝은 해석자들 덕분에 한국 시의 언어는 이전보다 크게 확장되었고 그 미학적 치열함은 여전히 유의미하게 작동하고 있다. 하지만 전위의 원심력과 문학의 자유로움을 빌미로 행해졌던 일부의 억압과 젠더적·계급적 폭력을 경험한 이들에게, 그 위조의 미학은 의도치 않게 현실로부터의 면죄부나 모종의 알리바이처럼 느껴지기도 했다. 그러니까 이 시인들은 단순히 현실의 재현

5　신형철, 「2000년대 시의 유산과 그 상속자들: 2010년대의 시를 읽는 하나의 시각」, 『창작과비평』 2013년 봄호. 현실의 '나'에게서 멀어진 "3인칭들의 형상"이 당시의 대의 불충분성과 대의 불가능성을 그 (무)의식적인 정치적 조건으로 두고 있는지도 모른다는 그의 신중한 논의를 받아들인다면, 최근 현실과 맞닿는 1인칭 발화의 어떤 경향은 촛불, 페미니즘 리부트 등 불완전하나마 실현되었던 대의 가능성의 경험과 일정 부분 맞닿아 있을지도 모르겠다.

이나 고발의 목적으로 시를 발화하는 것이 아니라, 완고하게 분리된 현실과 시의 세계를 의도적으로 겹쳐놓으며 현실과 안전거리에 있던 당시의 미학을 정면으로 겨냥하고 있다고 보아야 할 것이다.

연극적이고 다층적인 시적 주체들이 단단하고 진실된 실체가 있는 것으로 여겨지던 현실의 텅 빈 허위를 드러내는 데 성공했다면, 현실세계에서 침입한 이 발화자들은 이와는 정확히 반대로 실제 유효한 억압으로 작동하고 있음에도 무해한 가상의 세계로 간주되던 시의 진실과 유효성을 폭로하려 하는 것이 아닐까. "문장에 머물렀을 때 가장 아름다웠"던 이야기들은 이제 그 무용한 아름다움의 안전 공간조차 의심받게 되었다.

가상세계의 시스템과 무력한 플레이어

세계와 현실의 겹침에 관한 논의를 다른 방향으로 진전시키기 위해 앞서 언급한 텍스트를 조금만 더 자세히 들여다보자. 『전지적 독자 시점』에서 또 하나 주목할 만한 부분은 외부에서 김독자의 이야기가 진행되는 것을 지켜보는 또 다른 시점과 시스템이 존재한다는 사실이다. 김독자가 얽혀 들어간 그 세계 속엔 전체 시나리오를 주관하는 '스타 스트림'이란 이름의 시스템이 존재한다. 김독자를 포함한 모든 등장인물들은 그 스타 스트림 시스템에 복무하는 도깨비들의 관리하에 각자의 이야기를 겨루고, 방송으로 송출되는 개별 시나리오의 흥미도와 개연성에 따라 자신들을 지켜보는 성좌들에게 '코인'을 받는다. 작가만큼이나 그 세계의 시나리오를 잘 알고 있는 전지적 독자라 한들, 퀘스트처럼 주어지는 스타 스트림 시스템의 강제성과 외부의 시선 없이는 더 이상의 이야기를 이어나갈 수 없다.

최근 작가들과 독자들에게 일종의 플레이어 역할을 부여하는 '던전'이라는 가상의 웹 플랫폼이 만들어진 바 있다. 매일 서비스되는 웹진이라는 점, 구독자의 후원을 상정한 매체라는 점 등은 여타의 대안 플랫폼에서도 발견되는 특징이지만, '던전' 플랫폼이 독특한 것은 그 공간 안에 게임의 인터페이스를 적용하고 있다는 점일 것이다.[6] 이름에서 드러나듯 일종의 게임의 장처럼 공간화된 그곳에선 참여한 이들에게 레벨이 주어지고, 퀘스트 활동에 따라 아이템을 얻을 수 있으며, 물약 등의 아이템을 용사에게 지원한다는 명목으로 작가를 후원할 수도 있다. 그리고 이 모든 것은 '고블린 상인'에게 일정한 입장료를 지불하는 형식을 거쳐야만 참여가 가능하다.[7]

---

6 이융희는 해당 웹 플랫폼의 시도 자체는 긍정적으로 평가하면서도, "서브컬처의 밈을 잔뜩 사용했음에도 불구하고 청탁 텍스트의 정체성을 '순문학 유료 웹진'으로 한정"한 부분에 대해서는 형태만을 변경했을 뿐 알맹이가 바뀌지 않은 변화라고 말하며 아쉬움을 표한다. 이융희, 「문학과 메일링 서비스, 형태보다는 알맹이」, 경향신문, 2020. 3. 25.

7 거의 비슷한 시기인 2020년 2월 말에 문을 연 '주간 문학동네'를 함께 거론할 수도 있겠다. 웹툰의 요일 연재처럼 매일 콘텐츠를 제공하는 웹 플랫폼이라는 점, 시집과 소설집, 산문집 등 완결된 묶음의 텍스트를 향해가는 연재 방식을 활용하고 있다는 점은 양쪽 모두가 지니고 있는 공통된 특징이다. 다만 '던전'은 구독료를 통해 벌어들이는 수입을 작가들과 공동 분배하는 방식으로 시스템을 운영하고 있고, '주간 문학동네'는 작품을 무료로 선공개하고 이후 출간될 단행본의 홍보와 사전 독자의 호응을 겸하는 시스템을 책정한 것처럼 보인다. 각자가 지닌 자본의 크기와 플랫폼의 지향점이 다르기는 하나, 이들 플랫폼에는 글쓰기라는 노동의 생성물과 그 판매 방식, 독자와의 접점에 관한 나름의 고민들이 담겨 있는 듯하다.

밤사이 벽은 얼었다

이동 상인은 이동한다 지난날보다 기울고 야윈 벽 아래로

직접 구운 유리 문진을 팔기 위해서다

이동 상인은 유리 문진에 넣을 수 있는 모든 것을 넣었다

넣을 수 없는 것을 뺀 넣을 수 있는 모든 것

자연력이나 영혼, 신념 체계를 포함할 수도 있다

그 모든 것을 허용함에도 형체를 유지한 유리 문진만이

이동 상인의 가방 안에 들어갈 수 있었다

눈을 치우듯 유리 파편들을 쓸고 쓸었던 순간을 떠올리며

이동 상인은 아무런 마음도 갖지 않는다

그 모든 것을 떠나보낼 심산만으로 매일 아침 눈을 떠야 한다고

기나긴 벽을 다 지나올 쯤에야

느리고 환연한 판단을 내린다

— 배시은, 「평균자유행정」 전문[8]

이 시편에는 "직접 구운 유리 문진을 팔기 위해" 이리저리 이동 중인 상인이 한 명 등장한다. 이 시적 세계가 던전이라는 시스템에 포함되어 있음을 감안해본다면, 게임 내에서 여러 아이템들을 바리바리 싸 들고 배회하는 NPC[9]를 떠올려볼 수도 있겠다. 그는 안이 비쳐 보이는 동그란 유리 문진 안에 "자연력이나 영혼, 신념 체계" 등 자신이 만들어낼 수 있는 것들을 모두 집어넣는다. 다소 의아한 것은 본인이 만든 유리 문진조차도 마음껏 판매하지 못하는 상인의 모습이다. 그것은 창작의 결과물이 마음에 들지 않는 장인의 신념 같은 것일 수도 있지만, "형체를 유지한 유리 문진만" "이동 상인의 가방 안에 들어갈 수 있"도록 허락한 게임 시스템의 강제성 때문이기도 할 것이다.

여기에서 생겨나는 자연스러운 의문은 이동 상인이 왜 이러한 시스템에 순응하고 있는가 하는 점이다. 정성 들여 만들었던 "그 모든 것을 떠나보낼 심산만으로 매일 아침 눈을" 뜨고 이 지친 매일의 반복에 "아무런 마음도 갖지 않는다"라고 되뇌는 상인은 어딘지 자포자기한 듯 보이기도 한다. 그러고 보면 던전에 직접 뛰어든 그는 왜 괴물과 싸우고 레벨업을 할 수 있는 용사가 아니라,

---

8 던전(www.d5nz5n.com) 목요일 연재분이었던 배시은의 시집 『평균자유행정』에서 가져왔다.

9 Non-Player Character. 대개 사람이 직접 조작하지 않는 게임 캐릭터를 지칭한다.

그들을 보조하고 지켜볼 뿐 시스템의 주인공이 될 수 없는 상인을 택했을까. 시의 제목인 '평균자유행정'이 기체의 한 분자가 다른 분자들과 충돌하기까지 이동할 수 있는 평균 거리를 의미한다는 걸 상기해볼 때, 어쩌면 이 인물은 홀로 자유로이 행로하는 사이의 순간만을 행복하다 여기고 이 세계에 적극적으로 참여하거나 다른 이들과 부딪치고 싶어 하지 않는 것인지도 모르겠다. 차갑게 얼어붙은 가늘고 야윈 벽 아래를 지나다니는 이 상인의 이미지는 여러 방식으로 해석되겠지만, 부스러기를 그러모으듯 자신의 창작물을 들고 자의 반 타의 반으로 판매처를 방황하는, 그럼에도 작고 투명한 유리 문진을 완전히 포기하지 못하는 슬픈 시인들의 은유로 읽히기도 한다.

　　사과나무 아래. 송경련이 말한다. 죽으면 경기를 관찰할 수 있다고, 죽으면 다른 사람의 시점으로 세상을 볼 수 있다고. 그들 듀오는 원을 향해 뛴다. 원은 어디에 생길지 모른다. 그러나 그것은 생기고, 여기에는 약간의 운이 작용한다. 우리가 존재하는 곳에 원이 생기면 움직일 필요가 없지만, 원은 늘 우리 바깥에 존재하므로 우리는 뛴다. 널 사랑해, 널 좋아하진 않지만. 왕밍밍은 그런 말도 할 줄 안다. 나는 꿈을 꾸며 꿈에서 내가 소외되는 상황을 즐길 줄 알기 때문에. 원 바깥에 오래 있으면 체력이 닳고, 결국엔 아파서 죽어버린다. 죽기 싫다면 원 안으로 들어가야 하며 체력이 떨어지지 않도록 땅에서 뭔가를 줍고 그것을 먹어야 한다. 난 죽고 싶지 않다. 난 아프고 싶지 않다. 하지만 누군가 날 아픈 사람으로 생각해주는 건 좋다. (……) 다시, 사과나무 아래, 내가 있다. 너, 나무 아래서 회복되는 중이니?라고, 너는 말하지 않고, 넌 그냥 죽어 있는 게 나을 것 같다, 라고 너는 말하지 않고, 나는 가만히 주저앉아 있을 뿐인데, 가지 마 가지 마 가지 마, 거기 사람 있어, 라고 너는 말한다.

— 문보영, 「배틀그라운드 ─ 원」 부분[10]

이 시편 역시 가상의 게임 공간을 배경으로 한다. 전장으로 설정된 이 세계에 플레이어로서 참여하고 있는 인물은 '왕밍밍'과 '송경련'이다. 시집에서 일관되게 형상화된 이 인물들에게도 현실과 겹쳐진 이 별도의 세계 속에 따로 참여하고 있다는 자각이 있는 것 같다. 이를테면 "왕밍밍은 꿈 바깥에서 모기에 물렸"지만 "꿈 안에서 발바닥을 긁"(「배틀그라운드 ─ 원」)는다. 문제는 이 꿈같은 세계 안에서도 손쉬운 휴식을 허락하지 않는 강제적인 시스템이 작동한다는 것이다. 그것은 소위 '원'과 '자기장'이라 불린다. 간략히 설명하자면 원 안쪽은 안전지대이고 원 바깥은 자기장으로 이루어진 위험지대이다. "원 바깥에 오래 있으면 체력이 닳고, 결국엔 아파서 죽어버린다." 그러니 "죽기 싫다면 원 안으로 들어가야" 한다. 시간이 지남에 따라 시스템이 요구하는 원의 크기는 점점 더

---

10 문보영, 『배틀그라운드』, 현대문학, 2019. 이후 인용 시 작품의 제목만 표기. 해당 시집의 작품들은 동명의 1인칭 슈팅(FPS : First-person shooter) 게임 '배틀그라운드'와 기본 세계관을 공유하고 있다.

작아진다. 그렇게 좁아진 원 안으로 달려가다 보면 부득이하게 다른 이들과 마주치게 되고, 살아남기 위해서는 결국 그들과 강제적인 교전을 벌여야 한다.

그러니 이 세계에 참여한 이들에게 허락된 것은 죽느냐 사느냐의 낡은 양자택일이다. 하나는 이 세계에 참전하는 것을 포기하고 플레이어로서 죽음을 택하는 일이다. "죽으면 경기를 관찰할 수 있"고, 자신이 아닌 "다른 사람의 시점으로 세상을 볼 수"도 있다. 다른 하나는 이 시스템의 강제성을 암묵적으로 승인하고 플레이어로서 계속 참여하는 일이다. 이를 택한 자들은 타인을 살해하여 적군의 시체에서 습득 가능한 자원을 강탈하거나, 세계가 보급품처럼 던져주는 "뭔가를 줍고 그것을 먹어야" 타 플레이어보다 강해질 수 있다. 다시 말해 이들의 선택은 3인칭의 무능한 관찰자와 1인칭의 주인공 플레이어로 양분되는 셈이다. 그렇다면 그 양자택일 외에 다른 선택지가 없는 이곳은 세계와의 불화와 투쟁이 전제되지 않은 곳, 즉 시스템을 거부할 수 있는 가능성 자체가 소거된 곳인가?

필사적으로 원을 향해 뛰는 모습으로 미루어보건대, 이 시에 등장하는 이들은 언뜻 후자 쪽을 선택한 것처럼 보인다. 한데 이들의 태도는 어딘가 조금 이상하다. 무릇 플레이어로서 참여한 자는 더욱 강해지기 위해 타 플레이어를 제거하고 그들의 자원을 선점해야 할 터인데, 이들은 마치 누군가와 대면하는 것을 무서워하는 것처럼 보인다. 송경련은 왕밍밍에게 만류하듯 말한다. "가지 마 가지 마, 거기 사람 있어." 다른 이들과의 충돌을 피해 그늘의 벽 아래로 쓸쓸히 이동하던 어떤 상인의 모습처럼, 송경련과 왕밍밍은 누군가와의 부딪침을 꺼려하고 두려워하는 듯하다.[11] 그렇다고 이들이 강제적인 시스템에 적극적으로 저항하는 것 같지는 않다. 시스템이 허락하는 원 바깥으로 뛰어나가 세계와 불화를 일으키는 사람이 된다는 것은 물론 가치 있고 영웅적인 일일 것이다. "누군가 날 아픈 사람으로 생각해주는 건 좋다"고, 그럼에도 솔직하게 "난 죽고 싶지 않"고 "아프고 싶지 않다"고 이들은 말한다. 전장의 룰을 그대로 따르지도 않고 그렇다고 시스템과 적극적으로 적대하지도 않는 이들의 소극적이고 무력한 태도를 어떻게 바라봐야 할까.

라클라우, 무페 그리고 지젝은 '적대antagonism'라는 개념에 대해 이야기한 적이 있다.[12] 그들은 시스템의 혁명을 위해 제거되어야 하는 대상으로 상정되는 어떤 적대의 형상이, 실은 혁명의 움직임을 지속하게 하는 조건 그 자체라고 말했다. 그들은 마르크스의 비전을 사례로 든다. 그들이 보기에 마르크스는 적대를 해결 가능한 '소외'의 관점에서 바라보았다. 마르크스는 노동자들이 자본으로부터 혹은 자신의 노동으로부터 소외되지 않을 때, 다시 말해 소외가 모두 사라지는 순간에 도달할 때 궁극적 혁명이 완수된다

---

11 민경환 평론가는 죽음 이후 '3인칭 데스캠'의 시점을 강요받는 게임의 구조 속에서 문보영 시인의 화자들이 죽음의 '외면'을 선택하고 있다고 분석한다. 민경환, 「덜 죽은 시체를 안 사랑하기 시작하는 거짓말 속에서」, 『크릿터』 2호, 2020.

12 '적대'와 관련해서는 에르네스토 라클라우·샹탈 무페, 『헤게모니와 사회주의 전략』, 이승원 옮김, 후마니타스, 2012, 3장 참조. 라클라우 등과 지젝의 논의가 갈라서는 지점에 대해서는 슬라보예 지젝·주디스 버틀러·에르네스토 라클라우, 『우연성, 헤게모니, 보편성』, 박미선·박대진 옮김, 도서출판 b, 2009 참조.

고 생각했다. 하지만 마르크스는 사회의 원동력을 지속하고 혁명을 가능하게 하는 조건 자체를 없애려 했기 때문에 실패한 것이라고, 세계의 불화를 없애려는 모든 시도는 언제나 실패로 귀결된다는 사실 속에서만 존재 가능한 것이라고, 그들은 주장한다.

이 논의의 틀을 일부 빌려보자. 만약 "추락하지 않는 인간은 게임 참여 의사가 없는 것으로 취급"되는 이 꿈 같은 가상의 세계에서 "추락으로 시작"(「배틀그라운드—사막맵」)되는 세계의 조건을 바꿀 수 없는 것이라면, 그 속에 참여하는 이들이 세계에서 소외된 스스로를 인지하는 순간부터 이미 이 세계에 속해 있는 것이라면, 이들이 할 수 있는 일이란 그저 "꿈을 꾸며 꿈에서 내가 소외되는 상황을 즐"기는 일일 것이다. 그것은 불가피한 추락을 비행의 일종으로 뒤바꾸는 정신 승리에 불과할지도 모르고 근본적인 의미에서의 저항이나 전복은 아닐 테지만, 벗어날 수 없는 잔인한 전장의 감각과 룰을 미묘하게 달리 배치하는 태도이기도 할 것이다.[13] 다른 "사람을 만나도 죽지 않는" "그런 세상을 믿는 자는 게임 참여 의사가 없는 것으로 간주"(「배틀그라운드—설원맵」)되는 세계에서 다른 이들이 무서워 피해 다니고 적극적으로 행동하길 꺼려하는 그들의 머뭇거림은, 추락으로 시작되고 죽음으로 끝나는

---

13 「배틀그라운드—사과」를 보면 추락으로 게임이 시작되는 것을 끝없이 지연시키는 시인의 발화가 이어진다. 또한 시스템의 의도와 무관한 혹은 시스템을 교묘히 이용한 등장인물들의 교감은 「배틀그라운드—송경련이 왕밍밍에 관해 쓴 첫 번째 보고서」 「배틀그라운드—벽에 빠진 사람」 「배틀그라운드—극단의 원」 등 해당 시집의 여러 작품에서 발견된다. 「이토록 낯설고 익숙한 세계」(『자음과모음』 2019년 겨울호)라는 글에서 위와 관련된 내용을 다룬 적 있음을 밝힌다.

이 세계의 약속된 파국을 잠시 지연시킬 뿐이다. 결과적으로 외부 시스템은 견고하게 재생산되고 달라지는 일은 아무것도 없겠지만, 어쩌면 이들은 "한 사람이 미치고 다른 한 사람도 미치고 모든 사람이 미치면" 종내 "아무도 미치지 않게 되"(「배틀그라운드 — 극단의 원」)는 기이한 내부 세계의 풍경을 바라고 있는 것은 아닐까.[14]

겹쳐진 세계의 생존 방식 : 3인칭의 '나를' 살아가기

이처럼 인공적으로 만들어진 가상의 시적 세계와 현실의 경계에서 포착되는 묘한 거리감 혹은 소극적 태도에 대해 주목해볼 만한 언급이 최근에 있었다. 그것은 한 문예지의 시 분야 공모 심사 과정에서 나온 심사평이었다. 심사자들은 응모된 수많은 원고들을 검토하는 와중에 반복적으로 등장하는 "흰색, 폐허, 꿈속에서 꾸는 꿈, 묘한 비현실감, 연인들이 소소하게 주고받는 대화, 조금씩 어긋나는 일상 감정" 등의 이미지를 두고 "어느덧 우리 시단의 기본값으로 축적된" "정서나 세계를 대하는 태도"[15]에 관해 이야기를 꺼냈다. 한 심사자는 "인공적이지 않은 인공 같"은 그 묘

---

14 이는 물론 현실이라기보다는 가상의 세계에 마련된 전장에 가깝다. 다만 양쪽의 겹침을 명료하게 감각하는 이들에겐 이 세계 내 저항 또한 단순한 유희라기보다는 나름의 실존적인 투쟁과 질문이라고 보아야 할 것이다. 한편 자본에 대항하는 시인들의 직접적인 몸의 투쟁과 치열한 질감의 언어에 관해서는 나희덕, 「'자본세'에 시인들의 몸은 어떻게 저항하는가」, 『창작과비평』 2020년 봄호 참조.
15 박상수, 「옷장 깊은 곳에서 새 양말을 발견하는 시인」, 『현대문학』 2019년 6월호, 211쪽.

한 시적 세계를 "낱낱이 깨진 조각을 섬세하게 이어 붙인" "백자"[16]에 비유하기도 했다. 이들의 언급에서 최근의 시인들이 만들어내고 있는 시적 세계의 풍경 하나를 읽어볼 수도 있을 듯싶다.

무엇이었다가 곧 아무것도 아닌 것이 되는

이런 문장을 쓰기 위해 이곳에 온 것은 아니었지만
눈을 떠보니 텅 빈 방이었고

죽지 않고 도착해서 기뻤다

(……)

눈밭 속에
홀로 절이 서 있다

하얀 문과 검은 지붕
검은 지붕 위 쌓여가는
하얀 눈
정지한 세상
고요하고 무궁하게

16 신용목, 「두 개의 백자를 바라보는 마음」, 『현대문학』 2019년 6월호, 214쪽.

내가 찾는 것 무엇이었다가 곧 아무것이 되는 그것은 불빛 그
것은 굴러가는 토마토 그것은 이국의 사람들이 마시는 뜨거
운 홍차 그것은 향기 그것은 허기 그것은 치통 그것은 늙은 개
의 얼굴 그것은 울리지 않는 전화벨 그것에 손을 가져가면 순
간 사정없이 깨어져

무수히 많은 파편들은
흐르고 넘어지고 흐르고 슬프고 흐른 채 나에게 도달한다
눈을 질끈 감는다
　── 한여진, 「검은 절 하얀 꿈」(『문학동네』 2019년 가을호) 부분

얼음 속에는 단단한 벽이 있어
나는 그 너머로 집 한 채를 볼 수 있었다

집에 들어가고 싶다
자꾸 무너지는데도

비를 맞으며
서 있는 아이처럼

인기척이 느껴지면
사라지는 벌레처럼

주머니엔 사탕 봉지가 가득하다

(……)

창문이 깨지는 순간은
거미가 줄을 치는 모습과 비슷하고

아이가 바깥으로 밀려난다

영혼이
그곳에 있는데

귓속에서는
깨지는 소리가 들렸다

작은 유리알 파편처럼

집이라는 건 다 부서지는데도
자꾸만 모으고 싶어진다
　　　　　　　　　── 정재율, 「투명한 집」(『문장 웹진』 2020년 3월호) 부분

　　한여진의 시에는 제목처럼 하얀 꿈 같은 공간이 등장한다. 흰 눈밭 위에 놓인 검은 절, 하얀 문과 검은 지붕이 뒤섞인 이 흑백의 세

계는 "고요하고 무궁하게" "정지한 세상"처럼 느껴진다. '나'는 어떤 문장을 쓰기 위해 혹은 무언가를 찾기 위해 그곳을 방문한 듯싶다. 다만 그 탐색의 대상이 처음부터 명료하게 지정되어 있던 건 아닌 듯하다. 그것은 불빛, 향기, 허기, 치통 등의 모호한 시어들이었다가, "굴러가는 토마토"나 "이국의 사람들이 마시는 뜨거운 홍차"처럼 조금 더 구체적인 질감의 이미지들로 화한다. "무엇이었다가 곧 아무것"이 되어버리는 그 대상들은 내가 처음부터 목표로 두고 있었던 것이라기보다는, 무엇인지 모를 텅 빈 나의 목표를 그곳에서 발견되는 것들이 아무렇게나 채우고 마는 것 같다. 한데 그 이미지들은 내가 가까이 다가서면 "사정없이 깨어져"버리곤 한다. 애써 만들어낸 그 고요한 순백의 세계는 손쉽게 부서져버리고, "무수히 많은 파편"들만 "흐르고 넘어지고 흐르"다가 '나'에게 가까스로 도달한다.

한편 정재율의 작품에 그려진 세계는 조금 더 투명도가 높은 느낌이다. 그곳은 얼음 너머에 있는 '투명한 집'으로 형상화되어 있다. 그곳 역시 직접 다가갈 수 없도록 물리적으로 차단되어 있다. 집 앞에는 얼음으로 만들어진 "단단한 벽"이 있어서, '나'는 투명한 스크린과도 같은 차가운 벽 너머로만 그 세계를 훔쳐본다. 달콤한 기억과 향기에 취해 차마 사탕 봉지를 버리지 못하는 어린아이의 순수한 미련처럼, 나는 눈에 아른거리는 아름다운 집의 편린을 떨쳐내지 못한 채 투명한 장벽 앞에서 비를 맞고 서 있다. 하지만 그 투명한 세계 또한 결국 부서지고 깨져버린다. 흥미로운 것은 그 부서짐의 순간이 어떤 생성의 순간과 나란히 놓여 있다는 점이다. "창문이

깨지는 순간"의 실금들은 "거미가 줄을 치는 모습"과 겹쳐져 있다. 하나의 상실이 다른 발생의 조건이라도 되는 것처럼, "집이라는 건 다 부서지는데도" "자꾸만 모으고 싶어" 하는 나의 모습은 부서지기 때문에 오히려 그것을 형상화하려는 태도로 읽히기도 한다.

같은 해에 첫 작품을 발표했던 두 시인의 시편들은 전혀 다른 매혹을 지닌 작품으로 다가오지만, 논의의 편의와 집중을 위해 인위적으로 공통된 요소를 추출해볼 수도 있을 것 같다. 하얀 꿈이든 투명한 집이든 그 세계는 옅은 가상의 공간으로 그려진다. 그 흐릿함과 거리감은 단순히 내용뿐 아니라 행갈이나 시의 구조 등 형식적 여백으로도 잘 드러난다. 시 속의 발화자들은 재생된 영상을 바라보는 것처럼 그 희고 투명한 세계를 관조한다. 그러다 이들이 그곳에 손을 대려 하거나 들어가려 하는 순간, 다시 말해 현실의 감각과 겹쳐지려 하는 순간 그곳은 부서지듯 사라져버린다.[17] 그럼에도 이들은 그 세계를 다시 만들려 혹은 그곳에 도달하려 애쓰고 있는 듯하다. 왜일까.

---

17 가상세계와 현실의 겹침에서 발생하는 이러한 파국과 멸망의 이미지에서 칸트의 '지적 직관(intellektuelle Anschauung)'을 떠올릴 수도 있다. 이는 어떠한 논증이나 과정을 거치지 않고, 직접적으로 대상을 파악하거나 혹은 곧장 현실에 영향을 미치는 초월적인 정신이나 오성 같은 것이다. 칸트의 비판 철학에선 이를 유한자인 인간에게는 허락되지 않는 신적인 영역이라 여겼다. 바꿔 말하자면 그 정신과 가상의 세계가 곧바로 현실과 맞닿는 불가능한 순간, 당연하게도 그 겹쳐진 세계에는 약속된 파열이 찾아오게 된다. 주인공의 생각이나 정서가 현실세계에 직접적으로 영향을 미치는 '세카이계(世界系)'의 작품들이 파국과 멸망의 이미지로 그려지는 것을 대입해볼 수도 있을 것이다. 이는 일찍이 박상수 평론가가 '백자'와 '세카이계' 등으로 명명했던 황인찬의 시 세계와, 부서지는 미래 세계의 풍경을 직조해내는 최근의 여러 시인들을 떠올리게 하지만 지면의 한계상 이 논의는 다음을 기약해본다.

하얗고 딱딱한 그것은
의자처럼 보인다

하얀 천 위에 앉는다
나는 구름처럼 폭삭 가라앉는다

앉을자리 하나 없어
방에는 아무도 초대하지 않는다

가면을 쓴 얼굴은 가면을 끝까지 벗지 않고
하얀 천을 걷지 않고

진짜 의자를 찾아볼까

—조해주, 「의자가 없는 방」 부분[18]

저녁 먹었어요?

어떤 사람이 그렇게 물어오면
일부러 저녁을 먹지 않는다. 먹지 않았다고 말하려고.

약속 장소에 도착하기 전에

---

18 조해주, 『우리 다른 이야기 하자』, 아침달, 2019. 이후 인용 시 제목만 표기.

드라마를 본다.

행복해지거나 죽기 직전까지의 이야기.

뉴스를 본다.

신발을 훔치다가 사람이 찌른 적이 있다고 말하려고.

(……)

어디 아파요?

어떤 사람이 나의 안색을 살피면

아프지 않다. 혼자 있을 때 마음껏 아프려고.

시계탑을 지날 때

꽃을 사지 않는다.

이 침묵을 계속하려고.

송이 씨는 무얼 좋아하나요, 그 사람이 물었을 때 어떻게 대답

하면 좋을지

몇 가지 생각해둔 것이 있다.

—「여분」부분

표지부터 새하얀 조해주의 시집 『우리 다른 이야기 하자』의 시편들이다. 「의자가 없는 방」에는 작고 하얀 동그라미가 놓여 있다. "하얗고 딱딱한 그것은" 언뜻 "의자처럼 보인다". '나'는 그 위에 풀썩 몸을 얹어보지만, 딱딱해 보였던 외형과 달리 그것은 실체가 없는 "구름처럼 폭삭 가라앉는다". '나'가 그것이 의자인 줄 알았던 이유는 속을 가린 하얀 천 때문이었을 것이다. '나'는 내심 "진짜 의자를 찾아볼까" 생각하다가도 끝내 가면과도 같은 그 "하얀 천을 걷지 않"는다. 앉을자리가 없는 까닭에 '나'는 이 의자가 없는 방 안에 아무도 초대하지 못한다. 해당 시집에는 이와 비슷하게도 의자가 하나여서 친구가 한 명밖에 오지 못하는 장면(「도모다찌라고 말하자 친구가 도망갔다」), 의자의 개수와 참석자의 인원이 어긋나는 장면(「참석」) 등 의자라는 조건이 마련된 뒤에야 누군가가 나타날 수 있는 풍경들이 종종 그려진다.

「여분」을 보면 '송이 씨'라고 불리는 '나'가 등장한다. 어떤 사람이 어딘가 아프냐고 물으며 '나'의 안색을 살피면, '나'는 "혼자 있을 때 마음껏 아프려고" 지금은 아프지 않은 사람이다. 또 그 사람이 무얼 좋아하는지 질문할 때를 대비하여 "어떻게 대답하면 좋을지" 답변을 미리 생각해두는 사람이기도 하다. 이는 언뜻 그 사람과 함께 있는 시간을 무탈하게 지나려는 장면 같기도 하지만, 현실의 누군가와 접촉하는 시간을 어려워하는 모습처럼 느껴지기도 한다. '나'는 홀로된 하얀 침묵의 풍경을 유지하기 위해 색채가 있는 꽃조차 사지 않는다. 이 같은 시의 풍경에, 앞서 언급됐던 동그란 의자를 겹쳐볼 수도 있겠다. 사람들의 등장을 가능케 했던 의자라는 조건을, 이 시에서는 조건문이라는 언어적 형식으로 치환해보자. 가령 '나'는 저녁을 먹었는지 "어떤 사람이 그렇게 물어오면" "먹지 않았다고 말하려고" "일부러 저녁을 먹지 않는다". 하얀 천의 동그라미가 의자라는 공간을 구획하고 사람들의 방문을 결정짓는 효과를 수행한 것처럼, 그 사람이 '나'에게 건넬 질문의 조건은 '나'의 행동을 제약하고 발화의 경계를 한정하는 화행적 동그라미라고 말할 수도 있을 것이다.

다만 어딘가 기이한 점은 '나'의 행동이 그 조건을 예상하듯 미리 행해진다는 점이다. '나'는 저녁 먹었냐는 그 사람의 질문을 미리 염두에 두고 밥을 먹지 않고, 무엇을 좋아하는지 대답하기 위해 몇 가지 생각을 해두며, 말과 이야기를 하기 위해 "뉴스"와 "드라마를 본다". 그러니까 해당 조건들이 이후 '나'의 행동을 이끌어내고 제약하기도 하는 가상의 동그라미인 것은 사실이나, 그 조건들을 충족시키기 위한 행동을 '나'가 먼저 수행한다는 것이다. 내 행동의 원인이자 전제가 되는 세계를 내가 미리 만들고 있는 셈이다.

이 역설적인 선후관계를 조금 더 자세히 살펴보기 위해 가상의 원을 만들어냈던 문보영 시인의 이야기를 잠시 가져와보자. 시인은 한 산문에서 혼자 글을 쓰거나 춤을 추는 건 전혀 어렵지 않은데, 빵집에 가서 식빵을 사거나 신호등의 신호를 기다리는 일은 너무나도 어려울 정도로 일상의 현실이 두려워지는 순간이 찾아온 적이 있다고 고백한다. 그러다 시인은 누군가의 브이로그를 보았고 자신도 우연히 브이로그를 찍게 되었다고 한다. 밥을 거의 안 먹는데 "밥 먹는 척"을 하고 "우울증에 안 걸린 척" 거리를 걸다 보니 정말로 그렇게 일상을 살아가게 되었다고, "안 미친 척하다 보면 정말 안 미칠 수 있을 것만 같"[19]았다고 시인은 말한다. 그 가상세계 속 '나'의 모습은 분명 시인이 만들어낸 것이지만, 이후 시인의 일상을 살아가게 하는 조건이자 현실보다 앞에 놓여 있는 지침의 형상이 되었던 듯싶다. 먼저 상영되는 나를 바라보고 생을 움직여나간다는 점에서, 그것은 온전한 1인칭의 '내가' 살아가는 삶이라기보다는 3인칭의 '나를' 살아가는 삶의 방식이라고 말해야 할 것 같다.

언뜻 현실에 발을 붙이고 있지 않은 것 같은 이 희미한 가상의 세계에 대해, 실존적 질감이나 치열함이 부족한 듯 느껴지는 이 여백의 감각들에 대해 의심이나 비판의 시선도 충분히 있을 듯싶다. 다만 앞서 '적대'를 이야기하며 언급되었던 자본이라는 조건을 잠시 떠올려보자. 마르크스는 사용가치와 교환가치 사이의 간극, 즉 실물과 화폐 사이에 생겨나는 불일치의 적대 관계를 자본주의의 파국의 원인으로 바라보았다. 하지만 이제 화폐라는 최소한의 물질마저 잃어가며 가상의 숫자로 작동하는 그 자본은 때로 아무런 실물 근거를 두지 않아도, 미래의 '잉여'와 가치를 미리 당겨와 실제 우리의 삶을 작동시킨다. 올바름의 판단은 잠시 차치해두고서라도 그 강압적인 조건을 단순한 허상으로 치부해버리는 것이 과연 가능할까? 어떤 시인들이 만들어낸 시적 세계 역시 아무런 물

---

19 문보영, 「대충 살고 싶어서 시작한 〈어느 시인의 브이로그〉」, 『현대시』 2019년 1월호, 269~270쪽.

질적 기반이나 실물이 없을지라도, 근미래의 자신을 겨냥한 채 행동하고 발화하는 수행 속에서 생겨난 "여분"의 가상은 그들의 삶을 이끌어가는 유효한 실체적 조건이 되기도 한다. 하얗고 투명한 그 세계는 낯선 현실과 만나면 쉽게 부서져 내릴 정도로 허약하지만, 무너지는 누군가의 일상을 지탱할 정도로 충분히 단단하기도 하다.

'세계의 자아화'라는 오래된 표현이 있다. '나'의 발화로만 환원될 수 없는 현대시의 다각적인 발화와 그 안에 분명히 존재하는 불화를 설명하기 곤궁한 까닭에, 이제는 거의 유명무실해진 개념이다. 하지만 '자아'라는 관습적인 맥락의 폭력성만 잠시 소거한다면, 어떤 시인들에게 이는 여전히 유효한 표현일 듯싶다. 물론 그것은 현실세계와 '나'가 아닌 가상의 시적 세계와 '나'가 겹쳐진다는 거꾸로 된 방향에서 그러하다. 자신이 만들어낸 세계 속 나에게 기대어 다시 자신을 만들어나가는 이들이 있다. 그들이 만들어낸 투명한 얼굴은 스스로를 무한히 분열시켜나가는 것이라기보다는 실물 없이 텅 빈 나를 지탱하는 것에 가깝다. 그들이 얼굴의 "가면을 끝까지 벗지 않"는 이유는 무엇을 숨기거나 가리려는 것이 아니라, 가면 그 자체가 자신들의 얼굴이기 때문이다. 이 투명한 세계를 살아가는 시인들의 발화는 이제 막 시작되었다.

2부

남류 소설가 : 남성 서사 되묻기

보 론

　2020년 9월 24일, 압구정 소전서림에서 열렸던 요즘비평 포럼의 2차 행사는 '남류 소설가: 남성 서사 되묻기'를 주제로 하고 있었다. 페미니즘 리부트 이후, 여성의 문학적 재현이 이루어져온 방식에 대해 성찰하며 여성 서사가 양적·질적인 성장과 확장을 거듭하는 동안 상대적으로 위축되었던 남성 서사에 대한 조명이나 재점검의 자리는 그다지 찾아볼 수 없었다. 이런 문제의식 아래, 사회를 맡은 조대한 평론가의 말처럼 "그간의 관습에 대한 단순한 풍자를 넘어서서 현시대의 남성 서사의 양상과 한계를 조명하고자" 하는 목표를 가지고 기획된 포럼이었다. '남류 소설가'란, '소설가'로서의 보편적 정체성을 남성으로 일반화하고 여성들을 소외시키며 생긴 '여류 소설가'라는 용어가 더 이상 유효하지 않은 상황에서 이를 전도한 용어로 사용된 조어이다.

　여성 소설가들이 출판 시장에서 약진을 보일 뿐 아니라 각종 문학상을 휩쓸고 있는 경향은 최근 두드러지게 나타난다. 수년간 문학동네 젊은작가상, 현대문학상, 김유정문학상, 만해문학상, 심훈문학상, 신동엽문학상 등 각종 문학상의 수상작과 후보작 명단을 여성 소설가들이 가득 채우고 있는 현실을 보아도 알 수 있다.

　2020년 한국 소설 판매 순위 1위부터 9위까지가 전부 여성 작가의 작품이다. 포럼에서 노태훈 문학평론가가 지난해 주요 문예지에 발표된 단편소설과 주요 출판사에서 출간된 단행본 소설을 분석한 결과 남성 작가의 작품은 단편 316편 중 92편(29%), 단행본 92권 중 31권(34%)에 불과했다.[1]

이에 대해 허희 평론가는 한국문학장의 페미니즘적 정체성이 2010년대부터 이어진 젠더 불평등 해소를 위한 시대정신과 조응하는 것이며 남성 편향적으로 기울어진 기존 문학장의 균형을 맞추기 위해 문단 내부에서 가시적으로 시행했던 방침이 문예지 편집위원, 문학상 심사위원의 성비를 동등하게 맞추거나 여성의 비율을 더 늘리는 것이었다고 분석하기도 했다.[2]

앞에서 잠시 언급했다시피, 2020년 2차 요즘비평포럼에서 노태훈 평론가는 통계를 통해 남성 작가의 현실과 현재의 위치를 재조명해보고자 했다. 페미니즘 리부트 이후 일각에서 "여성 작가들이 득세해 남성 작가는 설 자리가 없어"졌다거나 "퀴어-페미니즘 서사 속에 다른 이야기는 어렵"다고 하는데 통계를 통해 실제로 그런지 살펴보자는 것이다.

노태훈 평론가는 위에서 언급했던 것처럼 통계를 살펴본 후 "여성 작가의 비중이 높기는 하지만, 극단적인 양상은 아니"라며 "각 문예지 수록 작가와 작품 수를 살펴보았을 때도 유의미한 편향이 발견되지는 않았다"고 했다. 그러나 상당히 많은 소설들이 여성

1 2019년 한 해 발간된 (순)문학 문예지와 주요 단행본을 기준으로 조사한 것이며 문예지의 경우 『창작과비평』 『문학과사회』 『문학동네』 등 총 17개 문예지에 한해 조사했다.
2 허희, 「한국문학의 새로운 바람, 여성의 힘」, 웹진 『출판N』 2020년 11월호.

작가의 작품이며 문학상이나 베스트셀러 역시 여성들이 독점하다시피 하고 있고 소설을 구입하는 비율도 여성이 훨씬 높은 것은 사실이다.

그러나 이렇게 여성 작가가 약진하고 있고 "꽤 많은 작품이 페미니즘, 미투 운동을 언급"하고 있어 여성 의식을 다루는 작품도 증가했을 것 같으나, 노태훈 평론가는 "대체로 여성 인물에게서 기인한 남성 인물의 곤혹스러움을 재현하는 형태였"음을 지적했다.

그는 이기호의 「위계란 무엇인가?」와 김경욱의 「하늘의 융단」 등을 언급하며 "젠더 이슈를 다루는 남성 작가들은 소설이라는 장르, 소설가라는 인물, 작가 자신의 자전적 이슈를 교묘히 끼워 넣는다. 일종의 변명과 같다"고 비판했다. 남성 작가들의 위축을 너무 염려할 필요는 없으며, "문제적 지점을 더 고민"해보아야 한다는 것이다. 예를 들면 최근 김봉곤 사태와 함께 대두된 '재현의 윤리'에 관한 문제 같은 것인데, "남성 작가에 의해 여성 인물이 재현될 때 고통이나 상처가 드러나는 방식이 늘 남성으로부터의 폭력"임과 "남성 폭력으로부터 여성이 고통을 헤어나지 못하는 양상"이라는 점을 비판하고 "'무엇을 재현하는가'에서 '무엇을 재현하지 않는가'를 보아야 하지 않을까" 하는 질문을 던졌다. "오히려 2019년의 신춘문예 등단 작가의 경우 거의 절반으로 양분되어 남성 작가의 진출 및 활동이 위축되었다고 보기"에는 힘들다는 것이다.

이소 평론가는 '죄의식의 남성성, 해원의 여성성'이라는 제목으로 임철우 작가의 소설 속에 나타난 여성성이 지닌 한계를 이야기했다. 여성이 그간 "역사를 조망하고 사유하는 자가 남성인 데 반해, 여성성의 영역은 역사의 외부나 초월로서 요청되거나 혹은 역사의 희생양으로 정형화"되며 재현되었다고 보았다.

그중 역사의 희생양으로 재현된 예를 『이별하는 골짜기』의 경우를 들어 설명했는데, 일본군 '위안부' 피해자 순례 할머니와 관찰자인 젊은 역무원 동수가 등장하는 이 소설에서 동수에게만 '화사하고 천진한 소녀 순례'의 모습이 보이게 된다고 지적했다. 순례는 "확신과 위안을 선사하며 사건을 종결하기 위해 출현한 동화적·신화적 존재"로 그려지는데 이소 평론가는 트라우마적 주체들이 모인 자리에서 주인공 동수처럼 죄의식을 가진 남성 주체가 등장하는 특징이 임철우 작가의 소설들에 드러난다고 보았다.

"역사의 외부나 초월로서 요청"된 예로는 『황천기담』의 「월녀」에 나오는 '젖을 먹여 남성을 구원하는 여성상'을 언급했다. 그녀는 "임철우 세계에서 신적인 것은 철저히 여성의 '성적인 육체'에 기반하여 구성된다"고 분석하며 "육체로 환원된 여성의 반대항으로 그 육체성을 사유하는 남성만이 주체화되"었고 "성별화된 테크놀로지를 사용하여 사건을 의미화"했다고 비판했다. 그리고 임철우 작가의 소설이 "남성 주체가 타자의 고통을 재현하기 위해 어떻게 여성성을 하나의 기능으로 타자화하는지"를 고찰하면서 기존 남성 주체와 여성 재현에 대한 근본적인 재성찰이 요구된다고 보았다.

이은지 평론가는 남성 서사 속의 하위주체 남성들에게 초점을 맞췄다. 2000년대 이후로 문단에서 각광받았던 남성 서사에 "일종의 백미러"를 비춰보려는 시도였다. "민족적·국가주의적 이데올로기와 할리우드식 블록버스터 스타일의 결합으로 재현되었던 남성 서사"가 "크고 넓은 스케일, 빠르고 선형적인 전개, 근대적 미학과 대중적 오락성의 동시적인 성취 등과 같은 요소를 통해 범주화"된다고 보면서 이것들이 "국가, 민족, 가족 등 단일한 원천으로부터 발원하여 그것을 중심으로 발전하고 통합되는 '본질주의적 문화'에 대한 신화가 붕괴하면서 서서히 자취를 감추어가"는 가운데 새로운 남성 주체의 가능성을 장기적으로 모색할 필요가 있음을 강조했다.

이은지 평론가는 박민규의 『지구영웅전설』, 이기호의 『차남들의 세계사』, 성석제의 『투명인간』을 언급하며 이 소설들의 남성 서사와 남성 인물들 사이의 관계에서 공통적으로 나타나는 것이 지배 남성과 피지배 남성 간의 종속적 위계의 작동이라고 보았다. 이 소설들에서 드러나는 것은 "지배 남성-지배 질서 내에서 남성이 저항할 가능성이 얼마나 낮은"가 하는 것이다. 한국은 국가주의-남성 서사에 경사되도록 만든 특수한 역사적 배경을 가지고 있으며 문학 또한 이에 대해 자유로울 수 없었기에 권력과 위계와 관련된 형태로 구성되는 남성 서사가 주도적으로 생산되고 애호된 점이 있다는 것이다.

그러나 이은지 평론가는 소설 속의 피지배자 남성이 "지배 질서에 순순히 동일시하여 서사를 진행"하는 것 같지만, 실상 "표상을 부분적으로 재현하는 흉내 내기에 그치며 지배 질서에 자기 파괴적인 타격"을 입힌다고 보았다. 기존에 반복적으로 재생산되어왔던 피지배 남성 서사에서 벗어나 "개별 남성 주체가 보다 생산적으로 지배 질서에 저항하고 그 변화 가능성을 장기적으로 모색하는 문학적 기획"이 필요함을 발견해야 한다는 비평적 문제 제기라고 할 수 있다.

그러나 하위주체 남성 또는 피지배 남성의 저항은『지구영웅전설』의 바나나맨이 자기 자신이 훼손되고 불완전한 재현물이 됨으로써만 지배 질서에 위협을 줄 수 있는 것처럼 "지배 질서를 위협하는 동시에 자신을 소진하며 저항의 타격감을 무효화"하는 것이어서 지배 질서에 타격을 줄 수 있는 여지 역시 "지극히 제한적"이라고 지적했다.

그러나 이은지 평론가는『차남들의 세계사』에서 "지배 남성-지배 질서를 받아쓰도록 강요"당하는 와중에도 나복만이 까막눈인 사실을 끈질기게 고백하지 않고 버티는 이유나 그 내면의 심리, 사라진 뒤에 김순희에게 편지를 보내는 심리 혹은 그 편지들의 전문에 대해 생각해볼 필요가 있으며 지배 질서를 심층에서부터 위협하고 불안정하게 만드는 저항의 단초를 형성하는 부분이 있다고 보았다. 또한『투명인간』같은 경우에도 투명인간이 된다는 사실이 만수의 "반주체적이고 하위주체적"인 태도를 가시화하고 지배 질서 이면을 드러낸다고 했다. 결국 이은지 평론가는 우리에게 필요한 것은 "지배 질서에 대해 파괴적 저항력을 발휘하지도 않고 자기 자신을 파괴하지도 않는 남성성에 대한 모색"이라는 성찰의 지점을 남겼다.

김요섭 평론가는 "마이너리티-남성'에서 '남성-마이너리티'로 전도된 피해 서사"에 집중하며 "남성 마이너리티 집단은 '무고한 남성' 서사라는 '마스터 플롯'을 가진다"며 "남성-마이너리티로의 수렴도, 남성-마이너리티에 대한 거부도 아닌 징후"로써 이기호 소설가의 「위계란 무엇인가?」를 읽어냈다.

「위계란 무엇인가?」에는 광주의 문창과 교수인 '이'와 그의 연구실에 찾아오는 문창과 학생 '박재연'이 등장한다. 김요섭 평론가는 "언제든 위계에 의한 폭력이 발생할 가능성을 내포"하고 있는 이들의 관계가 "채연과 학교 선배의 다툼에 그가 우발적으로 개입하면서 다른 양상으로 전개"되는 부분에 주목한다.

김요섭 평론가는 이 소설에 등장하는 채연, 이 교수, 최 교수와의 관계와 대화를 통해 드러나는 "개인화와 구조화의 대척점에 선 두 남성 해석자와 해석자의 위치에 설 수 없게 배제된 한 여성의 서사가 혼재되며 발생하는 불협화음"이 중요하다고 보았다.

이 교수는 폭력 예방 교육의 강사로부터 '위계에 의한 폭력'이 '지위나 계층을 나타내는 등급'을 뜻하는 '위계位階'가 아닌 '속임수나 상대방에게 오인, 착란을 일으켜 그러한 심적 상태를 이용하는' '위계僞計'의 의미임을 전해 듣는다. "위계位階는 위계僞計로 전환"되며 "채연과 이 교수의 차이의 구조적 격차는 소거되고 둘 사이는 개인과 개인의 관계로 환원된다". 이에 대해 김요섭 평론가는 "작품 속 고뇌하는 해석 주체가 끝내 '위계'에 대해 오해하는 행위로 자신의 윤리적 위치를 유지하려는 것"이라고 해석했다. "이 진정성의 주체는 불가해한 타자로서의 채연에 대해 반복적으로 고민함으로써, 그리고 그 고뇌가 결코 앎의 순간으로 나아가지 않을 때만 자신의 윤리적 자리를 지킬 수 있"기 때문에 "윤리적 포즈를 향유하기 위해 사진의 무지를 지키는 수동적 주체"로 남는다는 점을 지적했다.

2020년 2차 요즘비평포럼은 이처럼 기존의 남성 서사와 여성에의 재현 방식을 반성적으로 검토하고, 최근 여성 서사에 비해 상대적으로 정체되거나 새로운 발명과 성찰이 유보되어 있는 남성 서사에 대해 본격적으로 이야기하며 페미니즘 이후의 남성 서사의 지형을 파악해보려는 시도였다.

아버지는 자신의 죄를 알지 못하나이다

김요섭

마이너리티-남성에서 남성-마이너리티로, 전도된 피해 서사

시사주간지 『시사인』은 '20대 남자' 현상이라는 기이한 현상을 추적하는 연속 기획을 진행한다. 보수 야당에 비해 젊은 세대에서 높은 지지를 받아왔던 집권당과 대통령 지지율이 유독 20대 남성 집단에서 급감하는 현상이 반복 관찰되었기 때문이다. 이들은 20대 남성 집단이 20~30대 청년 세대와도 이질적일 뿐 아니라 남성 집단 일반과도 구분되는 집단 정체성을 구성한 것이 아니었는가를 질문한다. 그리고 20~30대 여성과 남성을 대상으로 대규모 설문조사를 통해서 20대 남성 중 25.9%가 극도로 강경한 신념형 반페미니스트라는 충격적인 결과[1]를 확인한다. 이 신념형 반페미니스트 정체성 집단에서는 여러 문제가 있는 인식(소수자에 대한 차별, 형식적 공정성에 대한 집착, 여성이 경쟁의 공정성을 무너뜨린다는 인식 등)이 발견되지만, 그들이 가진 강한 공고한 신념은 남성성이 차별받고 있다는 강력한 피해의식이다.[2] 이 피해의식은 흥미롭게도 남성 집단 내의 약자(마이너리티-남성)를 상상하는 것이 아니

---

1   천관율·정한울, 『20대 남자: '남성 마이너리티' 자의식의 탄생』, 시사IN북, 2019, 65쪽.

라 남성이라는 약자(남성-마이너리티)를 상상해낸다.

　남성 마이너리티 정체성이라 명명된 이 집단은 낯설지만, 어떤 모습에서는 기시감을 느끼게도 한다. 미래에 대한 좌절과 패배감, 사회적 격차에 느끼는 무력감은 2000년대 한국문학장에서 주목받았던 마이너리티-남성, '루저'의 모습과 겹쳐지기 때문이다. 루저, 사회적으로 실패한 마이너리티-남성들 역시 여성을 적대의 대상으로 상상해왔음을 부정하기는 어렵다. 박민규의 「아침의 문」(『아침의 문』, 문학사상, 2010)에서 영아 살해를 시도하는 여성이나 장강명의 『표백』(한겨레출판, 2011)에서 자살을 전염병처럼 퍼뜨리는 '세연'처럼, 타락한 사회에 과잉 혹은 과소 적응한 여성은 마이너리티 남성에게 폭력의 피해자이자 주체로 인식되었다. 그러나 이 시기의 여성은 마이너리티 남성과 대등한 주체는 아닐지라도 동일한 절망(『표백』)에 직면한 사회 성원이었다. 그런 점에서 남성-마이너리티 정체성을 재생산하는 마스터 플롯과 마이너리티-남성의 서사는 상이한 적대의 구조를 가진다.

　남성 마이너리티 집단은 '무고한 남성' 서사라는 '마스터 플롯'[3]

2　'지금 시대는 여성 차별보다 남성 차별이 더 심각하다'라는 문항에 반페미니즘 신념형 20대 남성이 동의하는 비율은 100%(약간 동의 39.1%, 매우 동의 60.9%)였다. 같은 문항에 이들 집단을 제외한 20대 남성이 동의하는 비율도 71.2%(약간 동의 47%, 매우 동의 24.2%)로 매우 높은 수치였다. 이 수치는 30대 이상 남성에서도 56.3%(약간 동의 38.6%, 매우 동의 17.7%)로 상당히 높지만, 신념형 집단으로 형성되지는 않았다. 같은 책, 93쪽.

3　마스터 플롯은 한 사회 안에서 사회 구성원들에게 공유되는 이야기로 그 사회의 가치와 정체성에 연결되어 강력한 설득력을 발휘하는 서사다. H. 포터 애벗, 『서사학 강의 : 이야기에 대한 모든 것』, 우찬제·이소연·박상익·공성수 옮김, 문학과지성사, 2010, 99~102쪽.

을 가지고 있다. 결백한 남성 개인이 여성들에 의해서 공정함이 훼손된 법정(제도)의 피해자가 된다는 '무고한 남성' 서사는 이 집단의 세계관과 피해의식을 재생산하는 수단이다. 20대 남성 중 절반 이상이 법은 남성에게 불리하다고 인식[4]하고 있다는 사실은 '무고한 남성'이라는 마스터 플롯이 이들 사이에서 강력하게 작동하고 있음을 보여준다. 이는 전통적인 '악녀'의 상상력과는 구별된다. 악녀(혹은 마녀)가 기성의 사회질서를 교란하는 예외적 소수라면 '무고한 남성' 서사 속 여성은 부조리한 사회구조의 생산자다. 여성에 대한 공포가 이렇게 질적으로 전환된 배경은 역시 페미니즘이다. 남성 마이너리티 집단은 페미니즘을 사회의 핵심 가치를 (불공정하게) 교체하려는 기획[5]으로 인식한다. 마이너리티 남성 서사에서 세계를 변화할 힘은 박민규가 『핑퐁』(창비, 2006)에서 보여주었듯 멸망(리셋)의 상상력을 경유해야 겨우 상상할 수 있었다. 남성-마이너리티의 서사와 마이너리티-남성의 서사 사이에는 적잖은 간극이 자리한다.

하지만 마이너리티-남성 서사와 남성-마이너리티 서사의 분리가 유지될 수 있는가에 대해서 불안하게 되묻게 된다. 단지 문단문학장에서 마이너리티-남성 서사가 급격히 위축[6]되는 국면에

---

4 법 집행이 남성에게 불리하다는 인식은 20대 남성에서는 53.6%로 절반이 넘는다. 이 비율은 30대 이상 남성에서는 절반 이하로 떨어진다. '무고한 남성' 서사는 남성 집단 사이에서 적잖이 통용되지만, 남성 마이너리티 집단에서처럼 견고한 것은 아니다. 천관율·정한울, 앞의 책, 32쪽.

5 같은 책, 124쪽.

남성-마이너리티 서사의 등장이 가려진 것은 아니었나? 김경욱의 「하늘의 융단」(『문학사상』 2019년 1월호)처럼 스쿨 미투의 무고한 피해자가 되는 중년 동성애자 남성을 내세운 작품은, 인물의 성정체성을 통해 '무고한 남성'를 정당화하면서 (여성이 지배하는) 제도를 가해의 수단으로 상상한다. 성소수자의 위태로운 위치를 남성-마이너리티의 피해의식을 위해 동원한다. 이 소설에서 김건형이 "남성 청년들의 열패감과 억울함의 정동이 스스로를 박탈당한 약자로 간주하고 여성/퀴어에 대한 혐오를 '보통 사람'의 마땅한 자기방어 수단으로 전유하는 맥락"[7]을 발견한 것은 남성-마이너리티 서사의 작동을 정확히 짚어낸 것이다.

2000년대 남성 서사의 중요한 축이던 마이너리티-남성 서사가 남성-마이너리티라는 공격적 피해의식으로 수렴될지 모른다는 불안감은 이기호의 「위계란 무엇인가?」(『자음과모음』 2019년 가을호)를 되짚어보게 한다. 그의 소설은 어떤 징후로 읽히는데 남성-마이

---

6 페미니즘 리부트 이후 문단문학장에서 중요해진 남성 서사는 퀴어 서사다. 남성 퀴어 서사는 소수자(마이너리티)인 남성의 서사지만, 이 글에서 다루는 2000년대 마이너리티-남성 서사와는 구별된다. 마이너리티-남성 서사는 이성애자 남성을 정상성의 범주에 놓고 젠더에 대한 질문을 소거한 뒤, 세대 담론의 차원에 약자로 재현된다는 점에서 남성 퀴어 서사를 배제하고 있기 때문이다. 여기서는 남성-마이너리티 서사와의 비교를 위해 '루저'로 대표되는 2000년대 남성 서사적 특질을 '마이너리티-남성' 서사로 명명하고 있으나 이는 편의를 위해 설정한 구도일 뿐, 마이너리티를 대표하는 서사로 추인하려는 것은 아니다. 루저의 세대 감각이 오늘날 퀴어 서사에서 유사하게 등장하기도 하지만 주체('나')를 상상하는 방식에서 차이가 있다. 박상영의 퀴어 서사 속 실패의 감각과 '나'의 인식을 논의한 전기화의 「내가 나의 실패에 대해 말하겠다」(『문장 웹진』 2018년 12월호)가 이러한 차이를 살피는 데 도움이 되었다.
7 김건형, 「지금, 인간에 대해 말할 때 일어나는 일 : 혐오의 정치적 자원화에 대하여」, 『문학동네』 2019년 가을호, 627쪽.

너리티로의 수렴도, 남성-마이너리티에 대한 거부도 아닌 자리, 그 모든 층이 겹치거나 전부 엇나간 것처럼 보이기 때문이다. 이 기호의 행보는 마이너리티-남성 서사를 주조하던 이들이 지금 어딜 향해 흐르고 있는가를 가늠하는 척도일지 모른다.

위계僞計이고자 하는 위계位階

이기호의 소설 속에서 '죄'와 '죄의식'은 서사라는 규범의 형태로 인간의 삶을 압도하곤 했다. 「최순덕 성령충만기」(『최순덕 성령충만기』, 문학과지성사, 2004) 속 '최순덕'은 성경의 서사를 경유해야만 현실을 자각할 수 있었고, 『사과는 잘해요』(현대문학, 2009)의 이시봉과 '나'는 대신 사과하기 위해 있지도 않은 죄를 고백한다. 『차남들의 세계사』(민음사, 2014)에서 국가권력은 필요한 각본대로 진술서를 만들기 위해 글을 쓸 줄도 모르는 '나복만'에게 펜을 잡도록 했다. 문서(서사)의 형식이 표현을 허용하는 "사실들의 세계에 가려질 수밖에 없는"[8] 삶의 다른 면면들을 지우는 폭력이야말로 이기호가 응시했던 대상이다. 그런 이기호를 생각할 때, 「위계란 무엇인가?」에서 그가 '죄의 문제'로부터 두고 있는 거리감은 쉽사리 이해되지 않는다.

「위계란 무엇인가?」는 광주의 문창과 교수인 '이'와 그의 연구

---

8   이기호, 「탄원의 문장」, 『김 박사는 누구인가?』, 문학과지성사, 2013, 205쪽.

실을 문창과 학생인 박채연이 찾아오면서 일어난 몇 달간의 사건을 보여준다. 정년보장심사를 앞두고 있던 이 교수는 채연이 새벽에 갑작스레 자신의 연구실로 들어오는 것을 막지 못했다고 진술한다. 불면증 때문에 새벽에 산책을 나왔다던 채연은 이후로도 그의 연구실을 찾아오고, 그 역시 채연이 오기를 내심 기다린다. 이 교수와 채연의 이야기 사이로 좋은 연구 실적을 냈으나 소속학과가 폐과될 예정이라서 정년보장심사에서 계속 탈락하는 최 교수의 이야기가 교차한다. 함께 보낸 시간이 길어지면서 둘 사이의 관계를 묻는 채연의 말에 그는 우정이라고 답한다. 그러다 채연이 누군가를 만나는 길에 동행할 것을 부탁하고 따라나선 이 교수는 채연이 누군가 싸우는 것을 보고 말리려 다가갔다가, 상대가 자신의 학과 학생임을 알게 된다. 그 일 직후 학교 익명게시판에 문창과 이 모 교수가 학생과 연애할 뿐 아니라 학생이 학교 선배를 폭행하는 자리에 동행했다는 폭로가 올라온다. 학교 측의 조사에 이 교수는 자신이 생각하는 대로 채연과의 관계에 대해 해명한다. 그는 별다른 문제 없이 정년보장심사를 통과했으나 채연은 다시는 학교에 나오지 않는다. 그는 채연이 마지막으로 전화로 말한 무서운 것과 불안한 것의 차이에 대해 생각하지만 끝내 그것이 무엇인지 이해하지 못한다.

「위계란 무엇인가?」의 이 교수와 박채연 사이의 관계를 축으로 형성된 이 소설의 중심 서사는 위계에 의한 폭력을 의식한다는 점에서 임현의 「고두」(『그 개와 같은 말』, 현대문학, 2017)를 연상하게 한다. 하지만 「고두」가 진술의 형식을 통해 정당화를 시도하는 서술자의 위선적인 자기 고백을 재현하는 데 반해 「위계란 무엇인가?」에서 이 교수는 시종일관 혼란스러운 관찰자의 자리를 벗어나지 않는다. 그의 회상 속에서 채연과의 관계는 '우정'으로 해석된다. 그는 그러한 해석이 불현듯 채연의 손을 잡고 싶다는 마음이 들 때, "죄책감은 들지 않았"고 "일종의 우정의 표현"[9]으로 합리화할 수 있었음을 인식한다. 그리고 채연이 학교 선배를 찾아가는 길에 동행했을 때는 "내 안에 채연을 향한 다른 마음이 있다는 것을 스스로 인정"(132쪽)한다. 이 교수와 채연의 관계는 언제든 위계에 의한 폭력이 발생할 가능성을 내포한다. 하지만 이러한 가해의 가능성은 채연과 학교 선배 사이의 싸움에 그가 우발적으로 개입함으로써 다른 양상으로 전개된다. 익명 게시판에 올라온 폭로는 이 교수의 지위가 가진 위력이 채연이 아닌 학교 선배를 향했다고 지시하고, 채연은 위력을 등에 업은 가해자로 지목한다. 이런 사건의 전환을 통해 이 교수는 채연이라는 불가해한 인물에 의해 휘말린 수동적 관찰자의 자리로 물러설 수 있었다.

　「위계란 무엇인가?」에서 이 교수는 가해자의 자리 대신에 관찰자, 해석자의 자리를 지킨다. 그가 해석자의 자리에 서는 것은 이 서사의 또 다른 중심인물인 채연은 해석자가 될 수 없기 때문이다.

　　그 말과 전혀 관계없는, 그저 단순한 그 애의 충동이었는지도

9　이기호, 「위계란 무엇인가?」, 『자음과모음』 2019년 가을호, 128쪽. 이후 인용 시 괄호 안에 쪽수만 표기.

모른다. 충동엔 우정도, 사랑도, 욕망도 들어갈 틈이 없으니까. 오히려 그쪽으로 보는 게 더 타당할지도 모른다. 하지만 우리의 모든 행동의 원인을 후에 하나하나 따져보다 보면, 충동은 늘 뒷전으로 밀리기 일쑤다. 다른 이유는 없다. 충동은 해석 불가능의 영역이기 때문에 그렇다. 사건을 해석하고 이해해야 하는데, 충동은 그 자체로서 충동일 뿐이니까. (128쪽)

이 교수는 채연과 자신 사이의 일을 해석하면서 그를 충동의 자리에 배치한다. 채연의 충동은 우정이나 사랑, 욕망과 같은 형태로 해석되지 않는, 그저 충동 자체로 남겨진다. 채연이 그의 연구실을 찾아온 이유나 그를 학교 선배와의 만남에 동행하게 한 것, 그리고 동성 연인 사이로 상상되는 선배와의 관계 모두 해석될 수 없는 사건의 잔여가 된다. 채연은 스스로 설명하지도, 관찰자에 의해 해석되지도 않으므로 이 교수는 우정이라는 해석의 틀을 통해서 자신의 행동을 설명하고자 한다. 그가 채연에게 느꼈던 감정과도 불일치하는 것인데도 말이다. 우정이란 대등한 관계를 상상하는 것이 그가 할 수 있는 "해석의 최대치"(128쪽)였다. 우정이라는 해석을 통해 그는 채연이라는 불가해^{不可解}한 존재 앞에서 수동적이지만 동등한, 가해^{加害}하지 않는 관찰자로 남을 수 있다.

「위계란 무엇인가?」의 서사가 채연과의 관계로만 구성되었다면, 소설은 여지없이 그의 위선적인 자기정당화로 귀결되었을 것이다. 하지만 소설 속 또 다른 해석자인 '최 교수'의 존재는 이 불편한 독해의 과정을 좀 더 세밀하게 나누어보도록 한다. 이 교수는 채연과의 관계를 우정, 사랑, 욕망과 같은 개인화된 감정의 영역을 통해 해석하고자 한다. 그러나 최 교수의 서사는 개인과 개인의 관계로 환원될 수 없는 상황들이 존재한다는 것을 반복해서 암시한다. 사학과 소속의 최 교수가 연구 업적에도 불구하고 연이어 정년보장심사에서 탈락하자 이 교수는 그가 동료들과의 관계, '학교 구성원에 의한 평가'에서 문제를 겪는 것이 아닌가 생각한다. 그러나 학교 상황을 아는 학생부 처장은 그게 최 교수 개인의 문제가 아니라 사학과의 폐과가 예정되어 있기 때문이라고 말해준다. 개인의 문제로 환원하려는 서술자의 관찰은 구조의 문제를 포착하지 못한 것이다.

그는 최 교수와 만나 식사를 하던 중 *그*가 1930~1940년대 한국인과 일본인 지주의 토지 생산성을 비교 연구하고 있다는 것을 듣는다. 식민지화 초기에는 일본인 지주의 생산성이 우위였으나 한국인 지주의 생산성이 높아져 격차가 거의 없어진다. 그는 원인을 조선인 지주가 일본인 지주와 같은 방식을 배워서 그랬으리라 추정하고 이 교수는 그게 좋은 일 아니냐고 묻는다.

> 내가 묻자, 최 교수는 잠시 뜸을 들이다가 말했다.
> "지주들 입장에서야 나쁠 건 없죠. 기록에 남아 있는 것도 지주들의 토지뿐이니까요. 한데 소작농들의 입장에서 보면······ 그건 또 다른 차원의 문제겠죠. 어느 한쪽의 생산성이 우연한 기회에 높아졌다고 해도, 그 우연을 이쪽에서도 맞춰야만 했을 테니까요." (129쪽)

최 교수는 지주의 상황만으로는 해명되지 않는, 소작인과 지주 사이의 비대칭적 관계를 고려하면서 현상을 해석하려고 한다. 기록을 남기지도 못했고, 지주의 상황에 맞춰야만 하는 소작인의 위치를 생각할 때 현상에 대한 평가는 달라질 수밖에 없다. 지주와 소작인 사이 위계의 비대칭은 학교와 교수, 교수와 학생 사이의 관계에 대응한다. 교수들이 지주와 소작인 중 어디에 가깝겠느냐는 이 교수의 질문에 최 교수는 "아무래도 소작농 성격이 더 짙겠"지만 "수혜자도 맞"다며 "학생들 입장에서 보면 우린 분명 수혜자"(129쪽)라고 답한다. 최 교수는 위계적 관계 안에서 상대적인 위치를 고려하며 해석하려 한다. 그러나 이 교수는 "일절 학교 얘기는 꺼내지 않"고 "계속 머릿속으로 내 문제에 대해서만 떠올리"는 것이 "내 문제였다"(130쪽)라고 고백하듯 사건의 모든 해석을 개인화하려 한다.

「위계란 무엇인가?」가 문제적인 작품으로 읽히는 이유는 개인화와 구조화로 분할된 두 남성 해석자와 해석자의 위치에 설 수 없게 배제된 한 여성의 서사가 혼재되며 발생하는 불협화음 때문이다. 이들의 간극은 대등한 사회적 위치에 선 두 남성 해석자 사이에서조차 해소되지 않는다. 소설의 후반부에서 최 교수는 사학과의 폐과로 교양학부로 소속을 옮기면서 이 교수가 가졌던 불안감을 구체화하는 인물로 남겨질 뿐이다. 채연 역시 그가 이해할 수 없는 말만을 남기고 사라진다. 그와의 전화 통화에서 채연은 "교수님…… 교수님…… 무서운 것과 불안한 것은 정말 차원이 다른 이야기인 것 같아요. 제 말이 맞죠?"(138쪽)라고 질문한다. 그러나

이 교수는 지금도 자신은 무서운 것과 불안한 것의 차이도, 그 차이를 만들고 그 차이의 뒤에 서 있는 것을 알지 못한다고 생각할 뿐이다.

　최 교수의 해석도, 채연의 질문도 이 교수의 자기 해석을 바꾸지도, 그 해석의 지평에 안착하지도 못한다. 시종일관 그는 불가해하고 개인화된 곤란을 홀로 해석하려 할 뿐이다. 그런 그가 자신의 해석이 잘못되었음을 단 한 번 인정한다. 바로 위계에 대한 해석이다. 무심코 보던 폭력 예방 교육의 강사는 '위계에 의한 폭력'에 대해 "속임수나 상대방에게 오인, 착각을 일으키고 상대방에게 그러한 심적 상태를 이용하는"(137쪽) '위계僞計'를 사용하는 것이라 설명한다. 이 교수는 '위계에 의한 폭력'을 '지위나 계층을 나타내는 등급'인 '위계位階'에 의한 것이라 알고 있던 것이 잘못되었음을 생각한다. 그리고 그 순간 채연과의 마지막 통화를 생각한다.

　소설의 결말에서 위계位階는 위계僞計로 전환되며 최 교수가 말했던 구조적 격차를 상상할 가능성을 닫아버린다. 그리고 채연과 이 교수 사이의 격차는 "속임수나 상대방에게 오인, 착각을 일으키고 상대방에게 그러한 심적 상태를 이용하는" 위계僞計적 태도의 문제로 전환된다. 그렇게 결코 대등할 수 없던 둘의 관계는 개인과 개인의 관계로 환원되어버린다. 이렇게 소거되어버린 격차로 인해 채연은 영원히 해석될 수 없는 불가해한 존재로 남겨진다. 위계位階는 위계僞計라는 태도의 문제에 의해 소거된다. 그리고 그렇게 위계位階를 소거한 자리에는 영원히 해소되지 않는 의문을 마주하는 해석자의 고투가 남을 뿐이다.

책임으로부터 도망치는 윤리

「위계란 무엇인가?」는 사회적 격차로서의 위계를 잊고서 태도와 자세에 대한 고민에 침윤한 해석자의 고투만을 남겨놓는다. 이는 이기호가 앞선 작업에서 보여주었던 성찰적 태도를 생각할 때 이해하기 어려운 결말이다. 자기 서사에 침윤되어 자신의 폭력을 망각한 선한 남성 주체[「권순찬과 착한 사람들」「누구에게나 친절한 교회 오빠 강민호」(『누구에게나 친절한 교회 오빠 강민호』, 문학동네, 2018)]에 대한 고발, 제도화된 서사가 삶의 면면을 지우는 폭력의 수단으로 작동할 수 있다는 경계심(「탄원의 문장」『차남들의 세계사』), 자신도 모르게 가해의 구조에 동참해 더 약한 자에게 모멸감을 가하는 삶의 태도에 대한 자기반성(「최미진은 어디로?」,『누구에게나 친절한 교회 오빠 강민호』) 등 이기호 소설의 주체는 구조화된 폭력에 대한 폭로와 반성을 반복하지 않았던가? 그러나 역설적으로 「위계란 무엇인가?」가 도달한 문제적 장면은 바로 그 반성하는 주체의 자리에서 출발한다. 바로 자기반성이라는 진정성의 윤리를 탐닉하는 개인 말이다.

인아영은 한국문학에서 여성의 고통에 눈물 흘리는 '착한 남자'라는 인물형이 등장하는 양상을 비판적으로 점검하면서, 그 배후에 (윤리적) 진정성에 대한 욕망이 작동하고 있음을 지적한다. 그는 가라타니 고진의 '근대문학의 종언'이 선언된 이후 상실되었다고 여겨지던 진정성 담론이 "특정한 시기에만 유효했다가 퇴조한 산물이라기보다는 386세대와 그 영향을 받은 이후 세대들이 지속적으로 유지해오고 있는 에토스"이며, 이 진정성은 시대성의 문제보다는 어떤 주체를 형성하고 있는가를 주목해야 한다고 주장한다.[10]

> 문제는 이 인물들이 진실을 추구하면서 윤리적 주체가 되어갈 때, 그 진실의 자리에 놓이는 여성의 고통은 이해와 연민의 대상, 혹은 화자의 부끄러움을 성찰하게 만드는 대상으로 타자화된다는 것이다. 어쩌면 그간 한국문학에서 문학적 진실은 날 위해 고생하신 어머니, 나 몰래 사라진 여자친구, 내 곁에서 아픈 아내와 같이 주로 타자화된 여성의 고통으로 등치되며 젠더화되어왔던 것은 아닐까?[11]

인아영은 세대 담론으로 이해되었던 진정성 담론이 은폐해온 젠더 위계를 가시화하면서, 윤리적 진정성을 추구하는 주체가 장애인, 퀴어, 비지식인, 여성을 타자화하여서만 등장해왔음을 짚어낸다. 진정성의 윤리를 추구하는 주체가 되기 위해서는 "소외 집단에 대한 감수성을 대학에서 학습하며 사회에 대한 윤리적 감각을 벼릴 수 있는 기회"[12]를 획득할 수 있는 위치를 점유해야 하기 때문이다. 사회적 정상성의 공고한 위치를 점유할 때 진정성의 주체가 탄생한다.

진정성의 윤리를 추구할 수 있는 주체는 타자에 대한 죄의식과

---

10 인아영, 「눈물, 진정성, 윤리 : 한국문학의 착한 남자들」, 『문학동네』 2019년 겨울호, 93쪽.
11 같은 글, 95~96쪽.
12 같은 글, 94쪽.

부끄러움을 향유할 수 있는 자리에서 태어난다. 서영채는 『죄의 식과 부끄러움』에서 춘원 이광수부터 한국문학의 주체들이 죄의 식의 자리를 욕망해왔음을 해명한 바 있다. 그런데 흥미로운 것은 진정성의 주체가 탄생한 것으로 여겨지는 1980년대를 서영채가 한국문학사에서 죄의식을 가진 시민 주체가 완성된 순간[13]으로 인 식한다는 사실이다. 이 시기 죄의식의 주체를 탄생하게 하는 강렬 한 경험은 5월의 광주이고, 윤리적 주체는 그 거대한 비극 앞에서 느끼는 죄의식과 부끄러움을 통해 형성된다.

> 중요한 것은 그가 그런 자신의 행위를 비윤리적인 것으로, 비 겁으로 느꼈다는 것이고, 그 비겁을 온전히 자기 책임으로, 자 신의 고유한 죄의식으로 받아들였다는 것이다. 따라서 작가 임철우에게 바로 그 죄의식이야말로, 대의의 부름에 제대로 응답하지 못했다는 부끄러움이야말로 주체가 태어나는 모태 이자 에너지가 되고 있다.[14]

서영채는 임철우의 소설에서 죄의식에 의해서 탄생하는 윤리 적 주체의 모습을 발견한다. 집합적인 역사의 경험을 공유하는 80년대적 진정성 윤리의 주체는 죄의식과 부끄러움이라는 감정 위에서 수행되는 자기반성을 통해 자신을 만들어낸다. 하지만 이

---

13 서영채, 『죄의식과 부끄러움』, 나무나무, 2017, 340쪽.
14 같은 책, 331쪽.

80년대적인 진정성의 주체는 90년대에 들어서면서 냉전의 종식과 사회 진보의 이념적 좌표가 상실되는 급격한 변화를 경험한다. 사회 변혁 이념의 힘이 무너진 자리를 '자기 입법'의 자유와 책임을 떠맡아 윤리를 사유하는 개인 주체[15]가 90년대의 진정성의 주체로 등장한다. 다소 범박하게 정리한다면 역사적 죄의식을 통해 형성되었던 80년대의 진정성 주체의 자리를 '자기 입법'의 윤리를 추구하는 개인 주체가 대신한다. 이러한 흐름 속에서 90년대의 개인 주체의 진정성은 금기와 규범을 가로지르는 일탈과 범죄의 형태로 재현되기도 했으며, 당대의 문학비평은 이를 진정성의 한 형태로 승인했다.[16]

2000년대 들어서 신형철은 진정성을 추구하는 개인 주체의 모습을 '마이너리티의 욕망'을 통해서 찾고자 했다. 이 마이너리티의 욕망은 '선의 윤리학'과 구별되는 '진실의 윤리학'을 추구한다. 기성의 사회제도를 유지하는 도덕, 관습, 법 등을 지키는 선의 윤리학과 달리 진실의 윤리학은 이를 초과하여 자신의 진실에 충실하고자 하는 개인 주체에 의해서 가능해진다.[17] 이 진실의 윤리학이 2000년대 이기호의 소설에 나타났던 마이너리티-남성 주체의 윤리적 자리였다.

이기호 소설 속 마이너리티-남성 주체는 서사라는 제도의 규범

---

15 한영인, 「윤리의 행방: '몰락의 에티카'에서 '정치적 올바름'까지」, 『문학들』 2019년 봄호, 36쪽.
16 같은 글, 39쪽.
17 같은 글, 42쪽.

과 그 내부에 온전히 수납되지 않는 개인의 고유함이 충돌하는 장소에서 탄생했다. 그의 초기작 속 작가의 페르소나와 같던 '이시봉'처럼 현실의 규범을 수행할 수 없지만, 개인의 진정성으로 충만했던 인물들이 이를 잘 보여준다. 이러한 마이너리티-남성 주체의 진정성은 현실의 질서를 재구성하지 않는 개인의 것으로 남는다. 현실의 지배적 질서와 직접 충돌하는 시점에서도 현실의 규범을 대체하지 않고 양립하도록 만든다. 『차남들의 세계사』에서 역사의 피해자로서의 마이너리티-남성, '차남'의 세계는 지배하는 장남의 세계를 대체하는 대신 또 하나의 세계사로서 승인받고자 한다. 마이너리티-남성 주체는 세계를 변화하는 것이 아니라 세계로부터 탈출하는 것이다.

마이너리티-남성 주체의 진정성은 세계를 변화하는 것이 아니라 현실의 억압에 대한 거부, 이탈의 형태로 확인된다. 부적응과 일탈, 거부야말로 그들의 진정성을 확인해주는 준거인 셈이다. 그래서 박민규 소설의 남성들은 지구에서 살기와 인간으로 살기를 포기하고, 성석제의 남성 주체는 더는 눈앞에 보이지 않는 투명인간이 됨으로써 윤리적 인간임을 확인받는다. 이 시기 한국문학 비평에서 통용된 진정성 윤리가 "현실을 억압적인 것으로 상정하고 그것을 위반하고 전복하는 행위를 문학이 가닿을 수 있는 윤리의 최고선"[18]이라는 합의점을 공유했다는 사실이 의미심장하다. 진정성의 윤리는 억압적인 현실을 변화하는 것이 아니라 이를 초과한

---

18 같은 글, 46쪽.

개인의 윤리적 진정성을 통해서만 가능하다.

　하지만 페미니즘 리부트 이후 문학장은 이러한 현실을 초과하는 진정성의 윤리에 의문을 던져왔다. 조연정이 미학적으로 추구해야 할 것으로서의 문학의 미래가 아닌 현실의 우리를 돌아보는 것이 우선되어야 함을 물었을 때[19] 현실을 초과하는 개인의 진정성은 윤리적 파국을 맞이한 셈이다. 그런데 흥미롭게도 이처럼 진정성 윤리가 불가능해진 시점에 역설적으로 남성 진정성 서사가 재등장했다. 인아영은 이를 '전도된 진정성의 회귀'라고 정리한다. 이 전도된 서사 속 "진정성 주체는 (진정성의 실현 여부와 무관하게) 더 이상 고뇌하는 내면을 드러내는 1인칭 '나'로 등장하지 않고 대상으로 재현"될 뿐 아니라 "정상적이거나 규범적으로 여겨지지 않는 존재를 타인 혹은 자신 안에서 맞닥뜨리게 되는데, 그 과정에서 윤리적 주체가 되는 일에 철저하게 실패"[20]한다. 그가 주목한 전도된 진정성 회귀의 사례가 여성 작가들이 포착한 비판적인 재현 양상이었다면, 「위계란 무엇인가?」는 바로 그 진정성 주체의 윤리를 서사화해온 남성 서사의 당대적 형상을 우리에게 보여준다.

　전도되어 나타난 진정성 서사 속 남성들은 언제나 현실의 폭력을 알지 못한다. 강화길의 「음복」 속 남편의 선함이 그의 무지를 통해서 가능했듯이 페미니즘 리부트 이후 남성 주체의 진정성이란 자신이 구조적인 가해의 구성원이라는 사실에 대한 무지가 뒷

19　조연정, 「문학의 미래보다 현실의 우리를」, 『문장 웹진』 2017년 8월호.
20　인아영, 앞의 글, 96쪽.

받침되어야만 한다. 이는「위계란 무엇인가?」의 고뇌하는 해석 주체가 끝내 '위계'가 무엇인가를 오해하는 것으로 자신의 윤리적 위치를 유지하려는 것에 대응된다. 이 진정성 주체는 불가해한 타자로서의 채연에 대해서 반복해서 고민함으로써, 그리고 그 고뇌가 결코 앎의 순간에 닿지 않을 때에만 자신의 윤리적 자리를 지킬 수 있다. 그래서 위계僞計가 아닌 위계位階를 지목하는 최 교수의 해석 역시 끝내 수용되지 않는 것이다.

　이 진정성 주체는 무지의 뒤편에 계속 남아 있어야만 한다. 페미니즘 리부트 이후 문학장은 마이너리티-남성 역시 폭력 구조의 내부자라는 사실에 눈감도록 허용하지 않기 때문이다. 마이너리티-남성에 의해서 진정성-윤리가 다시 작동하기 위해서는 바로 그 마이너리티-남성의 무력함을 필요로 한다. 그런 점에서 2000년대 이후 개인 주체의 윤리에서 중심에 섰던 신형철이 자신의 논의를 재검토하는 과정이 눈길을 끈다. 그가 새로운 윤리의 근거로 '타율성'에 의해 부여된 집합적인 수치심을 고민한다는 사실은 무척 흥미롭다. 신형철은 수치심의 문제를 향하는 과정에서 야스퍼스가 2차 세계대전 후 독일 사회 전체가 공유하는 책임성의 문제를 설명하기 위해 제시한 '형이상학적 죄'의 개념을 검토한다. 야스퍼스가 책임과 행동을 촉구하기 위해 검토했던 이 개념을 경유한 신형철은 역설적으로 수동적 감정, 인간의 취약성에서 비롯되는 공통의 무력감과 이를 만들어내는 수치심을 새로운 윤리학을 고민할 기반으로 세운다.[21] 이러한 수치심에 대한 공감은 근래 이기호 소설의 남성 주체(작가 이기호)에 의해서 폭력의 연쇄를 가능케 하는 위협으로 조명된 바가 있다. ("모욕을 당할까 봐 모욕을 먼저 느끼며 모욕을 되돌려주는 삶.")²² 이러한 무력감은 진정성 주체의 무지에 조응하는 측면이 있는데, 이 윤리적 주체는 세계와의 관계에서 더는 주도권을 쥘 수 없기 때문이다.

　하지만 신형철이 경유했던 '형이상학적 죄'의 개념이 등장한 이후의 흐름을 생각하면 이러한 수동성의 승인을 이해하기 어렵다. 야스퍼스와 동시대 한나 아렌트의 논의를 거치며 이 집단적 책임성의 개념이 발전해가면서 아이리스 매리언 영과 같은 페미니스트 정치학자에 의해 다시 한번 가다듬어졌다. 매리언 영은 "일반적으로 수용되는 규제와 관행에 따라 행위하는 수많은 사람들에 의해 생산·재생산"되는 부정의한 구조의 특성으로 인해서 부정적 상황은 "잠재적으로 해로울 수 있는 효과들을 그 과정에 기여한 어느 특정한 행위자의 탓으로 돌릴 수 없"²³음을 주목한다. 그에게 한 사회 속 젠더의 차별과 같이 집단적 책임성을 물어야만 하는 구조적 폭력은 개인화할 수 있는 것이 아니었다. 이러한 종류의 책임은 개인의 윤리적 분투로 극복될 수 있는 것이 아니라 구조적인 부정의가 더는 작동할 수 없도록 그 구조를 바꾸기 위한 집단적 노력에서 역할을 맡아야 한다는 것이다.²⁴ 진정성 주체가 구조

21　신형철, 「정치적 수치심의 발명 : 감정의 윤리학을 위한 서설 2」, 『문학동네』 2019년 가을호, 528~531쪽.

22　이기호, 「최미진은 어디로」, 『누구에게나 친절한 교회 오빠 강민호』, 문학동네, 2018, 33쪽.

23　아이리스 매리언 영, 『정의를 위한 정치적 책임』, 허라금·김양희·천수정 옮김, 이화여자대학교출판문화원, 2018, 182쪽.

적 현실조차 개인으로 환원함으로써 자신의 주체성을 생산해온 것을 고려할 때, 이들이 집단적 책임성을 회피해온 것은 이상한 일이 아닐 것이다. 하지만 그러한 개인 주체로는 윤리의 실천은 불가능하다. 남는 것은 윤리적 포즈를 향유하기 위해 자신의 무지를 지키는 수동적 주체일 뿐이다. 여기서 마이너리티-남성 서사와 남성-마이너리티 서사 사이의 또 다른 접점이 발견되는데, 현실의 구조를 전환할 수 있는 주체의 능력이 자신들에게 주어지지 않았음을, 자신들이 타자로 구조화한 마이너리티들이 그 주체가 되었음을 암묵적으로 승인하고 있다는 사실이다.

2000년대 진정성 주체의 내면을 구성했던 마이너리티-남성이라는 자의식과 2020년대의 남성-마이너리티는 분명 다른 시대의 산물이다. 그러므로 이들은 쉬이 동일시한다거나, 오늘날의 남성-마이너리티 자의식이 내보이는 폭력적 보수성이 진정성 주체의 기획에 내재되어 있었다고 비판하기는 어렵다. 그러나 한 가지 분명한 사실은 마이너리티-남성의 진정성을 통해 닿을 수 있는 윤리는 사회적 책임성을 사유하는 데 무력하다는 사실이다. 아무리 윤리적 진정성을 탐구하더라도, 이를 부정의한 사회구조의 변화로 상상하지 못할 때 남성-마이너리티라는 새로운 보수성의 구조를 깨뜨리기는커녕 언제든 그 체계 안으로 편입될 위험성을 내포한다. 사회는 더는 변화할 수 없다고, 그래서 개인 주체의 자기 윤리로 침잠하는 일은 오히려 사회적 책임성으로부터 도망치

24 같은 책, 195쪽.

는 일이 될 수 있다. 그리고 그러한 책임감 없는 무기력은 남성-마이너리티들의 인식이 보여주듯이 사회를 변화하려는 노력을 향한 강한 반감으로 돌변할 수도 있다. 최소한 그 변화를 막아서려는 보수성을 설득하는 데 무력한 것만은 분명하다. 오늘날의 윤리가 서 있어야 할 자리는 반성하는 관찰자의 자리가 아니다. 짊어진 책임을 다하기 위해 어디로든 한발 내디디며 위태로운 서로를 붙잡는 손과 손이 오늘날 윤리가 탄생할 자리다.

노태훈

1

　문학의 젠더를 물을 수 있을까? 작가의 성별, 인물의 성 정체성, 독자의 분포 같은 것들은 얼마나 유의미한 정보일까? 남성적 서사, 여성적 감수성, 이야기의 힘, 섬세한 내면 같은 수식이 여전히 유효할까? 남성과 여성이라는 이름으로 구분되지 않는 다양한 젠더 정체성의 시대에 성별을 따지는 일이 필요할까? 여성이 주인공이고 여성의 이야기가 다루어지지만 남성 작가가 썼다면 그것은 여성 서사일 수 없을까?

　2010년대의 페미니즘 리부트 이후 한국문학이 얼마나 많은 변화를 겪었는지 거론하는 것은 이제 새삼스러운 일이 되었다. 문학의 형질적 갱신에서부터 그 구조적 쇄신에 이르기까지 한국문학은 페미니즘에 큰 빚을 지고 있다. 나아가 퀴어 문학이 더 이상 낯설지 않게 된 '지금'을 고려한다면 한국문학은 그 자체로 치열한 정체성 정치의 장이었으며 그 동력으로 '여기'까지 왔음이 분명하다. 한국문학의 담론은 지난 시기의 문학들을 남성의 역사로만 규정하고 '무결'한 페미니즘의 새 시대를 열겠다는 단순한 선언이나 단절에 매몰되지 않고,[1] 문학을 견인하는 주체로서 '시민-독자'의

자리를 발견하는 것으로 비평적 작업을 이어왔다.[2]

윤이형 작가는 "저에게 한국문학계의 성별은 남성입니다. '문학'을 떠올리면 특정한 성별이 떠오르지 않거나, 각각의 작가와 개별 작품이 떠오릅니다. 그러나 '문단'을 의인화해보면 저에게 그 성별은 분명 남성입니다"[3]라고 말한 바 있다. 오은교 평론가는 "이 제도권이 평시에는 남자의 얼굴을 하고 있다가 비상시에는 여자의 얼굴로 교체되는 순간들에 대해, (……) 여성 창작자들에게 전례 없던 기회와 싸우지 않고는 대답하기 곤란한 질문지가 쏟아지는 상황들에 대해"[4] 묻고 싶다고 썼다. 이제 우리는 한국문학에, 아니 정확히는 한국문단에 어떤 젠더 프리즘[5]을 적용해보아야 할까. 적어도 분명한 것은 문학을 성별의 잣대로 들여다보는 일이 그것이 무용해질 때까지는 유용하다는 점일 것이다.

나는 여기에서 한국문단의 '실체'를 일부 들여다보고자 한다. 여성 작가들이 득세해 남성 작가는 설 자리가 없어지고, 퀴어-페미니즘 일변도의 서사 속에 '다른' 이야기는 쓰기 어렵게 되었다는 '인상비평'식의 판단이 아니라, 한국문단의 핵심이라고 할 수 있

1   오혜진, 「서문을 대신하여」, 권보드래 외, 『문학을 부수는 문학들』, 민음사, 2018, 9쪽.
2   소영현, 「서문-문학은 위험하다: '현실, 재현, 독자'로 본 비평의 신원 증명 혹은 그 기록지」, 소영현 외, 『문학은 위험하다: 지금 여기의 페미니즘과 독자 시대의 한국문학』, 민음사, 2019, 10~11쪽.
3   윤이형, 「나는 여성 작가입니다」, 『참고문헌 없음』, 참고문헌없음 준비팀 엮음, 봄알람, 2017, 178쪽.
4   오은교, 「여자의 얼굴을 한 문단의 비상사태와 장치로서의 문학」, 『문학과사회 하이픈』 2020년 여름호, 115쪽.
5   김미현의 평론집 제목에서 빌려 온 표현이다.

을 문예지의 지면이 어떻게 분배되어왔는지, 소설 단행본은 어떻게 출간되고 있는지, 어떤 작가들이 작품을 발표하고 있는지 등을 구체적으로 살펴서 이로부터 다음의 질문에 답을 찾고자 한다. '지금 한국문단의 남성 작가들은 어떤 상황에 처해 있나.'

2

한국문단의 지형도는 최근 시시각각 바뀌고 있으며 작품을 발표하는 방식도 상당히 다양해졌다. 새로운 플랫폼과 독립잡지의 출현, 비(미)등단 작가들의 활동 등을 고려해 다채로운 양상들을 포착해야 마땅한데, 여기에서는 다소 전통적인 루트를 따라가보기로 한다. 대상은 주요 (순)문학 문예지를 중심으로, 기간은 2019년 한 해를 기준으로 삼았다.

	지면	수록 작품 수	여성	남성	기타
계간	창작과비평	17	13	4	
	문학과사회	16	9	7	
	문학동네	26	20	6	
	자음과모음	18	11	7	
	실천문학	14	11	3	
	문학의오늘	19	11	8	
	대산문화	7	3	4	
	문학들	13	11	2	

월간	현대문학	25	15	10	
	문학사상	16	13	3	
	문장 웹진	56	41	15	
	웹진 비유	28	19	8	1
격월간	릿터	14	11	3	
	악스트	17	13	4	
반년간	한국문학	10	9	1	
	쓺	6	3	3	
기타	문학3	14	9	4	1
계		316	222	92	2

2019년 문예지 수록 단편소설

2019년 한 해 동안 주요 문예지에 발표된 단편소설은 총 316편이다.[6] 이 중 남성 작가의 작품은 92편으로 전체 지면의 29% 정도에 해당한다. 여성 작가의 비중이 예상대로 높기는 하지만 극단적인 양상은 아니라고 할 수 있을 것이다. 오히려 2019년도 신춘문예 등단 작가의 성별이 거의 절반으로 양분되어 있다는 점을 감안한다면[7] 남성 작가의 진출과 활동이 위축되어 있다고 보기는 어렵다.

출판사	출간 단행본 수	여성	남성
문학과지성사	10	6	4
문학동네	21	13	8

6 표본이 너무 적거나 공모제로 전환하는 등의 변화가 있었던 『황해문화』『학산문학』『작가들』 등은 제외했고 『현대문학』의 경우 중편 단행본으로 발간되는 핀 시리즈는 포함시키지 않았다.

7 2019년 신춘문예 등단 작가는 총 25명이며 남성 작가는 12명이다. 목록은 「2019년 신춘문예 당선 작품 모음」(뉴스페이퍼, 2019. 1. 3)에서 확인 가능하다. http://www.news-paper.co.kr/news/articleView.html?idxno=32001

민음사	15	9	6
은행나무	7	4	3
자음과모음	6	4	2
창비	14	12	2
한겨레출판	7	5	2
현대문학	12	8	4
계	92	61	31

2019년 주요 소설 단행본

주요 한국문학 출판사들의 소설 단행본 발간 상황도 크게 다르지 않다. 총 92권의 단행본 중 남성 작가의 비중은 약 34% 정도를 차지하고 있으며 문예지 지면의 성별 분포와 비슷한 양상을 보인다. 여러 변수가 있을 수 있고 다소 도식적이고 편의적인 방식으로 갈음한 결과이지만 현재 한국문단에서 남성 작가가 약 30%의 지분을 갖고 활동하고 있다고 여기면 큰 무리가 없을 듯하다. 다만 그것이 '많은지' 혹은 '적은지'에 관해서는 각자가 판단할 수밖에 없겠다.

작가	작품 발표 수	작가	작품 발표 수
강명균	1	안준원	2
강태식	1	양선형	2
고광률	1	오성은	1
고종석	2	오한기	1
김갑용	1	원재운	1
김경욱	2	이기호	1
김기홍	1	이동욱	1
김덕희	1	이상욱	1
김봉곤	3	이승우	1

김상렬	1	이장욱	2
김솔	1	이태형	1
김종옥	1	이현석	2
김중혁	1	임국영	2
김탁환	1	임현	1
김태용	1	장강명	3
김학찬	1	전성태	3
김홍	3	정성우	1
김홍정	1	정영수	3
도재경	1	정용준	1
명학수	1	정지돈	1
민병훈	4	조갑상	1
박상영	2	조성기	1
박선우	4	조현	1
박일우	1	채기성	1
박창용	1	천정완	1
박형서	2	최민석	1
배명훈	1	최승랑	1
백가흠	3	최제훈	1
백민석	1	한명섭	1
서동욱	2	한수산	1
성석제	1	홍성욱	2
손홍규	1	**계**	**92**

2019년 기준 문예지에 단편소설을 발표한 남성 작가는 총 63명이다. 그중 3편 이상의 작품을 발표한 작가는 총 8명인데, 이 경우 소화할 수 있는 최대치를 발표했다고 봐도 좋을 것이다.[8] 면면을 살펴보면 활동 경력이나 성향과 스타일 등을 두루 고려했을 때 유의미한 편향이 발견되지는 않는다. 요컨대 단순히 작가의 작품 발

표 수로 파악할 수 있는 정보는 상당히 제한적이고, 결국 작품을 구체적으로 살피는 수밖에 없겠다.

3

2019년에 발표된 남성 작가의 작품을 살펴볼 때 가장 눈에 띄는 지점은 역시 젠더 이슈를 다루는 양상들이다. 꽤 많은 작품들이 페미니즘, 미투 운동 등을 언급하기도 했고, 퀴어 서사도 적지 않게 발표되었다는 점을 상기하면 남성 작가 역시 시대의 흐름과 서사적 변화에 무감하지는 않았다고 할 수 있겠으나 대체로 여성 인물에게서 기인한 남성 인물의 곤혹스러움을 재현하는 형태였다는 점은 문제적이다.

고종석이 동시기에 발표한 두 작품, 「이 여자의 일생」(『문학동네』 2019년 여름호)과 「아버지-의-이름」(『문학과사회』 2019년 여름호)은 자전적 요소가 다분한 '소설가'의 이야기이다. 전자의 경우 작가인 '나'가 발표하는 노벨문학상 수상 소감문의 형식으로 이루어져 있다. 문제적인 것은 이 '나'의 성별이 여성이라는 점인데, 이 소설에서 언급되는 작품들과 삶의 이력들이 고종석 본인의 것이기 때문이다. 작가는 스스로 소설 말미에 "화자를 수상 가능성 제로인 현

---

8 여성 작가의 경우에도 최대 4편을 발표한 작가는 기준영, 손보미, 장류진, 장희원, 최유안, 최진영 등 6명이었고, 5편 이상이 몰린 경우는 없었다.

실 속의 어느 소설가(나 자신?!)에게 매우 가깝게, 성^性과 가족관계를 제외하고는 거의 동일하다 할 만큼 가깝게 만들었다"(130쪽)고 '작가의 말'을 부기해두었지만, 이 소설에서 "여성 소설가인 제가 (……) 권력의 또는 반^反권력의 완장이라도 찬 듯 페미니스트를 새 된 목소리로 자처하기엔 제게 스스럼이 너무 많았"고, 그럼에도 불구하고 "제 작품에서 어떤 종류의 페미니즘을 읽어내어 상찬해준 비평가들"(111쪽)에게 고맙다고 말하는 대목을 자연스럽게 받아들이기는 어렵다. 마찬가지로 후자의 작품에서도 고종석은 '소설가K'의 일생을 반추하면서 아버지에 대한 복합적인 감정을 드러내는데, 프로이트적 살부^{殺父} 모티프와 더불어 어머니에 대한 모성적 집착과 여성성에 대한 편향은 다분히 문제적이라 하지 않을 수 없다. 고종석 특유의 자의식 과잉과 자조적 엘리트주의가 페미니즘의 문제와 결부될 때 이는 위트나 기지로 손쉽게 소비될 수 있는 범주를 넘어선다. 섬세한 고민이 전제되지 않은 페미니즘의 소재적 재현과 섣부른 단정은 당대 독자의 감각과 큰 괴리가 있다.

남성 작가들이 재현하는 젠더 문제에서 소설가인 '나'가 직접 등장하는 경우가 많다는 점은 꽤 증상적이다. 젠더 이슈와 의도적으로 선을 긋는 장강명의 경우에도 사회경제적 이슈를 다룰 때 '소설가 장강명'이 등장하는 경우가 잦은데 이는 다양한 입장과 상황을 관찰자의 시선으로 전달하게 하지만 핵심적인 부분을 파고들지 못하고 겉핥기로 그칠 때가 많다. 이기호의 「위계란 무엇인가?」(『자음과모음』 2019년 가을호)를 한 사례로 들 수 있겠다. 추운 밤은 아니지만 "그해 여름방학이 시작되고 보름쯤 지난 후" "새벽 2시"

에 '채연'이 "내 연구실로 찾아"(116쪽)오기 시작한다. 문창과 교수인 '나'는 집필을 핑계로 늦은 시각까지 연구실에서 밤을 보내기 일쑤였고, 언젠가부터 그 밤에 '채연'이 끼어든 것이다. 여기까지 언급하는 것만으로도 이제 우리는 어떤 불길한 서사를 짐작하게 되겠지만 조금만 더 들여다보자. '채연'과 꽤 많은 밤을 보낸 '나'는 자신에게 왜 잘해주냐는 '채연'의 질문에 "우정이지, 뭐"라고 대답하면서도 "손을 잡고 싶다는 마음"(127~128쪽)이 있었음을 굳이 부정하지 않는다. 다음 날 술을 마시고 나타난 '채연'은 '나'에게 어딘가로 차를 태워달라는 부탁을 하고, 목적지는 '정현지'라는 "채연과 같은 시 동인 선배"(133쪽)의 집이었다. 아마도 '채연'과 모종의 애증 관계였을 '정현지'와의 몸싸움을 '나'가 말리는 것으로 그 밤의 소동, '채연'과의 만남은 끝이 난다. 그리고 '채연'은 사라진다. '나'는 그 밤의 일이 "익명게시판"에 올라오는 곤욕을 겪긴 하지만 "정년보장심사를 별 어려움 없이 통과"하고 "위계"의 뜻과 "무서운 것과 불안한 것"에 어떤 "차이"(137~138쪽)가 있는지를 고민한다.

아마도 이 소설의 상황은 이기호가 꾸준히 고민하던, '누군가를 환대하고 도움을 주며 손을 내미는 행위가 정말로 가능한가'의 또 다른 버전일 것이다. '나'는 '채연'을 결국 외면했으므로 역시나 실패의 기록이다. 거기에 더해 20대의 여학생이 늦은 시각 남자 교수의 연구실로 찾아올 때, '나'는 '뻔하게' 행동할 것이라는 자기 고백이기도 하다. 그러나 아마 지금의 한국문학 독자라면 이런 상황에 놓인 남교수의 내면에 관해 별로 궁금하지 않을 것이며 '채연'

을 비롯한 인물, 또 소설의 사건을 재현하는 방식에 동의하기 어려울 것 같다. 이기호는 자신이 정교수로 재직 중인 소설가이자 기득권 남성이며 자신의 안위만을 걱정하는 소시민임을 부정하지 않는 방식으로, 즉 스스로를 대상화하려 한다. 그러나 그것이 어떤 젠더 이슈에 연루될 '가능성'이 있는 당사자성을 근간으로 하고 있다면 이 소설은 예비된 변명 이상이 되기 어렵다. 이기호는 '채연'에게 퀴어성을 부여해 사태를 복합적으로 그려내려는 시도를 하는데 이 역시 소재적 활용에 그칠 뿐이다.

김경욱의 「하늘의 융단」(『문학사상』 2019년 1월호)도 비슷한 양상을 보인다. 고교 영어 교사 '곽춘근'이 여학생의 브래지어 끈, 스타킹 올 등을 만졌다는 혐의로 조사를 받게 되는데 소설은 내내 이 남성 인물의 내면을 따라간다. '곽춘근'은 의도는 그렇지 않았지만 시대의 변화를 따라가지 못하는 중년 남성으로, 딸 가진 아버지로, 모종의 계략에 빠지게 된 인물로 그려진다. 가해자에 초점을 맞추고 그 내면을 들여다보는 방식이 사태의 본질을 고찰하기 위한 목적이 아니라 이 인물에 이입해 가해를 납득하게 만드는 방향이라면, 더군다나 그것이 유년기의 기억이나 예이츠의 영시처럼 다분히 '낭만적'으로 그려진다면 공감을 얻기는 어려울 것이다. 더욱 문제적인 것은 이기호의 사례와 마찬가지로 김경욱 역시 이 남성에게 '퀴어성'을 부과해서 그가 받는 성추행의 혐의로부터 "저는 그럴 수 있는 사람이 아닙니다"라는 발화를 이끌어낸다는 점이다. 인물의 성 정체성과 그 인물이 저지르게 되는 성추행 사이에는 사실 큰 관련이 없고, 성의 문제를 욕망의 차원에서만 접근하는 방식에 동의하기 어렵다.

  김종옥의 「농담」(『문학과사회』 2019년 봄호)은 이 작가의 전작인 「개죽음」(『문학동네』 2018년 여름호)과 근작인 「스토킹」(『악스트』 2020년 1/2월호) 사이에 놓여 있다. 대체로 남성 대학생 주인공을 설정하고 그 인물의 방황을 여성 인물과의 관계를 통해 재현하는 방식인데, 다소 난감한 지점이 적지 않다. 여성 캐릭터가 남성 주인공의 우울과 투쟁에 성적性的으로 동원되는 아주 전형적인 사례라고 할 수 있을 이 소설이 어떤 관점에서 새롭게 읽힐 수 있을지 잘 가늠이 되지 않는다. 학원 옥상에서 담배를 피우며 여자 얘기를 하던 '나'가 '그녀'를 발견하는 것으로 시작해 결국 "하고 싶어"로 끝나는 이야기에서 남는 것은 결국 과잉된 남성의 성적 자의식 외에는 없다고 봐도 무리가 없을 듯하다.

4

  대표적인 사례들을 몇 가지 들었으나 오성은의 「요의가 온다」(『한국문학』 2019년 상반기호)나 명학수의 「은하」(『문장 웹진』 2019년 3월호) 등의 작품도 비슷한 문제점을 노출하고 있다. 젠더 이슈를 다루는 남성 작가들의 작품은 소설이라는 장르, 소설가라는 인물, 작가 자신의 자전적 요소 등을 활용하는 경우가 적지 않다. '나'를 드러내고 1인칭의 세계에 적극적으로 뛰어드는 경향은 최근 한국소설에서 흔히 발견되지만 남성 작가가 젠더 이슈를 다룰 때라면 조금 더 섬세한 고민이 요구된다는 점은 분명한 것 같다. 여성 작가가 여성 인물의 불안과 공포를 다층적으로 그려내고 피해와 가해의 양상을 면밀하게 재현하면서, 그럼으로써 많은 혼란과 실패를 노출하게 됨에도 불구하고 그 자체가 여성 작가인 자신에게 어떤 영향을 미칠지 신중하게 접근하는 것에 비해, 남성 작가는 다소 안전하고 평범하게, 그러면서도 때로는 성급하고 과감하게 젠더 이슈를 다루는 측면이 있기 때문이다.

2019년에 발표된 작품들 중 김봉곤 작가의 「그런 생활」(『문학과사회』 2019년 여름호)이 있다는 점은 이 글의 논의에서 비켜 갈 수 없는 지점이다. 지금 이 글은 남성/여성이라는 이분법으로 작가를 구분하고 그 경향을 애써 추려보고 있으나 사실 작가의 젠더를 고찰하는 일은 상당히 복잡하고 난감한 일이다. 박상영 작가가 언급한 바 있듯 작가인 '나'와 가장 가까운 화자이지만 그 성별이 다를 때, 예상치 못했던 독해의 이견들이 발생하고 결국 "작가라는 존재의 '한계'로부터 완벽히 독립적이고 자유로운 작품은 존재할 수 없다"[9]는 사실이 자명해진다. 작가와 작품을 분리한다는 것은 일종의 환상이고 그 분리의 '목적'이 무엇인지를 떠올려보면 대체로 그것은 작가로부터 작품을 구출해내기 위한 시도이기 때문이다. 반면에 어떤 작가들은 작가인 자신을 소설에 최대한 밀착시켜 스스로를 독해의 대상으로 밀어 넣기도 하는데 "당신 인생에 관한 소설을 쓰고, 당신 인생으로 대가를 지불할 것"[10]이라는 말처럼 그것

---

9 박상영, 「할 수 없다」, 『문학과사회 하이픈』 2018년 겨울호, 167쪽.

은 무척 위태로운 소설적 장치이다.

명칭을 어떻게 하든 소설이라는 장르에 작가인 '나'를 직접적으로 기입하는 방식은 오래된 전통이다. 고백록의 시대가 있었고, 자서전과 자전적 소설이 있었으며, 사소설과 오토픽션까지 무수한 시도와 논의들이 있어왔다. 자전소설은 간단히 말해 작가-서술자-인물의 구도에서 이 세 층위를 일치시키는 방식이다. 자연인으로서의 '나'와 이야기를 전달하는 '나', 그리고 소설 속에서 움직이는 '나'를 구분하지 않고, 1인칭의 세계로 합치하려는 그 시도는 그러나 당연하게도 여러 국면에서 '불가능'하다.

자전소설은 '나'를 드러내는 형식이며 그것은 작가인 '나'가 자신을 철저하게 대상화하는 일과도 같다. 즉, 가감 없고 솔직하게 자신을 재현하겠다는 태도는 주체에 대한 환상을 동반한다. 따라서 픽션이 작동하는 기본 원리가 그 허구를 사실로 받아들이겠다는 '믿음'인 것처럼, 이를테면 필립 르죈이나 스즈키 토미가 탐구했듯 자전소설은 '약속'의 영역이다. 그 약속은 자서전이나 사소설처럼 장르적으로 이루어지기도 하지만 무엇보다도 텍스트에 담긴 '표지'들로 담보된다. 인물에 대한 정보, 벌어진 사건들과 에피소드 그리고 메타적인 장치들.

자전소설의 작가들은 소설이 현실을 원작으로 하는 2차 창작일 수 없다고 믿는다. 소설은 현실을 각색하거나 재창조하는 것이 아니라 '나'의 현실 그 자체라는 의미일 것이다. 동시에 그들은 소설

10 알렉산더 지, 『자전소설 쓰는 법』, 서민아 옮김, 필로소픽, 2019, 328쪽.

이 현실을 그대로 재현할 수 없다는 사실을 누구보다 잘 알고 있다. 하지만 '나'를 쓰지 않고는 견딜 수 없을 때, 쓸 수 있는 이야기는 오직 '나'에 관한 것일 때, '나'를 쓰기 위해 모종의 모험을 감행할 때 소설의 곤경은 생겨난다.

누군가의 소설이 누군가에게 고통과 상처가 되어 현실에서의 피해자를 만들어내는 일은 그것의 의도성과 무관하게 명백히 작가의 비윤리적인 태도의 결과일 것이다. 그 피해를 '법적·제도적으로 따져 물을 수 있는가' 하는 질문과는 별개로 그것이 '소설'이기 때문에 면죄부가 될 수는 없다. 그것이 '자전'소설이 지불해야 할 대가이고 감당해야 할 불안이다. 예컨대 자전소설은 늘 '무대 뒤'를 보여주려고 하지만 무대 뒤의 풍경을 결국 '무대 위'로 가져오게 되고, 나아가 현실의 '나'가 무대로 등장하는 게 아니라 무대가 된 현실을 살아가는 '나'로 자아 연출의 '역전'이 필연적으로 일어나게 되는데 그 딜레마는 결코 해소될 수 없기 때문이다.

하지만 당연하게도 우리는 자전소설에 대해 지나친 회의나 우려를 표할 이유는 없다. 소수자의 삶이 가시화되는 것, 세계를 1인칭으로 그려내는 것, 당사자로서 발화하는 것 등에 대해 자전소설은 자기 검열의 기제를 강화하는 방식이 아니라 더 큰 가능성의 영역을 확보하는 형태로 한다. 소위 정체성 정치의 '정체성'에서 주체의 "억압에 대한 경험"과 "대안의 가능성"이 중요한 두 축이라고 논의되는 것처럼,[11] 자신에 대해 쓰면서 자아에 대한 믿음을 잃지

11 크레시다 헤예스, 『정체성 정치』, 강은교 옮김, 전기가오리, 2020, 21쪽.

않는 것이야말로 자전소설의 핵심 명제일 것이다.

　다원성에 기초한 3세대 개인주의를 역설한 이졸데 카림에 따르면 우리는 지금 우연과 불확실성, 분열과 개방의 상태에 놓여 있다. "타자에게 더 이상 정상의 기준으로 제시될 수 없"고 "스스로에게도 정상을 제시하지 못"하는 일은 "소수자의 전형적인 경험"이었지만 "오늘날은 주류 사회도 소수자 사회처럼 기능"하고 있다고 그는 설명한다.[12] 또 그는 이 축소된 자아와 감소된 정체성의 시대는 우리를 무척 혼란스럽고 수고롭게 만드는데, 결국 "어떻게 동등하면서도 동시에 서로 다를 수 있을까?"[13]에 대한 해답을 찾는 일이 사회의 미래를 결정할 것이라고 역설하기도 한다. 한 사람을 구성하는 정체성이 다양할 때, 소위 무수한 정체성이 '나'에게서 교차될 때, 우리는 어떻게 그것을 '나'로 통합시키고 또 증명할 수 있을까. 혹은 분열과 모순을 인정하고 여러 '나'를 어떻게 승인할 수 있을까.

　여기에서 김봉곤 작가의 「그런 생활」에서 문제가 된, 소위 '사적 대화 무단 인용'에 관해 길게 논의할 이유는 없을 것 같다. 다만 조남주 작가의 근작을 살펴봄으로써 이 글의 질문을 이어가보고자 한다. 「오기」는 페미니즘 소설로 큰 성공을 거둔 작가 '나'가 고교 은사인 '김혜원 선생님'을 만나게 된 이야기이다. 무수한 악플에 시달리면서 작품의 후유증에 시달리던 '나'는 선생님의 부탁으로 거절해오던 외부 강연을 수락하고 그날 선생님으로부터 아버지

12　이졸데 카림, 『나와 타자들』, 이승희 옮김, 민음사, 2019, 60쪽.
13　같은 책, 71쪽.

에게 당했던 가정폭력의 경험을 전해 듣게 된다. 그 일은 '나'가 유년기에 겪었던 가정폭력을 상기시켰고 '나'는 그 이야기를 소설로 써서 발표하는데, 선생님으로부터 "어떻게 남의 얘기를 고스란히 훔쳐다가 쓸 수가 있"[14]느냐는 항의 전화를 받게 된다.

> 이번 소설이 내 이야기였다는 말은 하지 못했다. 나도 말을 하고, 글을 쓰고, 생각과 감정을 드러낼 자격이 있는 사람이라고 항변하는 것 같아 싫었다. 대체 그 자격은 무슨 기준으로 누가 왜 정하는 건데. 나 자신에게도, 누구에게도, 선생님에게도 그런 조건을 들이대고 싶지 않았다. 그냥, 너무 지쳤다. 나는 전화를 끊어버렸다.[15]

결국 '나'는 가장 악플을 많이 달았던 사람이 그날 동석했던 선생님의 제자라는 사실을 알게 되고 "그 밤 우리 세 사람이 얼마나 많은 이야기를 나누었는지, 얼마나 서로를 깊이 이해했는지, 얼마나 서로에게 위로가 되었는지"를 떠올림과 동시에 "내 흔적을 악착같이 따라다니며 그렇게 모욕적인 글들을 남"긴 "그 두 마음"이 "과연 다를까" 하고 생각한다.[16] 이렇게 바꿔 말해볼 수도 있을 것 같다. '이건 정말 내 이야기야'라고 감탄하는 독자와 '내 이야기를 이런 식으로 갖다 쓰다니'라며 분노하는 독자는 얼마나 다를

---

14 조남주, 「오기」, 『릿터』 2020년 4/5월호, 139쪽.
15 같은 글, 140쪽.
16 같은 글, 142쪽.

까, 라고. 혹은 그 이야기가 작가의 실제 경험이라면 그 소설은 정말 다르게 읽히는가, 하고.

5

최근의 한국문학에서 재현의 윤리를 논할 수 있는 사례는 적지 않고 특히 여성과 퀴어, 장애인 등 소수자 정체성의 재현에서 여러 논의가 있어왔음에도 다시금 이에 대해 성찰하고 고민해야 할 시점임은 분명하다. 특히 당사자성에 기초한 1인칭 담론을 형성해나가고, 창작자들에게 은연중에 '더 고백해' '네 이야기를 써' '우리는 네가 궁금해' '네가 겪은 더 끔찍한 이야기를 해봐'라고 말하면서 내밀한 자기 고백에 환호하고 또 그 '용기'에 박수를 보내며 대체로는 여성인 작가들에게 늘 '사실'을 확인하려 들었던, 피해자의 위치에 있는 당사자성에만 날카로웠던 그 비평의 잣대를 돌아볼 필요가 있을 것이다. 비평이 문학의 유통에만 활용되고 그 상품성에 복무하는 것도 문제이지만 문학의 스캔들을 추동하고, 폭로를 추인하는 방식으로 작동해서도 곤란하지 않을까.

문학을 바라보는 여러 관점에서 작가의 성별을 문제 삼는 것은 재차 언급하건대 그것이 무용해질 때까지는 유용하다. 이를테면 듀나의 사례처럼, 익명에 기대고 있기는 하지만 작가의 성별, 세대, 출신, 경력 등 실제 작가를 둘러싼 여러 정보가 작품의 감상과는 무관할 때 우리는 흥미로운 독서를 경험하게 된다. 남성 작가이지만 여성의 이야기를 주로 쓰는 작가, 여성 작가이지만 늘 주인공은 남성인 작가, 퀴어 정체성을 드러내고 퀴어의 이야기를 쓰는 작가, 퀴어 서사를 쓰지만 자신은 이성애자인 작가, 트랜스젠더 작가, 양성애자이면서 '무성'의 이야기를 쓰는 작가 등 다채롭고 무수한 사례가 쌓이면 더 이상 남성/여성 작가의 비중이나 비율은 의미 없는 자료가 될 것이다. 아니, 아예 그런 조사가 불가능해질 것이다. 문학의 편견은 늘 그렇게 깨져왔고 이는 매우 지난하고 오랜 시간이 요구되는 일인데, 한국문학은 조금씩 변화하기 시작했다고 나는 믿는다.

죄의식의 남성성, 해원^{解冤}의 여성성
: 임철우 소설을 중심으로*

이소

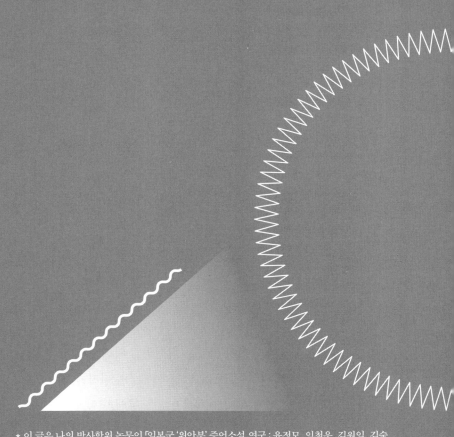

* 이 글은 나의 박사학위 논문인 「일본군 '위안부' 증언소설 연구 : 윤정모, 임철우, 김원일, 김숨을 중심으로」에서 임철우 부분을 발췌하고 손본 것이다. 지면상 논문에 수록된 자세한 이론적 근거나 분석은 생략되었다. 이 글에서 다루고 있는 임철우의 작품들은 다음과 같다. 『이별하는 골짜기』(문학과지성사, 2010), 『백년여관』(문학동네, 2017), 『돌담에 속삭이는』(현대문학, 2019), 『황천기담』(문학동네, 2014). 이 작품들을 인용할 경우 제목과 쪽수만 기록한다.

1

    작가 임철우에게 '5월 광주'란 연원이 아닌 중력과도 같아서, '광주'를 향한 애도의 결산이라 평가받았던 소설 『봄날』(문학과지성사, 1997)을 쓰고도, 그는 그 힘의 자장에서 벗어날 수 없었다. 『봄날』 이후 쓴 네 편의 장편에서도 그는 여전히 '광주'를 포함한 '사건'의 기억과 고통, 증언의 문제에 천착해왔다. 나는 평생 역사적 외상과의 대면을 피하지 않았던 한 작가의 장구한 문학적 실천 앞에 진심으로 깊은 존중을 표한다. 그의 작품들은 사건과 문학을 둘러싼 윤리와 미학과 정치의 분투를 담은 아카이브로 손색이 없을 것이다. 그러나 동시에 나는 이처럼 반복되는 '애도의 시도'로 구성된 '임철우적 계열체'의 핵심에는 '여성성'이 핵심 장치로써 작동하고 있다고 주장하려 한다. 타자의 고통에 대해 민감한 피부를 지닌 남성 주체가 타자의 고통을 재현하기 위해 어떻게 역설적으로 '여성'을 하나의 '기능'으로 타자화하는지, 타자를 위무하고 싶은 그의 선량한 욕망이 이 '여성-기능'을 통해 어떻게 성공하고 또 어떻게 실패하는지 드러내고자 한다.

　무게는 누적에서 유래하므로, 나는 이 아카이브를 향한 해석의 갱신이야말로 "한국문학의 사도 바울"[1] 임철우에 대한 예우가 되리라 믿으며 젠더 정치학적 비판을 수행한다. 그러니 누군가 나에게 왜 하필 '남류 작가'로 임철우를 다시 읽냐고 묻는다면, 나는 그가 충분히 숙고할 만한 '남성성'의 한 전형을 보여주었기 때문이라고 답할 것이다. 그러나 그것이 앞으로의 세계에 상속되어야 할 덕목이나 가치일 수는 없음을 분명히 덧붙일 것이다.

2

　『이별하는 골짜기』에서부터 시작해보자. 이 작품은 '별어곡'이라는 시골 역을 중심으로 네 명의 사연을 다루는 연작소설이다. 그중 역사적 외상을 다루는 에피소드는 '위안부' 피해자 순례 할머니가 주인공인 세 번째 에피소드. 이 에피소드는 순례가 소녀였던 '위안소' 시절과 할머니가 된 현재의 모습을 교차 편집하여 보여주는 방식으로 구성되어 있다. 현재의 순례는 치매로 기억을 잃은 채 매일 기차역과 집 사이를 맴돌고 있다. 치매로 인해 그녀는 말의 세계에서 퇴출되었고, 그런 이유로 그녀의 과거는 (나머지 에피소드들과 달리) 회상이나 증언의 형태로 등장할 수 없다. 대신 그

1　김형중, 「임철우, 사도 바울」, 임철우, 『연대기 괴물』 해설, 2017, 371쪽.

녀의 과거 '수난기'는 소설의 한쪽에서 영화처럼 생생하게 '상영'되는 중이다. 그런데 흥미롭게도, 이처럼 과거와 현재의 중첩은 당사자인 순례를 통해서는 이루어지지 않지만, 시를 쓰는 젊은 역무원 동수를 통해서는 이루어진다. 동수는 '노랑나비와 함께 등장한 한복 차림의 소녀', 즉 순례 할머니의 '소녀 분신'을 두 번 마주치게 되는데, 한 번은 그가 순례 할머니의 사연에 관심을 보이기 시작한 순간이고, 나머지 한 번은 에피소드의 마지막 순간이다.

여기서 문제적인 것은 크게 두 가지다. 첫째, 말로 표상할 수 없는 사건을 다루는 작품에서 생존자의 분열적 현실을 드러내기 위해 유령적 존재가 등장하는 경우는 드물지 않은데, 이는 흔히 현재의 내가 '또 다른 나'와 마주함으로써 서사를 이끌어가기 위한 배치인 경우가 많다. 그런데 이 소설에서 소녀 순례의 모습은 관찰자인 동수에게만 보인다. '또 다른 순례'를 의미하는 소녀의 모습이 얼핏 순례의 도플갱어처럼 보이지만, 실은 순례 자신과는 조우하지 않는, 동수의 '남성적 환상'에 불과한 것이다. 둘째, 사건 당시의 모습으로 남겨진 유령적 존재가 많은 작품에서 매력적인 소재로 사용된 이유는 그것이 유발하는 모호하고 불안한 감정이 '사건성' 자체를 지시하기 때문인데, 여기서 소녀 순례의 모습은 완벽히 천진하고 화사한 모습으로 출현한다. 그렇다면 이 소설에서 소녀의 얼굴을 한 유령적 존재는 분열과 불안을 환기하는 상징계의 균열로서 등장한 것이 아니라 안도와 위안을 선사하며 사건을 종결하기 위한 상상적 봉합으로 요청되었다고 할 수 있다.

과거에서 막 빠져나온 듯 보이는 소녀 유령과 그녀를 유일하게 볼 수 있는 남성 주인공의 만남. 이 만남은 타자의 고통에 예민하게 감응하고 그 고통으로부터 타자를 구원해주고 싶은, '해원과 재생의 욕망'을 지닌 선량한 시인 동수(와 우리)를 위해 이루어진다. 나비와 함께 등장하는 아름다운 소녀는 동수가 보고 싶은 순례, 훼손되지 않은 순결한 순례의 상징적 구현물이다. 낯설고 언캐니한 유령적 존재가 아닌, 동화적이고 신화적인 '소녀상'은 소설을 읽는 (그리고 쓰는) 이의 감정적 부담을 빠르게 경감해준다. 불멸하는 소녀의 아름다움을 통해 독자는 '위안소'의 잔혹한 현실에도 순례가 훼손되지 않았음을 확인하며 안도할 것이고, 소설의 애도와 재생의 욕망은 충족될 것이다. 그렇게 향수 어린 메타포로 삽입된 '소녀-환상'은 '위안부' 피해자의 '여성 수난사'를 동화와 신화의 미덕으로 치유해버리는 핵심적 장치로 기능한다. 바로 이런 이유로 소설에서 과거와 현재의 만남은 실제의 순례 할머니가 아닌 아름다운 소녀-환상을 매개로 성사되어야만 하는 것이다.

물론 이렇게 망자와의 대화를 시도하는 초혼, 즉 "강신술 메타포"[2]는 고통스러운 사건과 기억을 다루는 작품에 드물지 않게 등장한다. 기억이 망각의 영역에 자연스럽게 자리 잡지 못하고 억압에 의해 강제로 배제되어버리면, "기억의 회귀는 주술적 사건으로 형상화"[3]되기 쉽다. 비자발적·강박적으로 회귀하는 억압된 기억들이 일종의 '유령 심상', 즉 원귀나 혼령의 형상으로 돌아오는 것

---

2   알라이다 아스만, 『기억의 공간: 문학적 기억의 형식과 변천』, 변학수·채연숙 옮김, 그린비, 2011, 236쪽.
3   같은 책, 234쪽.

이다. 그래서 역사적 외상이나 큰 상실의 사건을 다루는 재현물에는 히스테리적 증상이나 분열적·유령적 현실이 등장하는 경우가 많다. 문제는 이것이 '신화'로 봉합되는 경우다. 언어 너머의 모호하고 낯선 비정형의 것들이 더 이상 유령적인 것이 아니라 신적인 것이 되어버릴 때, '유령과의 마주침'이라는 현재적 사건은 진혼의 의식으로 승화되며 숭고함을 향해 달려가버린다. 그렇다면 이런 질문이 가능하다. 역사적 외상을 겪은 피해자들에게 유령의 자리 대신 신의 자리를 주는 것, 이 같은 '해원의 서사'는 선의일까, 기만일까 혹은 둘 다일까.

임철우는 『봄날』 이후 네 편의 장편에서 모두 '마술적 리얼리즘'을 선보인다. 『이별하는 골짜기』에서는 '위안부' 피해자를 다룬 연작에서만 '작은 마술'을 구사하지만, 『백년여관』과 『황천기담』은 소설 전체에 걸쳐 본격적인 '한국형 마콘도'를 형상화하고 있고, 이 같은 특징은 최근작 『돌담에 속삭이는』에까지 일관되게 유지된다. 이에 대해 평론가 서영채는 이 같은 "마술적 리얼리즘과 샤머니즘의 결합"은 "서사적 의장에 불과"할 뿐이고 임철우 소설의 "근본적인 동력"은 "죄의식을 통한 주체화가 이루어지는 과정"이라고 선을 긋는다.[4] 또한 오랫동안 임철우의 문학적 궤적을 지지해온 평론가 김형중은 마술적 리얼리즘에 기반한 해원 서사가 자칫 '거짓 화해'가 될 수 있음을 지적하며, 이 점이 임철우가 '경계해야 할 지점'이라고 염려한다.[5]

4   서영채, 「두 죽음 사이의 윤리」, 임철우, 『백년여관』 해설, 2017, 401~407쪽.

그러나 과연 그럴까. 임철우에게 마술적 리얼리즘이 돌출된 문제점처럼 경계하고 벗어날 수 있는 지점이거나 서사적 의장에 불과한 것일까. 그것은 실은 경계조차 할 수 없는 부분, 그의 주체성과 작품 세계 전반에 얽힌 불가분하고 핵심적인 부분인 것은 아닐까. 임철우의 마술적 리얼리즘(그리고 같은 시기 황석영, 이만교, 최인석, 천명관 등이 선보인 한국형 마술적 리얼리즘의 유행)은 단단한 고리로 연결되고 응결된, 내적인 필연성을 지닌 구성물이 아닐까. 이렇게 반복적으로 등장하는 특정한 형식을 만나게 될 때 우리가 해야 할 일은 이것을 '경계 지점'이나 '서사적 의장'이라는 말로 주변화하는 대신 오히려 정중앙에 배치하여 그 중심점을 감싸고 있는 필연성의 고리들을 면밀히 살피는 일일 것이다.

3

『이별하는 골짜기』에서 소녀의 모습을 한 순례는 오직 동수의 눈에만 보인다. 다른 사람들은 볼 수 없는 것을 보는 자, 다른 사람들은 들을 수 없는 것을 듣는 자, 임철우의 소설에는 이처럼 남들보다 예민한 특별한 감수성의 소유자들이 반드시 등장한다. 이 인물들은 서술자와 가까운 거리에서 화자의 역할을 하며 서사

---

5   김형중, 「한국형 마콘도들에 관한 몇 가지 단상」, 『변장한 유토피아』, 랜덤하우스, 2006 ;「『봄날』 이후, 임철우 소설의 궤적에 대하여」, 『단 한 권의 책』, 문학과지성사, 2008.

를 이끌어간다. 이들은 커다란 역사적 상실을 경험한 '죄의식의 주체'라는 점에서 유사한 주체성을 지니고 있고, 공교롭게도 항상 남성이며, 죄의식과 부채감 외 세속적인 희노애락이나 여타의 심리적 갈등은 겪지 않는 매우 '공적인' 존재들이다. 역사적 외상을 겪은 사람들이 모여 사는 연극무대 같은 공간과 그곳을 지켜보는 죄의식의 남성 주체, 이 두 쌍은 네 편의 소설에서 반복 재생된다.

그래서 소설들은 구성상 몇 가지 공통점을 지닌다. 첫째, 역사가 공간화된 장소, 다시 말해 황천이나 별어곡, 영도, 제주처럼 한국의 비극적인 근현대사를 상징하는 장소가 등장한다. 둘째, 이 장소들은 긴 시간의 역사적 모순을 단일한 공간으로 압축하기 위해 동화적·설화적으로 구성된 폐쇄적인 무대로 존재한다. 셋째, 이 환상적인 무대가 '역사'이고 이 역사를 조망하고 사유하는 자가 남성인 데 반해 여성성의 영역은 역사의 외부나 초월로서 요청되거나 혹은 역사의 희생양으로 전형화된다. 넷째, 이처럼 동화적·설화적으로 구성된 '유사 역사 무대'에서 남성 서사의 환상성은 그 역사의 외부인 여성성과 쉽게 결부되며 '여성 신화'에 기대게 된다.

이렇게 해서 한국 근현대사의 비극을 상징하는 공간에 역사의 주체인 남성과 역사의 외부인 여성이 맞물린 임철우 특유의 마술적 리얼리즘은 탄생한다. 그런데 이처럼 역사를 공간화하는 것은 애초부터 다소간의 혐의를 지니기 마련이다. 시간의 축을 굽히고 압착하여 한 공간에 집어넣기 위해 소설은 시간의 축을 대신할 어떤 동력, 예컨대 '마술적 힘'을 요구하기 쉽고, 일단 도입된 마술적 힘은 '해원의 유혹'을 뿌리치기 어렵기 때문이다. 그렇다면 이제부터 그 마술적 힘의 구체적 작동 원리와 정치적 효과가 무엇이길래 이것을 '혐의'라 부르는지 살펴보도록 하자.

4

『백년여관』의 영도라는 섬에는 식민지, 6·25, 4·3, 보도연맹, 베트남전쟁, 5·18 등 근 100년간의 역사적 비극으로 죽은 원혼들이 모여든다. 임철우를 연상하지 않을 수 없는 소설가이자 죄의식의 주체인 이진우 역시 이 넋들의 목소리에 이끌려 이곳을 찾아온다. 소설은 이렇게 세대를 거듭하여 이어지는 역사적 고통과 원한을 유기적으로 배치한 후, 그 배치의 정점이자 결말에 해원을 위한 굿을 마련해둔다. 그런데 이 해원굿에서 원혼들에게 빙의되는 무당 조천댁의 입에서 흘러나오는 소리는 결코 무수한 원혼들의 갈라지고 찢긴 절규와 원망 같은 것이 아니다. 이 영혼들은 "드넓은 바다 수면 가득히 들꽃처럼 무수히 피어난 작고 가느다란 불빛들"(374쪽)로 아름답게 떠올라 단일하고 신성한 목소리로 합일되고, 그 목소리는 우리로 하여금 역사의 절망적인 잔혹함 대신 비극적·신화적 숭고를 경험토록 해준다.

"오오, 사랑하는 이승의 자식들아. 이젠 그만 우리들을 놓아다오. 분노와 증오, 원한과 절망, 눈 부릅뜬 저주와 어둠의 시간들로부터 벗어나서, 아아 우리 이제는 그만 돌아가려 한다. 한과 슬픔과 미련을 모두 지워내고, 이 추악한 지상의 시간, 서럽고 아픈 과거들을 이제 그만 너희에게 온전히 맡겨둔 채로, 저 영원한 망각의 세상에서 이제는 깊이 잠들고 싶다……. 가없은 이승의 내 자식들아. 부디 너희의 눈물과 통곡과 슬픔을 이제는 거두어다오." (373쪽)

여기, 빙의된 무당의 입에서 '어머니의 목소리'로 저주와 폭언이 튀어나온다면 그야말로 언캐니한 일이겠지만, 그녀의 입에서 흘러나오는 원혼들의 목소리는 시종일관 인자하고 장엄하여 우리를 안도하게 해준다. 무릇 애도라는 것은 사회적인 의미에서건 문학적인 의미에서건 죽은 자가 아닌 산 자를 위해 필요한 법. 망자들의 목소리를 듣고 남은 자들의 마음이 편안해지기 위해서는, 그들의 목소리가 결코 낯설거나 무섭거나 무엇보다 끈질겨서는 안 된다. 그들은 살아남은 우리를 '어머니의 목소리'로 따뜻하게 위로해줌과 동시에 자신의 해원을 알리고 깨끗이 사라져줘야 한다.

『돌담에 속삭이는』 역시 유사한 구조를 보여준다. 이번 마술의 무대는 4·3 항쟁의 비극을 안고 있는 섬, 제주도. 소설은 평생 "스스로를 수의 입은 죄수"(69쪽)라고 여기며 살아온 '임철우적 인물'인 한민우가 제주로 이주해 오면서 시작된다. 그는 집 근처에서 4·3 당시 목숨을 잃고 지금까지 이승을 헤매고 있는 어린 영혼들의 존재를 느끼게 되고, 그 영혼들이 '사천꽃밭섬'으로 무사히 떠나는 모습까지 지켜보게 된다.

이 작품이 역사적 사건을 재현하는 방식은, 『백년여관』보다 더

살뜰하게 우리의 감정을 '절약'해주는 방식이다. 예컨대, 학살 당시 불길 속에서 죽은 아이들은 "마치 잠에서 막 깨어난 것처럼" "입고 있던 옷 그대로, 몸엔 상처 하나도 없"(131쪽)이 깨어나 제주의 삼신할머니인 '폭낭할망'의 돌봄 속에 지내왔다. 비록 오랜 기다림이 아이들을 지치게 했지만, 마침내 그들을 찾으러 온 어머니의 영혼과 만나 "모든 꽃들이 사시사철 흐드러지게 피어나고, 온갖 새와 나비와 벌과 반딧불이들이 날고, 귀여운 강아지와 고양이가 아이들이랑 온종일 함께 뒹굴고 뛰노는"(199쪽) 사천꽃밭으로 향하며 긴 기다림은 끝을 맺게 된다. 그리고 그 순간, 한민우는 아이들을 인도해 가는 여인의 얼굴을 보며 이렇게 생각한다.

> 여인은 아이들을 그러안고 끝없이 눈물을 철철 흘리고 있다. 어느 순간 달빛에 드러난 여인의 얼굴을 보자마자 한은 또 한 번 놀란다. 어찌 된 영문인가. 그 얼굴은 바로 한의 어머니다. (……) 한은 눈을 크게 뜨고 다시금 여인을 바라본다. 놀랍게도 그것은 이번엔 윤씨 할망의 얼굴이 되었다가, 이내 또 다른 노인의 현무암 같은 검은 얼굴이 된다. (……) 한은 뒤늦게 깨닫는다. 자식을 잃고 찾아 헤매는 이 세상 어미들의 얼굴은 모두가 똑같다는 사실을. (214쪽)

여성은 신이 될 수 있을지언정 개별적인 얼굴을 지닌 인간은 되지 못한다는, 이 남성 주체의 감격 어린 깨달음은 4·3이라는 역사적 비극을 '폭낭할망'과 '어머니' 같은 여성적 존재들을 통해 치유가능한 것으로 치환해버린다. 모성 신화에 기댄 설화적, 아니 거의 동화적 설정으로 이루어진 이 해원 서사를 통해, 죄의식에 가득 차 반성하는 남성은 역사를 사유하는 주체가 되고, 그 남성의 시야에 포착되어 추상화·신화화되는 '여성성'은 역사의 외부, '사천꽃밭' 같은 마술적 세계에 잔존하게 된다.

황천을 무대로 한 연작소설 『황천기담』에서도 한 편[6]을 제외한 나머지 네 편이 모두 여성 신화를 다루고 있다. 그중 특히 「월녀」는 서로 다른 이유로 고통을 겪고 있는 7명의 남성이 월녀에 의해 위로받고 다시 살아갈 힘을 얻게 된다는 이야기로, 신화적인 모성을 더할 나위 없이 찬양하고 있다. 그러나 지나치게 과장된 이 모성은 어쩐지 수상쩍다. 밤이 이슥해지자 흥분과 기대를 안고 남의 눈을 피해 월녀의 집에 찾아가는 7명의 모습은 흡사 성매매 업소에 몰래 드나드는 남자들처럼 어딘가 음험해 보인다.

"밤이 이슥해지자, 이윽고 사내들이 월녀의 집으로 하나둘 모여들기 시작한다."(206쪽) 사내들은 우물에 끝없이 차오르는 '우윳빛 샘물'로 목욕을 하고, 알 수 없는 향기로 가득한 월녀의 방으로 들어간다. "사내들의 몸과 감각과 의식이 차츰 몽롱하게 풀려간다. 오랫동안 얼어붙었던 그들의 가슴도 소리 없이 녹기 시작한다.

---

6 『황천기담』에서 가장 완성도 높은 에피소드는 「나비길」이라는 작품이다. 이 이야기에도 환상적인 요소는 있지만, 그 환상성이 주제를 뒷받침하며 시적으로 한정되어 있고, 두 주요인물의 욕망과 갈등은 매우 구체적이고 '인간적'이다. 임철우의 애정 서사에 유사한 수준으로 사유가 가능한 두 명의 인물이 등장하는 경우는 극히 드문데, 이것이 가능한 이유가 두 인물 모두 남성인 일종의 '퀴어 서사'이기 때문이라는 점은 매우 아이러니하다. 여기 실린 연작 중 유일하게 '여자 없는 세계'인 것이다.

(······) 어느 사이 사내들의 눈에서 맑은 눈물이 방울방울 흘러내린 다."(209쪽) 성적인 함의로 읽을 수밖에 없는 문장들을 지나, 소설은 다 큰 사내들이 월녀의 저 거대한 '네 개의 유방'에 매달려 젖을 먹는 장면에서 절정을 이룬다. "흐벅진 달덩이 하나를 통째로 차지한 천 씨는 품에 안긴 채 서럽게 흐느끼기 시작한다."(223쪽) 그리고 그들에게 젖을 물리며 월녀는 이렇게 말한다.

> "그래, 울어라. 마음껏 울어버려라. 울어야만 산다. 가슴속 돌멩이, 목구멍의 핏덩이를 토해내야만 산다······. 내 가엾은 자식들아. 슬픔이 너의 힘이다. 분노와 한이 너의 힘이다. (······) 한사코 포기하지 말고, 어떻게든 이 끔찍스러운 생을 살아내거라······."(224쪽)

남성에게 여성이 어머니/성녀 아니면 창녀로 존재한다는 말이 사실이라면, 여기 묘사된 월녀의 모습은 그 두 가지가 합쳐진 결여 없는 '완벽한 여성성'이다. 그녀는 평생 '처녀의 몸'이었기에 결코 창녀일 수 없지만, 젊은 시절 '색시집'을 운영했고 주기적으로 "환희와 고통이 뒤섞인 열기에 휩싸여"(174쪽) 젖과 활력이 부풀어오르는 성적인 존재다. 모성과 섹슈얼리티의 완벽한 결합. 이 결합이 얼마나 비현실적인지는, 소설에 묘사된 7명의 남성이 지닌 상처가 모두 역사와 현실에서 유래한 자세하고도 구체적인 것임에 반해 월녀의 삶에 관한 모든 것은 설화적이고 신화적인 것들뿐이라는 데서도 쉽게 짐작할 수 있다. 월녀는 한국 근현대사의 '백 년 동안의 고독'에 대한 알레고리이자 그 치유를 위한 여성성의 상징이다.

> 포만감에 젖은 사내들은 쌔근쌔근 숨소리를 내며 어느새 곤히
> 잠들어 있다. 평생 단 한 번도 맛본 적 없는 평화와 안식의 품
> 속에, 그들은 행복한 젖먹이가 되어 포근히 안겨 있다. (224쪽)

남성에게는 위안과 숭고를 제공할지도 모르는 이 장면이 여성
독자에게는 그저 징그러울 공산이 큰데, 더욱 안타까운 점은 이
렇게 '젖을 먹여 남성을 구원하는 여성상'이 가장 마술적인 『황
천기담』에만 예외적으로 존재하는 것이 아니라는 점이다. 네 편
의 소설에서 이 모티프는 반복적으로 등장한다. 환상성이 거의 없
는 『이별하는 골짜기』의 결말 부분에서도 울고 있는 동수에게 아
이도 키워보지 않은 이웃 여자는 젖을 물리며 읊조린다. "사랑하
는 내 아들……."(296쪽) 『백년여관』에서도 보도연맹 사건으로 가
족을 잃은 요안이 발작을 하자 무당 조천댁은 젖을 물린다. 놀랍
게도 할머니인 조천댁의 가슴은 "삼십대 여인의 그것처럼 놀랍도
록 탄력 있고 눈부시게 뽀"얗고, 그 "조천댁의 뽀얀 가슴에 얼굴을
묻"자 요안의 "맑은 눈물이 그치지 않고 철철 흘러내린다."(333쪽)
이처럼 임철우의 세계에서 신적인 것은 철저히 여성의 성적인
육체에 기반하여 구성된다. 이 세계에서 여성성은 "천지에 가득
한 슬픔과 고통과 절망을 오붓이 한데 감싸안고서 고요히 잠재워
주던 그 한없이 부드럽고 풍요로운 모성의 젖가슴"(334쪽)으로 존
재한다. 그리고 이 성스러운 (동시에 젊고 아름다운) 육체는 남성에

게 카타르시스를 안겨주며 다시 한번 그가 험한 현실세계를 살아갈 수 있도록 기원과 위안이 되어준다. 여성은 '육체화'되는 동시에 '신화화'되며, 신성하게 그러나 신속하게 역사 외부로 축출된다.

5

문학연구자 오혜진은 중견 남성 소설가들이 시도하는 '장편 남성 서사'를 분석하는 글에서 여성 혐오의 혐의가 거의 기정사실화된 김훈의 소설에 대해 이렇게 말한다.

> 인간과 인간이 이룬 모든 것들을 형이하학적·유물론적 세계로 끌어내려 그것의 물질성을 직시하게 하는 것이 김훈 세계관의 중핵이라면, 주목할 것은 이때의 '인간'이 여전히 '남성'만을 지시하는 성별화된 기호라는 점이다. (……) '난민공동체'의 표상은 김훈 소설 전반을 통어하는 지배적 심상이다. 그런데 이때 더 섬세하게 포착돼야 하는 것은 이 '난민'의 형상에서 작동하는 성별 위계다.[7]

어떤 세계에서도, 심지어 난민화된 세계에서조차도 난민화의

---

7   오혜진, 「누가 민주주의를 노래하는가」, 『지극히 문학적인 취향: 한국문학의 정상성을 묻다』, 오월의봄, 2019, 159쪽.

힘은 동등하게 작용하지 않는다. '우리는 모두 난민이다' 따위의 말이 실제로는 어떠한 정치적 함의도 지니지 못하는 것처럼, 모두가 난민화된 세계에서도 중요한 것은 그 세계의 난민화를 인식하고 사유할 줄 아는 자가 누구냐는 것이다. 김훈의 세계에서 자신이 난민임을 자조적으로 인정하고 비감에 젖는 자는 남성이다. 그리고 여성은 "모든 상황에 즉물적·본능적으로 반응하면서도 끝내 자신의 행위가 지니는 의미에 대해 사유할 기회를 얻지 못함으로써 동물화·비체화"된다. 이것은 단지 남성중심적인 사고보다 더 큰 혐의를 지닌다. 오혜진에 따르면, 이렇게 성별화된 재현 문법은 "서사적 주체의 자격, 나아가 역사를 '역사화'하는 자의 자격"과 관련된다.[8]

김훈의 소설과 임철우의 소설이 보여주는 미학적·정치적 결의 차이에도 불구하고 둘의 공통점은 이것이다. 두 세계에서, 비감에 젖어 있는 예민한 남성 주체와 달리 여성은 철저히 타자화된다. 세계의 압도적인 폭력성에 대해 탁월한 감각을 지닌 두 작가는 '타자화된 여성'과 '주체화된 남성' 사이의 구체적 권력 관계에 대해서는 탁월하게 빈곤한 고찰을 보여준다. 김훈의 소설에서처럼 늘 "'피, 땀, 젖' 같은 '비체'로 환원"되고 "'냄새'라는 후각적 심상을 통해 재현"[9]되는 '암컷'이든, 임철우의 소설에서처럼 거대한 "비밀스런 네 개의 유방"으로 젖을 뿜고 "꿈결처럼 매혹적인 향

---

8   같은 책, 161~162쪽.
9   같은 책, 164쪽.

기"(223쪽)를 발산하는 '여신'이든, 둘 중 누구도 역사의 내부로 들어올 수 있는 자는 없다. 다만 그렇게 육체로 환원된 여성의 반대항으로 그 육체성을 사유하는 남성만이 주체화된다.

물론 임철우의 세계에서 이루어지는 여성의 비체화는 김훈의 경우와 달리 신적이고 성스럽다. 임철우의 여성은 '비체를 초월하는 비체'가 되고 남성은 그 앞에서 복잡한 심사의 눈물을 흘린다. 그러나 그렇다고 해서 비체가 역사 속으로 들어갈 여지가 존재하는 것은 아니다. 즉물적이든 숭고하든 간에 여성은 역사의 바깥에 남겨지고, 역사의 바깥에 정치학은 존재하지 않는다. 그에 반해 반성과 회한과 결심을 담은 남성의 눈물은 말과 정치의 영역, 비루하지만 인간의 것인 역사에 속한다. 비록 같은 역사의 피해자라 할지라도 누군가는 역사의 외부로 축출되고 누군가는 '비극적 상속자'로서 성장 서사를 쓰게 되는 것이다. 그리하여 울고 있는 '아들들의 역사'에서 여성을 향한 이상화와 혐오는 동시에 발생한다.

여기서 또 하나 주목할 점은, "어머니의 권력과 여성의 권력은 정반대"라는 점에 있다. 한 사람의 여성이라기보다 아들의 대리인이나 후견인으로 존재하는 '어머니'에 대한 드높은 존경심은 그에 반비례하여 실제 여성에 대한 섬세한 인식을 불가능하게 만든다.[10] 임철우의 소설에서 남성 인물들은 항상 어머니의 젖을 먹어야 하는 '우는 남자'로 그려지고, 모성 신화에 속하지 않는 여성 인물들은 늘 흐릿하고 평면적으로 재현되는 이유가 바로 이 때문이

---

10 정희진, 『페미니즘의 도전 : 한국 사회 일상의 성정치학』, 교양인, 2013, 70쪽.

다. 네 편의 소설에서 '아들-남성'은 늘 아버지가 부재하고, 아버지가 부재하게 된 원인인 한국 근현대사의 비극까지 떠안은 죄의식의 주체들이다. 그들에게 모성은 상처받은 '아들-남성'을 위로해주는 신성하고 숭고한 것이다. 그리고 이러한 도식에 해당하지 않는 실제 여성의 얼굴은 자연스럽게 지워진다. 여신이 아닌 그녀들이 역사에 등장하는 순간은 전형적인 피해자의 표상으로 '인격화된 고통'을 형상화할 때뿐이다.

이처럼 말의 세계에서 추방당한 '피해자다운 피해자'는 순례 할머니뿐만이 아니다. 『백년여관』의 경우, 80년 5월을 경험한 남성 인물들이 폭력의 기억과 심리적 외상으로 괴로워하면서도 광주의 진실을 알리는 문화 운동을 하거나 작품을 쓰는 등 치열한 죄의식의 주체로 거듭나는 동안(이진우, 케이), 여성 인물들은 시골 마을로 내려가 몇 사람 찾아오지 않는 제과점을 하며 '잊힌 여자'처럼 처연하게 살거나(순옥), 성폭력을 당한 후 아예 정신을 놓아버린다(은희). 특히 피를 연상시키는 '빨간색'에만 집착할 뿐 말과 기억을 모두 잃어버린 성폭력 피해자 은희의 모습은, '기차표'와 '가방'에만 집착하는 '위안부' 피해자 순례 할머니의 모습과 쉽게 겹쳐진다. 그녀들은 고통 속에서 텅 빈 삶을 감내하는 모습을 보여줘야 한다.

그러니 임철우의 세계에서 여성은 두 가지 유형으로만 존재한다. 하나는 신화적이고 마술적인 모성으로, 다른 하나는 피해자로서의 여성으로. 물론 이렇게 알레고리나 상징, 전형으로 등장하는 여성들은 그 어느 쪽도 구체적인 개인이 아니다. 그래서 실은, 이

두 유형의 여성성이 반드시 분리될 필요도 없다. 종종 후자의 여성성은 전자의 여성성으로 승격되기도 한다. 그런데 짐작할 수 있다시피 모든 피해자로서의 여성이 여신으로 승격될 수 있는 것은 아니다. 여성 피해자는 모성의 유무에 따라 다시 두 가지로 나뉜다. 하나는 순례나 은희처럼 모성과는 무관한 성폭력 피해자, 다른 하나는 '아이를 잃어버린 어머니'다. 여기서 성폭력 피해자는 스스로 발화할 수 없는 피해자의 형상에 머물 수밖에 없지만, 아이를 잃은 어머니에게는 조금 다른 가능성이 주어진다.

네 편의 소설에서 현실 속 여성이 남성처럼 죄의식을 가질 수 있는 방법은 오직 하나, 아이를 잃는 것이다. 여성이 아이를 잃으면, 이후 그녀의 전생은 어떻게든 다시 아이를 찾는 일로 채워진다. 그녀들은 『백년여관』의 화북댁처럼 자식을 따라 죽어버릴 수도 있고, 『이별하는 골짜기』의 빵집 여자와 『백년여관』의 미자처럼 죽은 자식을 대신할 '아들-남성'을 구원하며 수도승처럼 살아갈 수도 있다. 그러나 고통스러운 삶을 향해 그 의미를 따져 묻는 남성들과 달리, 자식을 지키지 못한 여성들은 죄의식을 갖기는 하지만 '내면'이 있다고는, 다시 말해 죄의식의 주체가 되었다고는 말하기 어렵다. 그녀들은 본능처럼 모성이 이끄는 대로 살게 된다. 그러다 누군가는 『백년여관』의 설분네나 『돌담에 속삭이는』의 여인처럼 죽어서라도 자식들의 영혼을 찾아 인도해 갈 신적인 것이 되기도 한다. 마치 '사물'도 오래되면 영기가 깃들게 된다는 전설처럼.

물론 임철우의 소설에는 종종 숭고한 모성과는 사뭇 다른 정력적인 여신이 등장하기도 한다. 그리고 이를 두고 여성주의적 해석을 시도할 수도 있다. 대표적으로 『황천기행』의 홍녀와 그 모계의 여걸들이 그런 존재다. 그러나 홍녀가 이렇게 남성성의 범주로 인정되는 전형적인 특징들(큰 체격, 막강한 힘)을 전유함으로써 '양성성'이라는 '신화성'을 얻게 되는 것이 과연 여성주의적이거나 해방적이라 말할 수 있는지는 의문이다. 다른 성의 전형적 성별 범주를 모방하고 전유하는 전략은 성별 범주를 만들어낸 기존 세계관의 권위를 재확인하는 결과를 가져올 수 있기 때문이다.[11] 이분법적으로 성별화된 세계에서 여성성과 남성성을 둘러싼 패러디와 전유는 전략적으로 가치가 있다. 그러나 역설적으로 이 전략은 기존 세계를 '자연화'된 세계로 승인해주는 효과를 가져온다. 본래의 이분법적 세계가 확고하고 자연화되어 있어야만, 그것을 전유하는 연행의 전략이 파격적인 힘을 가질 수 있기 때문이다. 그래서 홍녀와 같은 설화적 여신의 재현은 실제 현실 속 여성을 기존 통속적 방식의 '가련한 여성' 형상 속에 철저히 가둬두어야만 가능해진다.

결국 소설들의 결말은 놀랍도록 유사해진다. 해원을 위해 마련된 무대, 그곳에서 한바탕 펼쳐지는 여성적 마술들, 마지막 큰 마술을 선보이고 세계에서 사라지는 여신들. 그 순간 이 세계에 남겨진, 그러나 정확히 말해 이 세계를 차지한 남성들의 표정. 결말의 장면들은 대체로 이렇다. '모든 어미의 얼굴'을 지닌 여인이 아이들의 영혼을 데리고 사천꽃밭섬으로 떠나자 "한의 눈에서 눈물이 주르

---

11 리타 펠스키, 「남성성의 은폐: 글쓰기의 여성화」, 『근대성의 젠더』, 김영찬·심진경 옮김, 자음과모음, 2010, 188쪽.

르 흘러내린다. 한번 터진 눈물은 멈추지 않고 끝없이 솟아 나온
다".(『돌담에 속삭이는』, 220쪽) 조천댁의 해원굿으로 바닷속에 가라
앉아 있던 무수한 원혼들이 발광체가 되어 날아간 순간, "누구도
입을 열지 않았다. 저마다 오래도록 막혀 있던 눈물이 뺨 위로 흘
러넘쳤다".(『백년여관』, 374쪽) 죽음을 앞두고 마지막으로 젖을 먹여
준 월녀의 방에 고요히 불이 꺼지는 모습을 바라보며 "일곱 명의
사내는 각기 주먹으로 눈물을 훔치"다가 "어둡고 쓸쓸한 인간의
땅"을 향해 터벅터벅 내려가기 시작한다.(『황천기담』, 232쪽) 에피소
드마다 등장하는 '모성 마술'과 '아들-남성의 눈물' 쌍은 소설 전체
에 확대 재생되고, 내부에 배치된 다양한 이질성은 단일한 화음으
로 수렴되어 세계에 유장하게 울려 퍼진다.

　이렇게 네 권의 소설에 걸쳐 수차례 반복되는 해원의 시도는 역
사적 비극으로 고통받은 사람들을 위무하고 구원하고 싶은 재현
주체의 갈급한 욕망에서 기인했을 것이다. 그러나 아이러니하게
도 이 과정에서 가장 혜택을 얻은 자는, 젖을 먹고 눈물을 흘린 후
현실세계를 살아갈 용기를 얻은 아들들이다. 그렇게 남성 주체는
모성으로 표상된 상상적 세계에서 벗어나 역사적·상징적 세계로
나아간다. 더 이상 여신들이 존재하지 않는 '어둡고 쓸쓸한 인간
의 땅'에서 살아갈 아들들의 삶은 고단하겠지만, 바로 그 고단함
이 역사의 주체인 남성의 멍에이자 힘인 것이다. 이 환상적인 임
철우의 세계에서 '역사'는 '여성 피해자'를 만들고 동시에 '여성성'
에 의해 구원받는다.

6

마르케스의 마술적 리얼리즘을 향해 프랑코 모레티는 "어떤 사건을 신화적 형태로 다시 쓰는 것은 이것을 의미 있게 만드는 것과 마찬가지"라고 지적하며 그것이 지닌 이데올로기적 혐의를 경계한다. 그의 말대로 이제는 누구나 한 번쯤 마콘도에 살아보고 싶을 것이다. 그러나 그러한 마콘도의 매력에도 불구하고 여전히 그곳에 상처와 착취는 남아 있을 것이다. "하지만 어느 쪽이나 (신화적으로) 이해할 수 있게 되며, 심지어 아주 익숙하게"[12] 될 것이다. 이러한 마술적 리얼리즘을 향한 모레티의 의심은 '홀로코스트'라는 명명에 대한 아감벤의 거부와 그 이유가 일치한다. '번제'를 뜻하는, 본래 종교적 의미를 지닌 홀로코스트라는 이름으로 학살을 지칭하는 것은 "'무의미한' 죽음을 정당화하려는, 즉 도무지 납득이 가지 않는 것에 의미를 되돌려주려는 무의식적 요구로부터 비롯"[13]되기 때문이다. 무의미한 사건에 직면했기에 그 사건으로부터 여하한 의미라도 발견하고 싶은 절박한 감정은 타당하다. 그러나 우리가 살아가며 흔히 시도하는 '삶의 서사화'에 충분한 이점이 있는 것처럼, 사건 자체를 '재주술화'함으로써 얻게 되는 의미는 숭고의 표정을 한 '이득'에 가까울 것이다.

물론 사건을 서사화하는 것이, 주체가 사건을 기억하는 것이 아

---

12 프랑코 모레티, 『근대의 서사시』, 조형준 옮김, 새물결, 2001, 379~380쪽.
13 조르조 아감벤, 『아우슈비츠의 남은 자들 : 문서고와 증인』, 정문영 옮김, 새물결, 2012, 39쪽.

니라 기억이 주체를 덮쳐오는 상황에서 생존자가 살아남기 위해 갈망하는 욕망이자 형식이라면, 우리는 임철우가 80년 광주를 기록한 『봄날』 이후 계속해서 반복하는 이 시도들의 기원을 충분히 짐작할 수 있다. 그리고 그런 의미에서 그의 작품들은 일종의 아카이브가 된다. 이 아카이브는 사건의 고통을 목격한 죄의식의 남성 주체가 얼마나 절실히 그것의 재현을 자신의 '사명'으로 삼았는지, 그리고 그 과정에서 어떻게 성별화된 테크놀로지를 사용하여 사건을 의미화했는지 보여준다. 역사를 남성의 것으로 바라보는 죄의식의 남성 주체는 여신으로 재현할 수 없는, 사건을 겪은 여성에게 피해자의 정체성밖에 줄 수 없었다. 여성이 아이를 낳은 것으로 설정된 경우 그녀의 여성성은 모성 신화로 전환될 수 있었지만, 그렇지 않은 경우 그녀에게 남은 자리는 영원한 피해자의 자리밖에 없었다.

여성을, 그것도 성폭력을 겪은 여성을 철저히 피해자로 재현하는 것 외에 다른 방법을 알지 못했던 선량한 작가 임철우가 그녀들을 위해 해줄 수 있었던 일은 아름다운 마술을 삽입하는 일이었을 것이다. 그리하여 '위안부' 피해자인 순례는 노랑나비와 함께 소녀의 형상으로 동화처럼 출현했고, 세계는 환상적인 마콘도가 되었다. 그러나 동시에 그렇기에 순례는 끝끝내 한 명의 사람으로 등장할 수 없었고, 소설은 여성을 아름답게 박제할 수 있었다.

임철우는 타자의 고통에 눈감을 수 없었다. 임철우는 여성을 철저히 타자화했다. 두 문장이 동시에 성립할 수 없는 것은 아니다.

남성 서사 속 하위주체 남성들
: 바나나맨과 까막눈과 투명인간

이은지

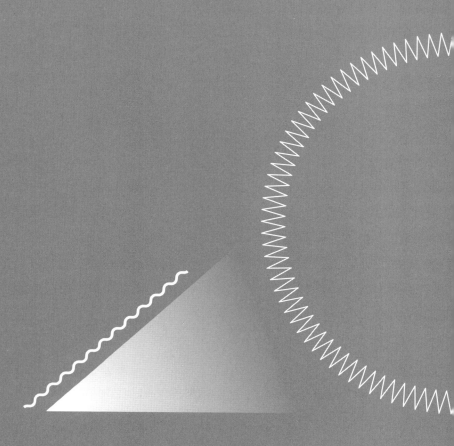

남성 서사와 남성 화자의 혼종과 반목

1998년에 발표된 하성란의 소설 「당신의 백미러」는 당시 작가가 발표한 여타 작품들과 마찬가지로 현대 도시인의 사물화된 일상 및 관계 맺기의 양상을 정교하고 치밀하게 구성해냈다고 평가받는다.[1] 명동의 한 백화점에서 감시원으로 일하며 '보조 백미러' 역할을 하는 남자는 매장에 주기적으로 물건을 훔치러 오는 최순애에게 호감을 느낀다. 최순애가 훔치는 물건들은 최신 유행 원피스, 머리핀, 스카프 등 지극히 여성적인 소품들이다. 남자는 우연한 계기로 그녀의 동업자가 되어 새 직장이 있는 부산으로 함께 내려가던 중 교통사고를 당한다. 버스의 깨진 백미러를 통해 그의 눈에 들어온 것은 최순애가 여자가 아님을 암시하는 이미지이다.

남자는 흘러내려 시야를 가리는 피를 손으로 닦아내면서 백

---

1   백지연, 「잿빛 도시에 내려앉은 촛농날개의 꿈」, 『미로 속을 질주하는 문학』, 창비, 2001, 315~326쪽 참조.

미러를 들여다본다. 얼굴은 보이지 않지만 최순애의 주름치마가 분명하다. 치마는 들춰져 있다. 의자 등받이에 걸친 두 다리는 축 늘어져 있다. 남자의 시선이 두 다리를 따라올라가 사타구니에 머문다. 군더더기 하나 없는 최순애의 몸 가운데 그 부분에 유일하게 군더더기가 붙어 있다. 달라붙은 속옷 위로 감추지 못하고 드러나 있는 불룩 솟은 군살 덩어리. 불룩한 성기.[2]

이 다소 충격적인 반전은 무수한 상품 이미지를 통해 구성된 현실의 표면이 균열을 드러냈을 때 발견되는 실재의 한 양상이라고 할 수 있다. 가녀린 실루엣과 여성적인 소지품들을 통해 여성으로 위장한 최순애의 정체는, 범상한 시선으로는 결코 포착할 수 없는 사각지대에 '백미러'를 비춰보았을 때 비로소 드러난다.

2000년대 이후로 문단에서 각광받았던 남성 서사에 위처럼 일종의 백미러를 비춰본다면 어떨까. 주로 민족적·국가주의적 이데올로기와 할리우드식 블록버스터 스타일의 결합으로 재현되었던 남성 서사는 크고 넓은 스케일, 빠르고 선형적인 전개, 근대적 미학과 대중적 오락성의 동시적인 성취 등과 같은 요소를 통해 범주화될 수 있을 것이다. 'K-문학'이라는 멸칭으로 불리기도 했던 이러한 서사는 국가, 민족, 가족 등 단일한 원천으로부터 발원하여 그것을 중심으로 발전하고 통합되는 '본질주의적 문화'에 대한 신

2 하성란, 「당신의 백미러」, 『옆집 여자』, 창비, 1999, 163~164쪽.

화가 붕괴하면서 서서히 자취를 감추어가고 있다.

전 지구적 자본주의의 팽창이 자연의 섭리인 양 여겨지는 시대에, 국경을 경계로 형성되는 통일적인 공동체성에 대한 믿음은 희박해질 수밖에 없어 보인다. 오늘날 종족성 내지 민족성에의 지향은 정치적 변별점을 형성하는 부족주의의 한 범주로 축소되었다. 이러한 경향이 수십 년에 걸쳐 꾸준히 진전되어온 와중에도 한국 문학이 국가주의-남성 서사에 경사될 수밖에 없었던 까닭은 한국 사회에서 국가 역사의 주인 담론을 둘러싼 이데올로기 투쟁이 유독 첨예했기 때문일 것이다. 근대화를 명분으로 국가와 시민 주체를 식민화해온 역사를 주인 기표로 내세우려는 세력과의 투쟁으로부터 문학 또한 자유로울 수 없었고, 이러한 시대적 특수성은 이른바 남성 서사에 대한 정략적 지지와 미학적 애호로 자연스럽게 연결되었다.

국가 역사의 주인 기표를 장악하고 식민화하려는 시도에 대한 문학적 응전은 대개 탈식민주의적 성격을 띤다. 즉, 미리 쓰여진 역사를 '다시 쓰는' 해체적 저항의 전략을 즐겨 채택한다. 역사를 다시 쓰는 것은 기존의 역사를 읽고 내면화하는 것을 전제로 한다는 점에서, 포스트모더니즘으로부터 탈식민주의적 저항의 가능성을 보았던 린다 허천이나 호미 바바의 진단과 상통한다. 린다 허천은 포스트모더니즘이 지배 질서를 모방하거나 패러디하는 방식이 한편으로는 지배 질서를 해체하는 것이지만, 다른 한편으로는 지배 질서를 승인하고 안전하게 향유하는 것이기도 하다고 비판한다. 그럼에도 이러한 포스트모더니즘의 아이러니가 식민 지배의 상황에서 요구되는 내부로부터의 저항을 실천하기 위한 전복의 전술로 사용된다면 정치적 효력을 발휘할 수 있다고 린다 허천은 설명한다.[3]

호미 바바 또한 이와 유사하게 식민 지배 질서의 '하위주체적 타자성'으로부터 탈식민주의의 정치적 저항성을 읽어낸다. 식민 지배자는 피지배자에 대해 문화적·경제적 우위를 행사하여 지배자에 대한 피지배자의 동경을 유도함으로써 피지배자를 지배 체제에 종속시킨다. 이때 피지배자는 지배자를 닮으려고 노력하지만 지배자에 완전히 동질화될 수 없는데서 무수한 차이가 발생한다. 이 복수plural의 차이는 지배자에도 피지배자에도 속하지 않는 제삼의 지대를 생성함으로써 지배 질서를 파편화하고 탈중심화하여 그것의 권위적 기반을 해체한다.[4]

2000년대 이후 남성 서사 또한 시장경제가 식민적으로 이식되는 과정에 다름 아닌 한국 사회의 근대화 과정 속에서 남성 주체를 피지배 남성으로 하위주체화함으로써 지배 질서를 폭로하고 해체하는 것을 전략으로 삼아왔다. 서사 전략으로서의 하위주체적 남성성은 지배 질서를 체현하는 지배 남성에 비해 열등한 남성, 즉 지배 남성을 흉내 내고 지배 남성의 자리를 갈망하지만 결코 지배 남성이 될 수 없는 남성이, 지배 질서의 문법을 통해 구성된 서사 내에 배치되어 서사를 교란시키고, 지배 남성의 정체성을 비판적

3　박상기, 「호미 바바의 포스트모더니즘 비판」, 『영어영문학』 제46권 2호, 2000, 550쪽 참조.
4　같은 글, 562~566쪽 참조.

으로 돌아보게 한다.

즉, 하위주체 남성의 서사는 겉보기에는 지배 남성을 통해 지탱되는 지배 질서를 안전하게 채택하고 있는 것 같지만, 지배 남성과 동질화되고픈 피지배 남성의 욕망이 개입하여 그것을 추구하고 또 실패하는 일련의 과정 속에서 지배 남성-지배 질서의 이데올로기를 무력화시킨다. 그러나 포스트모더니즘의 탈식민주의적 저항 가능성을 조건부로 승인했던 린다 허천의 신중함이 말해주듯이, 지배 질서의 무대 위에서 지배 질서를 해체하는 전략은 지배 질서의 안전한 영토를 벗어나기 어려우며 그 이후나 바깥을 상상하기 어렵게 만들기도 한다.

아래에서 살펴볼 세 편의 소설은 위와 같은 가능성과 한계를 고루 노정하고 있다. 그럼에도 세 소설에서 피지배 남성이 하위주체적 남성성을 수행하는 전략과 방향은 약간씩 차이를 보인다. 구체적으로 피지배 남성이 지배 남성을 자의로든 타의로든 모방하는 방식으로 지배 질서에 기입되고 억압적 동질성을 수행하는 과정에서 지배 남성-지배 질서에는 균열이 발생하지만, 이를 피지배 남성은 자각하지 못할 뿐 아니라 주체적·의도적으로 수행하지도 않는다. 피지배 남성의 '서사'는 지배 남성-지배 질서를 무력화하는 효과를 갖게 되지만, 서사 내에서 이를 수행하고 또 가능하게 하는 피지배 '남성' 개인은 자기 주체화의 가능성을 얻지 못한다. 그들의 행위를 지배하는 것은 지배 남성-지배 질서에 대한 무의식적·무의지적인 흉내 내기로서, 어떤 면에서 그들은 지배자를 흠모하고 모방하려는 피지배자의 욕망을 의인화한, 즉 욕망의 행위를 대리하는 사람^{agent}에 불과한 것처럼 보인다.

지배 남성 흉내 내기를 흉내 내기 : 박민규 『지구영웅전설』

　　박민규의 데뷔작인 『지구영웅전설』(문학동네, 2003)은 미국이 냉전 체제와 그 이후의 세계 질서를 정치·경제적으로 장악하고 공고화하기 위해 문화적으로 기획했던 히어로물의 세계를 알레고리적으로 다루고 있다. 슈퍼맨이 수장으로 이끄는 DC코믹스 히어로 사단은 지구의 평화를 어지럽히는 악의 축을 상정하고 이들을 소탕하는 선악의 구도하에서 선과 정의와 힘을 상징하며, 이는 미국에 의한 미국의 이데올로기적 재현 전략이기도 하다. 이 작품은 미국의 "세계 지배에 대한 비판과 피지배자의 자아상실에 대한 자기비판을 동시에 포괄"하고 있음에도 "알레고리가 너무나 기계적이고 단선적"[5]이라는 지적도 받았지만, 바로 그러한 단선적인 알레고리야말로 이 작품의 핵심 전략과 맞닿아 있는 것처럼 보이기도 한다. 주인공은 1970~1980년대에 히어로물에 열광했고 히어로와 자신을 동일시하고자 희구했던 숱한 소년들 중 한 명에 불과하지만, 그런 그를 예외적인 존재로 만들어주는 것, 즉 소설 속 주인공의 위치에 놓이게 하는 것은 주인공이 슈퍼맨의 간택을 받고 히어로 사단의 일원으로 받아들여졌다는 '착란'의 서사이

5　염무웅, 「생태적 유토피아의 꿈」, 『창작과비평』 2003년 겨울호, 408쪽.

기 때문이다.

　그렇다면 주인공은 어떻게 슈퍼맨에게 선택을 받게 되었나. 어린 주인공은 우연히 친구를 통해 성인 잡지를 보다가 담임에게 걸리게 되고, 자살을 결심한다. 당시 히어로물이 방영되는 TV 시청하기를 비롯하여 오락이나 일탈의 형태로 남성성을 표출할 수 있는 경로를 완전히 거세당했기 때문이다. 남자아이로서 남성성의 표출을 거세당하는 것은 건강하고 독립적인 성인 주체로 성장할 수 있는 가능성을 박탈당하는 것과 같다. 따라서 주인공은 이에 대한 응답으로 자살을 결심한다.

　주인공은 흥미롭게도 그 당시 아이들이 자주 저지르곤 하던 "슈퍼맨 흉내 내기"를 '흉내' 내어 자살을 시도한다. 자살을 남자아이들의 무모한 장난으로 위장함으로써 "단지 '그럴 수 있는' 평범한 죽음으로 가장"(34쪽)하려고 하는 것이다. 주인공은 폐지 수집과 빌딩 청소로 어렵게 연명하는 부모 슬하에서 남성성을 도야하고 길러낼 유희의 경로가 지극히 한정되어 있는 자신의 처지를 정상적이지 않은 것으로 간주하고, 스스로를 지진아로 생각한다. 자신의 처지에 대한 이해나, 나아가 자살 이후에 자신이 어떻게 보일지 아이로서는 제법 그럴듯하게 위장하려는 심리를 통해서, 그가 사회 내 자신의 위치를 어떻게 이해하고 있는지, 어째서 지배 질서를 흉내 내고픈 욕망을 갖고 있는지를 짐작할 수 있다.

　이처럼 슈퍼맨을 흉내 내어 자살하려는 주인공을 구원해주는 것은 '진짜' 슈퍼맨이다. 이 '진짜' 슈퍼맨은 만화책이나 TV에 평면적으로 등장하는 재현물이 아니라 한 인간의 모습으로 주인공

앞에 등장했다는 점에서는 실체를 갖지만, 그럼에도 슈퍼맨이라는 존재가 애초에 허구라는 점에서 현실이 아닌 환상의 영역에 속해 있다. 슈퍼맨을 비롯한 DC코믹스의 히어로들은 자본주의 세계 체제의 주체인 서구 열강, 구체적으로 미국이 자신의 역사를 이데올로기적으로 다시 쓰기 위해 고안해낸 재현물에 불과하기 때문이다. 지배 질서가 고안한 환상 속 존재인 슈퍼맨이 실물로 등장하여 구원해줌으로써 주인공은 죽음은 모면하였지만, 대신에 현실을 반납하고 환상 내지 착란의 세계로 입장한다. 주인공의 무구한 피지배적 욕망은 자신이 할 수 있는 가장 실존적인 선택인 자살마저도 지배 질서의 문화적 상징 이미지 '흉내 내기를 흉내 내기'하는 것으로 손쉽게 대체해버릴 뿐 아니라, 그러한 욕망을 상상적으로 작동시켜주는 가상의 세계와 현실을 맞바꿔버린다.

나는 울지 않았고, 아무런 후회도 없었다. 빨리 이 낡은 세계를 벗어나 새로운 세계로 가고 싶을 뿐이었다. (36쪽)

나는 더 이상 지진아가 아니었다. 나는 더 이상, 한국인이 아니었다. (42쪽)

아메리카예요, 우리의 아메리카. 흥분한 제가 소리치자 당신[슈퍼맨]은 이렇게 말했지요.
그래, 에 플루리부스 우눔, 우리의 아메리카. (60쪽)

슈퍼맨과 슈퍼맨을 둘러싼 서사는 주인공의 삶을 지탱하는 상징 질서의 자리를 차지하게 된다. 주인공은 미국의 지배 질서를 합리화하기 위해 고안된 가상의 세계를 실제 현실로 믿고, 이에 근거하여 사고 및 행동하는 착란의 상태에서 어른으로 성장한다. 적어도 슈퍼맨 흉내 내기를 흉내 낸 자살을 생각하던 시점의 주인공은 슈퍼맨과 슈퍼맨을 둘러싼 세계를 자신이 흉내 낸다는 자각을 갖고 있었으나, 이 자의식은 슈퍼맨에 의한 구원을 기점으로 상실된다.

가상의 재현물인 슈퍼맨의 흉내 내기를 흉내 내기한 끝에 주인공은 슈퍼맨의 세계에 완전히 편입되었다. 미국이 주도하는 세계 체제에 강제로 편입되어 자본의 질서를 체화하고 성장해온 한국 사회의 지난한 과거를, DC코믹스 히어로들의 일원으로 가담했다는 주인공의 착각과 착란의 서사로 전치시킴으로써, 그 자체가 거대한 허상이자 착란의 역사였음을 소설은 폭로한다. 슈퍼맨 흉내 내기의 흉내 내기는 주인공을 가상의 세계로 완전히 빨려 들어가게 했지만, 이는 한국 사회가 통과해온 역사의 착란을 소설이라는 또 다른 착란으로 귀속시켜, 결과적으로는 그 실체가 드러나게 하는 '착란의 착란'을 수행한다.

슈퍼맨을 따라 들어간 정의의 본부에서 히어로들의 허드렛일을 도맡아 하며 청소년기를 보낸 주인공은 '바나나맨'이라는 새로운 히어로 캐릭터를 부여받기에 이른다. 겉은 노랗지만 속은 하얀, 즉 동양인이지만 영혼만은 백인인 바나나맨은 지배 질서의 한 자리를 차지했다기보다는 그러한 착각을 할 수 있는 승인을 간신히 받았을 뿐이다. 즉, 바나나맨은 슈퍼맨과 같이 지배 질서를 일으켜 세우고 작동시키는 지배 남성의 표상은 결코 아니다. 그러나 슈퍼맨으로 대표되는 지배 남성 기표가 지탱하는 상징 질서를 마치 바나나처럼 구부러뜨리는 환유의 역할은 수행한다. 이는 사실상 피지배 남성이 지배 남성을 흉내 내며 지배 질서 내에서 수행할 수 있는 최대치라고 할 수 있다. 그가 할 수 있는 것은 단지 '구부러뜨리는' 것일 뿐이다.

중요한 것은 이처럼 지배 질서 구부러뜨리기의 역할을 수행하는 동안 정작 바나나맨은 자신이 무엇을 하고 있는지, 지배 질서 안에서 자신이 어떻게 기능하고 있는지 전혀 의식하지 못한다는 사실이다. 그는 자신이 지배 질서 안에서 제법 중요한 부품으로 거듭나고 작동한다는, 지배 질서의 주인 기표인 지배 남성으로부터 부여받은 환상에 심취해 있을 뿐이다. 자신이 지배 남성의 표상을 충실히 재현하고 있다는 이러한 착각은 역설적으로 지배 질서의 불완전함, 지배 질서의 실패를 드러낸다. 즉, 그가 재현하고 있다고 믿는 것과 그가 실제로 재현하는 것 간에는 차이가 발생한다. 고작 바나나맨에 불과한 그가 그럴듯한 히어로 역할을 수행한다고 진정으로 믿으면 믿을수록, 그러한 믿음을 작동시키는 질서의 진정성은 위협받는다.

그러나 바나나맨이 본의 아니게 지배 질서를 근본에서부터 뒤흔들게 될지언정, 정작 그 자신은 지배 질서로부터 소모되고 착취되기만 할 뿐이다. 즉, 그는 상징 질서에 정당하게 기입되었을 때 얻을 수 있는 주체로서의 형상을 부여받지 못한다. 지배 체제에 종속된 피지배 남성의 위치에 있으면서 자신이 지배 남성이라고 착각하는 한은 알맹이만 먹고 버려지는 바나나 껍질의 신세를 면하지 못한다. 그렇게 정의의 본부에서 히어로들의 온갖 허드렛일만 맡아 하다가 버려진 바나나맨은 한국으로 돌아오기 직전까지 정신병원에 구금된다.

껍데기만 남은 그에게 주어진 가능성이란 지배 남성이 떠받치는 지배 질서를 불가항력으로서 영원히 재승인하는 역할뿐이다. 귀국한 뒤 주인공은 햄버거를 주식으로 먹고 사설 학원에서 영어를 가르치는 중년 남성으로 살면서 여전히 바나나맨으로서의 정체성을 놓지 않으며 슈퍼맨에게 안부 메일을 보낸다. 한편 그와 비슷한 시점에 DC코믹스의 말단 크리에이터 그레이스 헤일 리는 우연히 호외본 『바나나맨의 탄생』을 발견하고, 이를 다시 부활시키기 위한 기획을 작성하여 회의실에서 발표한다. 그런데 발표가 끝난 직후에 바나나맨이 본사의 이메일을 도용해 서버에 악성 루머를 남겼다는 보고가 들어온다. 모두가 술렁이는 가운데 한 고위 간부가 "그놈이 왜, 아직 살아 있지?"(153쪽)라고 나지막이 중얼거린다.

주인공이 슈퍼맨에게 보냈다고 굳게 믿고 있던 메일은 DC코믹스의 서버에 흘러 들어갔다. 자신이 바나나맨으로서 진정한 히어로를 재현한다는 믿음이 오히려 그러한 믿음의 세계를 구축하는 DC코믹스의 심장부에 흘러들어 그들을 혼란에 빠뜨리는 대목이다. 이처럼 피지배자의 지배자 흉내 내기는 지배자에 대한 "유사성이면서 동시에 위협"이 된다. "흉내 내기를 하는 사람은, 만일 그가 식민 지배자와 전적으로 동일하지 않는 한, 즉 백색이지만 전적으로 백색이 아닌 한, 식민 지배자를 부분적으로만 재현[6]하기 때문이다. 피지배자의 흉내 내기가 지배자와 완벽하게 동일시되지 않고 차이를 발생시키면서, 그 기괴한 변형은 지배 체제에 위협으로 작동한다.

그러나 바나나맨이 지배 질서에 위협이 되는 것은 오직 그 자신이 우스꽝스럽고 망가진 재현물이 됨으로써만 가능하다. 지배 남성을 부분적으로 불완전하게 재현함으로써 갖게 되는 바나나맨의 저항성은 슈퍼맨의 '관리'를 통해, 그리고 그를 굳게 믿는 바나나맨의 신념을 통해 무력화된다. 결국 그에게 남은 것은 귀국하여 찌질하게 살면서도 여전히 미국의 통치 전략에 이용당하는 호구의 모습뿐이다. 상황을 수습하기 위해 바나나맨을 찾은 슈퍼맨은 정의의 본부가 활약해야 할 전 지구적 선악의 구도가 여전히 견고함을 재확인시키며, 그러한 세계질서 속에서 활약하는 '포즈'를 열심히 취해줄 것을 주문한다.

> "포즈 같은 건…… 전부 잊어먹었겠지?"
> 잔잔한 미소를 띤 채 슈퍼맨이 물었다.
> "아니, 절대로."
> 나는 일어나 DC의 크리에이터들이 지정해준 바나나맨의 고민 포즈와 분노 포즈, 토킹 포즈, 친구 포즈, 환희 포즈, 차밍

---

6 로버트 영, 「호미 바바의 양의성」, 김용규 옮김, 『오늘의 문예비평』 2005년 6월호, 213쪽.

포즈 등을 차례차례 보여주었다. 땀이 났다.

"잘 하는데."

"포즈는 나의 삶 그 자체야. 내가 도울 일이라도 있어?"

(……)

"딴 건 필요 없고, 열심히 응원이나 해. 포즈나 확실히 잡아주고 말이야."

"물론, 나의 삶 그 자체니까."(161쪽)

지배 남성을 받아쓰는 피지배 남성 베껴 쓰기
: 이기호 『차남들의 세계사』

박민규의 『지구영웅전설』에서 피지배 남성이 지배 남성을 자발적으로 흉내 내고 있다면, 이기호의 『차남들의 세계사』(민음사, 2014)는 지배 남성-지배 질서를 받아쓰도록 강요당하는 피지배 남성의 기구한 운명을 조명한다. 좀 더 정확히는 지배 남성을 받아쓰는 피지배 남성이 주도하는 체제하에서 그것을 다시금 강제로 베껴 써야만 하는 '피-피지배 남성'[7]이 이 서사의 주인공이다. 박정희의 뒤를 이어 전두환이 독재정권을 잡고 국민을 상대로 온갖 전횡을 휘두르던 시절, 고아원 출신에 까막눈인 주인공 나복만은 택시기사로 일하면서 어떻게 하면 동거녀 김순희와 동침할 수 있을까 궁리하는 것이 거의 유일한 일상인 소시민이다.

독재자로 하여금 국가 폭력을 국가 질서로 둔갑시켜 통치하게

끔 하는 원동력은 강대국 중심의 세계 체제에 순종함으로써 이러한 힘의 질서의 연장에서 국가 폭력 또한 정당화시키는, 적극적이고 자발적인 '차남화次男化'에 있다. 소설은 전두환을 시종일관 '누아르'의 주인공으로 묘사하는데, 누아르는 형님을 모시고 형님의 자리를 승계하는 것을 주된 축의 하나로 삼는 장르라는 데서 그 의도를 찾을 수 있다. 그 증거로 소설 속 전두환은 방한한 미 대통령을 향해 "미국의 건국 이념과 나의 신념은 항상 동일하다"(66쪽)고 말하며 미국의 힘의 정통성과 자신의 독재 통치의 정통성을 동일시하려고 안간힘을 쓴다. 미 대통령에게 편지를 쓰면서도 그는 저 대사를 똑같이 옮겨 적는다. 그는 부산미문화원방화사건이나 친척의 대규모 금융 사기 등 자신의 입지가 흔들리는 사건이 발생할 때마다 미국과 자신을 동일시하기 위해 미국을 향해 구애한다.

이 무리한 동일시는 저 대사가 어처구니없는 만큼이나 논리도 근거도 없는 것이지만, 놀랍게도 오직 동일시되었다는 사실만으로 논리와 근거를 부여받는다. 지배 남성-지배 질서에의 동일시는 무소불위의 권력을 휘두를 수 있는 유일한 원천으로 작동한다.

---

7 김영찬은 이기호의 소설에 자주 등장하는 '시봉'을 이기호 소설 세계의 핵심적인 인물형으로 적시하고 그 함의를 다음과 같이 풀어낸 바 있다. "'시봉(侍奉)'이란 '모시고 받듦'을 뜻한다. 이때 모시고 받드는 대상이란 짐작건대 '법' 혹은 '제도', 정신분석의 용어를 동원하면 대타자(the Other)일 터다. 실제 이기호의 시봉들은 말 그대로 모시고 받들며 순종한다." 이 '시봉'의 범주에 나복만 또한 당연히 포섭될 뿐 아니라 다른 시봉들과 마찬가지로 어딘가 결함(까막눈)을 갖고 있다. 김영찬, 「'시봉들'의 세계사 : 이기호 소설의 내러티브/감성 정치」, 『자음과모음』 2014 겨울호, 277~280쪽 참조. 이처럼 법/체제를 깍듯이 모시고 받드는 동시에 결함 내지 장애를 갖고 있는 이기호 소설의 남성 주체를 여기서는 글 전체의 수사적 통일성을 감안하여 '피-피지배 남성'이라는 용어로 표현하였다.

강대국인 미국과의 동일시를 통해 독재의 정통성을 확인(했다고 스스로 생각)한 전두환은 자국민들을 향해 무차별한 폭력을 휘두른다. 이는 경찰 및 안기부로 하여금 시민들을 불순세력으로 몰아가기 위한 온갖 창의적인 기획 수사를 벌이게 하는 원동력으로 작용한다.

미국과 스스로를 동일시한 독재자의 전횡이라는 것 말고는 아무런 근거도 없는 전방위적인 국가 폭력에 나복만은 우연히 휘말려 들어가게 된다. 까막눈이어서 대리 시험으로 운전면허를 취득한 나복만은 혹시나 법망에 걸릴까 봐 아주 작은 실수도 용납하지 않는 안전운전을 추구해왔다. 가벼운 접촉사고가 발생하자 그는 같은 논리에서 제 발로 원주경찰서로 걸어 들어가지만 그만 교통과가 아닌 정보과에 들어가는 실수를 저지르고, 종국에는 부산미문화원방화사건의 중요한 연결고리 중 하나로 기획되는 수모를 당하게 된다. 나복만은 안기부 원주지부에 붙잡혀 들어가 여러 날 동안 혹독한 고문을 당한 끝에 안기부가 기획한 연출을 제 손으로 시인하는 진술서를 쓸 것을 강요당하지만 이를 거부한다. 그는 자신이 진술서를 쓰지 않는 것이 글을 쓸 줄 모르기 때문이라는 사실을 밝히지 않음으로써 더욱 가혹한 고문의 연속에 시달린다.

나복만은 왜 자신의 비밀을 그들에게 말하지 않았던 것일까? 얼마 후, 나복만은 친절한 정 과장에게 자신의 비밀을 모두 다 털어놓게 되는데…… 그럴 거라면 미리 스포츠머리와 손등의 털이 다 타버린 요원에게 말하지 않고 왜, 왜 미련하게 열흘씩

이나 더 고난 아닌 고난을 달게 받은 것일까? (246쪽)

이 기이한 전개는 실제 역사의 면면을 생각했을 때 마치 '농담' 같은 희극적인 요소로 설명되곤 하였다. 그러나 나복만이 끔찍한 고문을 당하면서도 까막눈이라는 사실을 숨긴 까닭은 기획된 진술서를 그대로 옮겨 쓰는 것, 즉 지배 질서 흉내 내기의 불능 상태, 다시 말해 '지배 남성을 흉내 내는 피지배 남성'을 흉내 낼 수조차 없는 상태에 자신이 놓여 있음을 자백할 수 없었기 때문으로 설명될 수 있다. 오로지 지배 남성-지배 질서와 동일시하고 그것을 모방하는 것을 통해서만 남성성을 승인받고 표출할 수 있는 기이하고 폭력적인 현실 속에서, 자신이 차남은커녕 차남의 차남도 될 수 없는 상태임을 자백하는 것은 나복만이 자신의 남성성을 스스로 거세하는 꼴과도 같기 때문이다.

기획 수사를 워낙 많이 한 끝에 매뉴얼화된 고문을 착실히 진행하고도 나복만이 최종 진술서를 베껴 쓰지 않자 고문관들은 극심한 혼란에 빠진다. 심지어는 베껴 쓰지 않는 나복만의 태도를 통해 사실은 나복만이야말로 진짜 대단한 뭔가가 있는 놈이 아닌가 하는 심증까지 갖게 된다. 미국-한국-원주에 걸쳐 지배 남성-지배 질서 흉내 내기가 수직적으로 위계화되어 있는 상태에서 나복만의 불가해한 버티기는 이 위계의 고리를 분쇄하고 불안정하게 만든다.

결국 나복만은 사실을 자백하고 안기부 직원의 부드러운 지휘 아래["자자, 어제보단 많이 좋아졌네요, 다시 한번 해볼까요"(280~281쪽)]

진술서를 수차례 그리다시피 하며 그럴듯하게 베껴 쓴다. 이 베껴 쓰기는 지배 남성-지배 질서를 철저히 비자발적·무의지적으로 흉내 내는 것으로서, 바나나맨과는 완전히 상반되는 것이다. 나복만에게서는 베껴 쓰는 것이 아니라 오히려 멍청하리만큼 완고하게 베껴 쓰지 않고 버틴 그 과정이 이미 지배 질서를 교란시킨다.

또한 다른 피고문자들과 달리 까막눈인 나복만에게는 베껴 쓰기를 강요당한 허위 진술서의 내용보다는 베껴 쓰는 행위가 문제가 된다. 글자를 거의 그리다시피 하여 400장의 파지를 낸 끝에 진술서를 완성하고 풀려나기까지의 과정이야말로 나복만에게는 그간의 혹독한 고문보다도 더욱 치욕적인 자기모멸의 시간이었을 것이다. 앞서 언급했듯이 베껴 쓰기가 지배 질서를 승계하는 논리로 작동하는 현실에서 나복만이 까막눈이라는 사실은 자신이 차남의 차남조차도 될 수 없음을 의미하기 때문이다.

어찌 보면 나복만은 진술서를 베껴 쓰지 않는 동안에도, 또 베껴 쓰는 동안에도 모두 지배 질서를 불안정하게 만드는 저항에 도달한 셈이다. 베껴 쓰지 않는 동안에는 그 불가해한 고집을 통해 고문이라는 폭력 장치를 무화시키고, 지배 남성-지배 질서에 복종하며 기획된 서사를 안기부 직원들 스스로 의문시하게 함으로써, 베껴 쓰는 동안에는 자신을 죄인으로 몰아가는 서사의 내용을 한 글자도 이해하지 못한 채 써 내려가는 무의지적인 순종을 통해서. 표면적으로 나복만의 진술서는 안기부의 기획에 완벽하게 들어맞지만 까막눈이 그려 쓴 것이라는 점에서 그 이면에 진술의 불가해함을 영원히 간직하게 된다. 즉, 나복만의 진술서는 나복만뿐 아니라 안기부 직원도 전혀 알아차리지 못하는 방식으로 지배 질서를 교란시킨다.

따라서 진술서를 제출하고 공안 사범 신분이 된 나복만이 까막눈이라는 사실이야말로 공안 체제의 명분 없음을 폭로하는 가장 강력한 증거가 된다. 그러나 소설 속에서 안기부 직원을 제외하고 이를 알아차리는 이는 아무도 없다. 진술서를 쓰고 나온 뒤 도주하여 사라진 나복만은 김순희 앞으로 직접 쓴 편지를 보내기 시작하지만, 이는 관할 우체국의 집배원이 보관하고 있을 뿐 김순희에게 전달되지는 않는다.

처음, 나복만의 편지는 짧은 몇 문장만으로 꾸불꾸불 이어지다가 그대로 끝을 맺곤 했다. 그는 용서를 구한다는 문장을 썼고, 또 보고 싶다, 라는 말을 적기도 했다. 그의 글씨체는 계속 초등학교 1학년과 2학년의 경계에 머물러 있었지만, 2년 정도 지난 뒤부턴 그래도 좀 알아볼 수 있는 수준까지 나아졌다(한 4학년쯤 되어 보였다). 그리고 그때부터 편지도 조금씩 조금씩 길어졌다.

그는 편지에 느닷없이 "삶은 달걀이 먹고 싶다"라는 말을 쓰기도 했고, "죄 씻으라 하시네" 같은 찬송가 가사를 그대로 베껴 어 보내기도 했다. 그러면서 마지막엔 꼭 이런 말을 써 보냈다.

순희 씨, 잘 지내고 있습니까? 나는 잘 지내고 있습니다. 나는 순희 씨한테 참 많이 미안합니다. (301쪽)

결코 수신자에게 닿지 않는 이 편지들의 내용은 담담하고 소박하지만, 나복만이 지배 남성-지배 질서를 받아쓰거나 베껴 쓰지 않고 글자를 깨우쳐서 스스로 쓴 것들이라는 점에서 그를 반주체적 피-피지배 남성의 지위로부터 구제해준다. 그러나 운전면허시험조차도 대리인을 통해 취득했던 그가 김순희에게 안부를 묻고 (아마도) 자신이 안기부에서 겪은 일을 들려주기 위해 글자를 깨우쳤으리라는 짐작을 통해서, 그가 무언가를 자발적으로 쓰고 싶게 만든 궁극적인 원인으로서 지배 질서의 상흔이 그의 존재에 각인되어 있음을 알 수 있다. 요컨대 까막눈이었던 나복만은 지배 질서에 반주체적으로 저항했지만, 글자를 깨우친 나복만은 지배 질서에 종속됨으로써 주체적으로 되었다고 할 수 있다.

그럼에도 나복만의 행위와 그 심리가 불가해한 것으로 남아 있는 부분들에 대해 생각해볼 필요는 있다. 매 장의 첫 소절마다 이 소설을 들어보거나 읽어보라며 이야기를 이끌어가는 서술자의 목소리조차도 파악하지 못하는 지점들 말이다. 나복만이 까막눈인 사실을 끈질기게 고백하지 않고 버티는 이유나 그 내면의 심리에 대해서, 사라진 뒤에 김순희에게 편지를 보내는 심리에 대해서, 혹은 그 편지들의 전문에 대해서, 독자로 하여금 이 전복적인 대체 역사 서사를 멈추지 않고 읽거나 듣도록 종용하는 (마치 아버지-목소리와 같은) 권위적인 서술자조차도 그 권위를 발휘하여 해석하거나 내보일 수 없이 남겨진 불가지의 영역이야말로 지배 질서를 심층에서부터 위협하고 불안정하게 만드는 저항의 단초로서 남겨져 있다. 물론 이는 그 누구도 이 단초를 결코 자발적이거나 의식적으로 작동시킬 수 없다는 것을 의미하기도 하지만 말이다.

지배 질서에 용해된 피지배 남성의 자기식민화
: 성석제『투명인간』

성석제의『투명인간』(창비, 2014)은 한국 사회의 근현대사를 일가족의 흥망사에 대입하여 전개한다는 점에서 역사 서사의 한 전형으로 읽힌다. 할아버지-아버지-아들 삼대에 걸쳐 가장으로서의 남성이 가계를 부양하는 지난한 과정이 근현대사의 장구한 여정의 한 지류로서 반복 및 변주된다는 점에서 그러하다. 여기서 장남 '백수'가 아닌 차남 '만수'가 이야기의 중심인물로 설정되어 있다는 것도 하나의 변주로 볼 수 있을 것이다.

그런데 이 근현대사-가족 서사의 중심인물인 만수는 숱한 주변 인물들을 통해서만 재현되고 증언될 뿐, 본인 고유의 목소리가 없이 일종의 '서발턴'과 같이 처리되고 있어서 흥미롭다. 만수를 제외한 "수십 명의 1인칭 화자들"이 대신 말하는 화법이 "서로 다른 처지와 생각을 드러내면서 만수의 면모를 보다 입체적으로 드러내"고 "살아 움직이는 지금 '나'의 역사로 시대를 만들고 기록"[8]한다는 일반적인 평가는 정당하지만, 그럼에도 어딘가 석연치 않다.

---

8   이선우, 「"인간이 무엇이지 않기 위해 우리는 무엇을 해야 하는가"」, 『실천문학』 2014년 겨울호, 456쪽.

수십 명이 만수에 대해 입체적으로 증언할지언정 이는 결국 만수의 평면성을 다면화하는 것에 불과하기 때문이다. 즉, 『투명인간』의 입체적인 서술방식은 오히려 만수의 평면성을 부각하고 그 내면을 철저히 부재하게 만든다.

이는 유년 시절 가족 내에서 만수가 갖는 위치를 통해서도 확인된다. 머리만 크게 태어났지 총명함과는 거리가 먼 만수는 어릴 때부터 동생 석수한테도 힘에서 밀려난다. 장남 백수가 한 장난도 만수가 했다고 하면 모두들 철석같이 믿는다. 그런가 하면 누이들과 터울이 많이 나는 막내 여동생을 대신하여 누이들과 함께 나물을 캐러 다니는 등 여동생의 역할을 대신 맡기도 한다.

요컨대 다른 가족 구성원들에게서 찾을 수 있는 남성적 전형성을 만수에게서는 찾아볼 수 없다. 학문에 열중하는 고집 센 할아버지, 그런 할아버지에 반발심을 갖고 있으며 마초적이고 생활력 강한 아버지, 총명하지만 병약한 문학청년이자 월남전에서 사망한 장남 백수 등과 달리 만수는 특징이 없을 뿐 아니라 어디에나 잘 섞여 들고 잘 휘말려 든다. 아이러니한 것은 이처럼 가장 남성성과 거리가 먼 만수에게 일가를 책임져야 하는 역할이 부여된다는 것이다. 백수가 월남전 참전 중에 고엽제 후유증으로 사망하자 할아버지는 만수에게 집안의 기둥 역할을 대신할 것을 당부한다. 백수가 죽은 뒤 서울로 올라온 뒤부터 형제들을 부양하는 것은 아버지의 몫에서 만수의 몫으로 고스란히 넘겨진다. 만수의 남동생 석수마저도 대학에 들어간 뒤 운동권으로 흘러들어 활동하면서 만수의 벌이에 의지하여 생활한다.

이처럼 사실상 대리 장남의 역할을 떠맡아 가족을 부양하게 된 만수가 가장 반주체적이고 가장 주변적인 인물로 그려지는 것은 우연이 아니다. 그는 "여성을 사적 영역인 가정과 동일시하고, 남성을 공적 영역에 위치시키는 '별개 영역separate spheres'의 이데올로기"[9]의 가장 큰 희생자라고 할 수 있다. 제국주의자들이 피식민국에 자신들의 우월함을 과시하고 전파하기 위해 이상적인 정체성을 연출하면서 나중에는 그것을 선천적이고 본래적인 것으로 믿게 되었듯이, 만수는 자신에게 뒤늦게 부과된 부양자 남성으로서의 의무를 문제시하지 않으며 완전히 내면화한다. "후천적 정체성을 향한 모든 자기 재현은 궁극적으로 주체가 자신의 행위를 선천적인 것이라고 믿게 만든다."[10] 즉, 만수는 순전히 강제로 부양의 의무를 떠맡았음에도 마치 그것이 자신의 의지인 것처럼 행동하고 사고하기에 이른다.

이러한 만수의 주변성 혹은 투명성은 한국 사회의 경제개발 서사가 남성 가장의 자기식민화를 통해 전개되어왔음을 인물의 특성으로 내면화하여 보여주는 것과 같다. 지배 질서의 남성성은 그 구성원의 남성성을 희생시키거나 희석시킴으로써만 유지될 수 있다. 만수는 지배 질서 내 피지배 남성으로서 지배 질서의 의지를 자기 고유의 의지인 것처럼 완전히 착각하고, 그렇게 지배 질서의 동력으로 동원된다.

---

9 박형지 · 설혜심, 『제국주의와 남성성 : 19세기 영국의 젠더 형성』, 아카넷, 2004, 16쪽.
10 같은 책, 49쪽.

―형님, 도대체 원하는 게 뭡니까? 이렇게 제 식구 개고생시
켜 가면서 남 좋은 일 하는 거요? 형님은 좋아서 한다고 하고
우리는 뭡니까? 우리 새끼들은 또 뭐고요? 지금 이건 아니잖
아요. 말이 안 되잖습니까?

―어, 그래도 우리는 못 먹고 못 입는 거 아니잖아. 잘살지는
못해도. 정말 우리 아니면 굶어 죽을 사람 생각도 해야지.

―그걸 왜 우리가 책임져야 해요? 그 사람들이 우리 가족이
에요? 부모 형제라도 되느냐고요? (292쪽)

"물에 물 탄 듯 술에 술 탄 듯한 평균 수준의 인간"(221쪽)으로서
만수는 산업화로 숨 막히게 굴러가는 한국 근현대사의 한 국면에
붙박인다. 제대 후 중소기업에 취직한 만수는 특유의 무구함으로
직원들 모두와 친하게 지내며 신임을 얻지만 회사는 도산하게 되
고, 모두 떠나는데도 회사에 남아 사비를 털어가며 공장을 지키려
다 가계를 탕진한다. 이 대목에서 참다못한 매부가 어려움을 호소
하지만 만수는 대수롭지 않은 듯이 허허실실 반응한다. 근대화와
산업화를 추구하는 지배 질서의 의지를 자기 의지로 착각하고 내
면화한 만수에게는 먹고사는 문제가 해결된 것만큼 평화롭고 만
족스러운 상황은 없기 때문이다. 이 대목은 자신의 의지를 자발적
으로 식민화한 만수의 행동이 역설적으로 가족들을 힘들게 만드
는 요인이 되고 있음을 보여준다.

만수의 무구함과 수동성이 보여주듯이, 지배 질서에 동원되고
착취당하는 피지배 남성에게 자기 의지 같은 것은 애초에 없다시

피 한다. 여기서 지배 질서에 동원되기 때문에 무의지적으로 된 것인지, 무의지적이기 때문에 지배 질서에 동원되는 것인지 그 선후 관계는 확인할 수 없다. 소설 후반부에 이르러 만수를 비롯한 여러 사람들이 투명인간으로 변한다는 설정을 취하고 있지만, 그러한 물리적인 변화를 겪기 전부터 만수는 투명인간이나 마찬가지다. 장남으로서의 책임을 뒤로하고 문학에 빠져든 백수나, 만수보다 명석하지만 운동권에 투항한 석수와 달리 만수는 자신에게 부과된 과업을 한 점 거스르지 않고 순순히 받아들일 뿐 아니라 너무나 기꺼운 마음으로 수행한다. 이러한 만수의 투명함이야말로 투명인간이 된다는 설정보다 더 만수를 비현실적이고 비인격적인 존재로 여겨지게 한다.

석수는 이러한 만수와 짝패를 이루는 인물이라고 할 수 있다. 석수는 만수를 형으로 인정하지 않을 뿐 아니라 만수가 묵묵히 희생당하며 물 흐르듯 살아내는 세상에 당하지 않고 승자로서 살아남겠다는 의지로 가득 차 있다. 공장에 위장취업 했다가 체포되어 고문을 당하고 풀려난 직후 석수는 "가족, 공동체, 사회, 국가, 세대, 세상이 망하든 말든 영원히 지속될 시스템 속에 들어가 시스템의 일원이 될 것"(245쪽)을, 즉 지배 질서의 지배 남성으로서 살아남을 것을 다짐한다. 여기서 "석수가 자진하여 그 일부가 되기를 원하는 힘의 거대함"은 만수를 짓누르고 서서히 말라 죽이는 현실의 논리와 정확히 일치한다. 석수가 세계를 움직이는 힘에 올라타려고 한다면, 만수는 단지 그러한 "세계의 폭력성을 되비추"는 "무구한 거울"로서 기능한다.[11]

따라서 석수가 만수와 더불어 투명인간이 되는 것은 우연이 아니라고 할 수 있다. 지배 질서에 올라타든 짓눌리든 그것이 굴러가는 데 일조한 이들의 반주체성은 투명인간이 되는 것으로 귀결된다.

　　—나는 오래도록 신용불량자였고 그때 은행이나 장사하는 사람들이 나를 사람으로 보지 않는 것 같았다. 그러니까 경제적으로는 투명인간이었다. 사실 돈 모아서 부자 될 게 아니고 남들한테 자랑할 게 아니면 돈 많이 필요 없다. 투명인간이 되면 어차피 보이지 않는데 사람들에게 옷 자랑, 돈 자랑, 피부 좋다 자랑할 일이 뭐 있는가. 기본적인 생활만 해결되면 끝이다. 나는 시간이 나는 대로 여전히 사회생활을 하고 대가를 번다. 다른 식구들도 마찬가지다. 그게 편하고 사람 사는 노릇을 하고 산다는 기분을 안겨준다.

　　—행복은 성적순으로 매겨지고 부는 상위 1퍼센트가 독점하여 권력은 세습된다. 정경유착, 금권언金權言 유착, 초국적기업, 신정주의神政主義, 광신적 테러가 그런 현상을 적나라하게 보여준다. 나 혼자 깨끗하게 산다고 문제가 해결되지는 않는다. 그것도 상관이 없다는 건가.

　　—지금 이 세상이 이렇게라도 굴러가는 것이 그냥 저절로 되

11 서영채, 「문학의 윤리와 미학의 정치 : 한강의 『소년이 온다』와 성석제의 『투명인간』에 대하여」, 『문학동네』 2014년 가을호, 548~550쪽 참조.

는 것이라고 생각하는가? 누군가는 노력하고 있다. 어떤 식으로 그렇게 하는지는 말하지 않겠다. 당신도 잘 알고 있을 것이다.

—지금 세계가 신음하고 있는 것은 그런 무책임하고 공상적인 생각 때문이 아닌가. 당신들이 뭔가를 하고 있다 한다면, 참 오지랖도 넓다고 할 수밖에 없다. (363~364쪽)

이 대목이 의미심장한 것은 투명인간이 된 이들을 연구하거나 취조하는 듯한 익명의 인물이 만수의 반주체적이고 체제 순응적인 태도를 비판하고 있기 때문이다. 단 한 번 주체적이 되어볼 겨를도 없이, 혹은 체제에 꼭 맞는 주체로 순순히 기능해온 나머지 철저하게 반주체적이 되어버린 만수를 향해 비난이 퍼부어지고 있다. 즉, 신원이 확인되지 않는 저 의문의 목소리는 만수와 같이 지배 질서의 충실한 '효과'에 불과한 이들을 향해 지배 질서의 거악을 문제 삼고 추궁함으로써 투명인간을 또다시 투명인간으로 만들어버린다. 저 분석하고 비판하는 권위적인 목소리는 만수의 투명함에 그대로 되비춰 보이는 지배 질서의 표면만을 읽어낼 뿐, 그 이면의 내막은 결코 들여다보지 못한다.

투명인간이 된 만수가 운전자의 눈에 보이지 않아 교통사고를 당해 사라진다는 결말은 말 그대로 장구한 서사를 매듭짓기 위한 임의의 장치일 뿐, 만수는 이야기의 처음부터 끝까지 투명인간으로만 존재했다고 할 수 있다. 개별 남성의 의지가 지배 질서의 의지에 완전히 용해되어 각각이 서로 구분할 수 없는 수준으로 동일시되며 발생하는 반주체성 내지 하위주체성을 투명인간이 되는 것으로 단 한 번 가시화하고 있을 뿐인 것이다.

목소리 없는 남성들, 그리고

하성란의 소설「당신의 백미러」에서 깨진 백미러를 통해서 최순애의 정체가 발견되었듯이, 앞선 소설들은 남성 주체를 하위주체화하고 식민화함으로써만 서사가 진행되는 점을 일종의 사각지대에 숨겨두고 있다. 소설 속 남성 인물들은 서사를 전개시키는 주인공으로서 지배 남성-지배 질서를 지극히 자발적으로 견인하는 것처럼 보이기에, 각각이 지배 질서 내에서 실제로 어떻게 기능하고 있는지는 은폐되어 있다.

이는 각각의 소설에서 남성 인물들의 목소리가 어떻게 구현되고 있는지를 대조해보면 좀 더 선명하게 드러난다. 『지구영웅전설』의 주인공은 자신이 서술 주체가 되어 목소리를 내고 있지만 정작 그 서사는 완전한 착란의 서사이다. 『차남들의 세계사』는 지배 질서에 이식되어 고통받는 나복만의 서사를 초월적이고 권위적인 별도의 목소리가 처음부터 끝까지 이끌어나간다. 『투명인간』은 만수를 제외한 모든 인물들의 목소리를 통해 만수를 구현하고 있다.

남성 서사와 남성 인물 사이에는 지배-피지배의 종속적 위계관계가 작동하고 있으며, 이러한 관계 구도 속에서 피지배자의 위치에 놓인 남성 인물은 일견 지배 질서에 순순히 동일시하여 서사를 진행하는 것 같지만, 실제로는 지배 남성-지배 질서의 표상을 부분적으로 재현하는 데 그치는 흉내 내기를 수행함으로써 지배 질서에 타격을 가하고 있다. 그들이 가하는 타격은 지배 질서에 완전히 밀착한 채로 수행하는 해체 내지 전복의 전략으로써, 지배 질서에 포섭되고서야 가능한 전략, 따라서 지배 질서를 무화시키거나 극복할 수도 없으며 만약 그렇게 된다면 자기 자신까지 소멸시키는 자기 파괴적인 전략인 것이다. 그리고 이들은 스스로를 지배 질서의 충실한 주체로 착각하는 기만적인 자의식, 즉 자신이 지배 남성이거나 지배 남성일 수 있다는 자의식을 통해 '의도치 않게' 지배 질서를 타격하는 피지배 남성이라는 점에서 그러한 자기파괴적 결말에는 애초에 도달할 수조차 없다.

이는 소설 속 남성 인물들이 여성 인물들과 맺는 전도된 관계를 통해서도 드러난다. 가령 바나나맨은 "전쟁에너지를 낮추고, 섹스 에너지를 높여주"(113쪽)는 임무, 즉 세계 곳곳의 리비도를 해소시켜주는 임무를 통해 분쟁을 조정하고 세계를 통치하는 원더우먼의 카리스마에 압도당하며, 원더우먼의 탐폰을 사다 주는 일을 기꺼이 맡는다. 나복만은 김순희와 엉겁결에 동거를 하긴 했지만 끝내 단 한 번 동침해보지도 못했으며 도주한 뒤로는 닿지 않는 편지를 보내는 것으로 세월을 보낸다. 회사 근처 식당에서 일하던, 이혼 경력이 있는 여성과 결혼하고 석수의 혼외 아들을 흔쾌히 맡아 기르는 만수는 또 어떤가. 가족 구성의 정상성에 대한 논의는 차치하고 만수가 억척스러운 여성과 순순히 생활하는 것에 초점을 맞춘다면 말이다.

이들은 지배 남성-지배 질서의 수직적 위계 구조 속에서 구조적으로 차남화하는 동시에, 여성과의 관계에 있어서 주도하기보다 주도당하는 위치에 일관되게 놓여 있다. 이들에게는 주도하거나 주도당하는 양자택일만이 가능한 구조 속에서 지배와 피지배의 자리를 바꾸는 것 외에는 허용된 것이 없는 셈이다. 여성 인물들과의 관계 구도는 소설 전체를 놓고 봤을 때는 부차적인 것에 불과할 수 있으나, 남성 인물들이 구조를 흔들거나 뒤집을 수는 있되 구조를 바꾸지는 못하는 피지배자의 위치에 놓여 있는 상황을 어느 정도 부연해준다고 볼 수도 있다. 즉, 이들을 지배하는 구조 자체만이 유일한 승자로 남아 있는 것이다.

세 편의 소설을 통해 일관되게 드러나는 이러한 상황은 지배 남성-지배 질서 내에서 남성이 저항할 수 있는 가능성이 얼마나 가로막혀 있는지를 역설적으로 보여준다. 라캉에 따르면 여성 주체는 "상징계가 아니라 기표의 결여 자체에 스스로를 일치시키면서 남근적 질서에서 벗어나는 존재의 향유를 누리는 위치"에 놓여 있어 "새로운 정치적 실천을 가능하게 하는 혁명적 주체화"에 부합하는 반면, 남성 주체는 "아버지의 법을 받아들이면서 거세를 수용하는 위치"에 놓여 있어 "철저하게 아버지의 기표가 보장하는 상징적 보편성 논리에 머물면서 불가능한 기만적 향유"만을 누리는 데 그친다.[12] 현실을 도피함으로써 현실을 극복하는 바나나맨

---

12 김석, 「권력의 자리를 바라보는 두 입장 : 왜 대통령을 아버지처럼 생각할까?」, 김서영 외, 『헬조선에는 정신분석』, 현실문화, 2016, 149쪽.

을 비롯하여 소설 속 남성 인물들은 상징 질서 내에서 남성 주체가 처한 한계를 잘 보여준다.

그렇기에 지배 질서에 유효한 타격을 가하는 하위주체 남성 서사의 미덕은 지극히 제한적이다. 하위주체 남성 내지 피지배 남성의 저항은 지배 질서의 절대적 강고함을 위협할 수는 있으나 바로 그만큼 개별 남성 주체 또한 소진시킴으로써 결과적으로는 저항의 타격감을 무효화시키기 때문이다. 우리에게 그보다 더 필요한 것은 차라리 지배 질서에 대해 파괴적 저항력을 발휘하지도 않고 자기 자신을 파괴하지도 않는 남성성에 대한 모색인지도 모른다. 즉, 지배 남성 흉내 내기와 같이 당장 유효한 전략이 아니더라도 개별 남성 주체가 보다 생산적으로 지배 질서에 저항하고 그 변화 가능성을 장기적으로 모색하는 문학적 기획이 필요한 것이다. 이제 우리가 기다려야 하는 것은 더는 바나나맨이지 않은 바나나맨, 더는 은둔하지 않는 나복만, 더는 투명해지지 않는 만수이다.

3부

르네상詩 : 유동하는 시의 좌표

보 론

　　최근의 시는 책이라는 전통적인 방식뿐만 아니라 SNS를 포함한 온라인 플랫폼, 중소 규모의 낭독회, 문화센터의 강좌 등 다양한 방식으로 소비되고 또 창작되고 있다. 시가 다양한 방식으로 사람들과 만나고 소비되는 점은 고무적인 현상이긴 하나, 이러한 시의 소비 행위가 비평의 공론장으로 쉽사리 연결되지 않는다는 지적은 재고할 만한 여지가 있다. 그것은 언어 예술의 일종인 시라는 장르 자체의 한계일 수도 있고, 문단이나 문예지 등 폐쇄적인 집단 혹은 플랫폼의 문제일 수도 있으며, 중등교육 이후 시를 거의 접하지 못한 수용자나 시인이라는 무형의 상징 자본을 작동하게 만든 발화자가 그 원인으로 지목될 수도 있다. 3부 '르네상詩 : 유동하는 시의 좌표'는 이를 종합적으로 돌아보며 시인과 독자, 창작과 소비와 비평이 각기 어느 자리에 놓여 있는지 좌표를 점검하고 이후의 가능성을 탐색해보는 글들로 채워져 있다.

　　김정빈 평론가는 「시의 사적인 독법」이라는 글을 통해 '시를 쓴다는 것'은 기존 이해의 지평에서 시처럼 보이는 물건을 만들어내는 것이라는 규정을 내린다. 다시 말해 '시'는 그것이 발표되는 자리라고 여겨지는 또는 시인으로서 인정받은 이가 써낸 언어의 결과물이라는 것이다. 시를 쓰는 '시인' 역시 시집이나 문예지의 지면에 시를 발표하는 모종의 사회적 인증 절차를 통과함으로써 탄생하는데, 김정빈 평론가는 이를 고료 등의 판매 행위로 글의 가치를 인정받는 과정이라고 설명한다. 즉, 시인이란 자신의 글을 시라는 이름으로 판매할 수 있는 이들인 셈이다. 이 논리에 따른다면 '시를 읽는다는 것'은 구매 혹은 소비의 일종일 것이다. 물론 구매 행위가 실제의 독서와 곧바로 등치되는 것은 아니지만, 최소한 시를 읽고 있다는 것을 표현하는 수단으로서는 기능한다고 김정빈 평론가는 말한다. 자본의 지불을 거쳐 소유하게 된 시집은 '나'의 이미지를 구성하는 기호가 되며, 그러한 자기표현이나 자아 확장 등의 요인은 시를 구매하고 소비하는 주요한 동기 중 하나가 된다. 이처럼 '나'를 투영하여 시를 소비하고 읽어내는 일이 현재적 시의 향유이며, 그 사적 읽기와 발화를 통해 시는 새로운 '우리'의 대화를 구성하는 공적인 발화로 나아간다고 주장한다.

김지윤 평론가는 「유동하는 시의 좌표와 멀티 페르소나」에서 다양한 매체가 범람하고 있는 현시대의 키워드를 '멀티 페르소나'라고 말하며, '부캐'로의 분리가 자연스레 받아들이고 있는 지금 이곳에서 시적 주체는 어떻게 변화하고 있는지 그 양상을 살핀다. 2000년대 이후의 시가 자아의 동일성을 재생산하는 전통 서정시의 문법을 벗어나고자 분열된 복수의 발화를 담아내었다면, 2020년대의 시들은 다양하게 분리된 정체성이 자기 자신이라는 사실을 자연스럽게 상정하고 있다는 점에서 분명한 차이를 보인다. 김지윤 평론가는 2010년대부터 2020년대까지 이어지는 시인들의 사례를 다채롭게 제시하며 '분열'에서 '분리'로 나아가는 시적 주체의 경향을 귀납적으로 포착한다. 특히 흥미로운 것은 시각화의 경향을 띤 최근의 시들이 종종 '원본 없는 이미지'로 나타난다는 점이다. 이 같은 시뮬라크르적 현상들은 원본의 아우라와 진정성이 사라져버린 시대의 방증일 수도 있고, 2010년대 이후 여러 사회적 문제들을 겪으며 나타난 절망감들로 더 이상 자아와 세계의 동질감을 인식할 수 없게 된 시대의 증상일 수도 있다. 이러한 시대의 지반 위에서 고정된 정체성 대신 자유롭고 다채로운 잠재성을 택한 시적 주체들로 인해 오늘날 시의 좌표는 끊임없이 바뀌며 유동하고 있다.

박윤영 평론가는 「어떤 독서법─감정적 읽기」라는 글에서 이원하 시인의 첫 시집 『제주에서 혼자 살고 술은 약해요』를 주된 논의 텍스트로 다룬다. 상대적으로 폐쇄성이 높은 탓에 독자 대중의 관심으로부터 '시'가 멀어져 있음을 지적하며, 그러한 불황과 단절 속에서도 2020년도에 가장 많은 판매고를 올린 시집 중 하나였던 이원하 시집의 구매 요인을 분석한다. 시를 읽는다는 건 무언가를 느끼는 것에 가깝다고 박윤영 평론가는 말한다. 그것은 사회적으로 구성된 감정을 공유하는 행위이고, 그 감정은 즐거움뿐만이 아니라 환멸, 슬픔, 절망까지도 포함하는 광범위한 스펙트럼을 지닌다. 이원하 시집의 표제인 '제주에서 혼자 살고 술을 약해요'는 독자에게 다양한 정서적 감흥을 불러일으키는데, 특히 '제주'라는 기표는 치유의 정서를 즉물적으로 매개하고 '혼자'라는 단어는 주체적이고 자유로운 삶의 방식을 스스로 선택한다는 뉘앙스를 풍기며 독자 대중의 흥미를 끌게 만든다. 이원하의 시는 '나'에 관한 발화들로 가득 차 있는 텍스트이며, 자기 스스로를 투명하게 드러내는 이러한 발화 방식은 '진정성'의 태도를 담보하게 된다. 시집과 짝을 이룬 산문집의 연이은 출간은 그 진정성의 정서를 한층 더 강화한다. 독자들은 이원하 시의 화자를 경유하여 '나'(자기)를 들여다보는 모종의 힐링을 경험하며, 이러한 간접적 동일시의 정서와 욕망이 이원하의 시집을 구매하는 가장 중요한 원동력이 된다고 논자는 주장한다.

마지막으로 이병국은 「시와 시인 그리고 플랫폼」에서 돈이 아닌 '자기 헌신'을 위해 힘써왔다는 한 문예지의 폐간문을 사례로 들며, 자본주의 사회에서 이윤을 낼 수 없음에도 발간되는 문예지와 그중 다수를 차지하고 있는 시 전문지에 대해 질문을 던진다. 2010년대 이후 미디어의 영향으로 시의 접근성이 향상된 것은 사실이지만, 여전히 소득별 직업 순위에서 시인은 최하위권을 차지하고 있는 씁쓸한 현실을 지적한다. 현재 소비되는 시집의 대부분은 시를 쓰는 혹은 쓰고자 하는 이들에게 의존하고 있다. 그럼에도 아직 시를 쓰고 읽는 것은 시가 일종의 상징 자본으로 기능하며 '시를 쓰는 나'의 형상이 모종의 자존감과 자족감을 주기 때문이라고 이병국 평론가는 말한다. 과거의 시는 저항적이고도 정치적인 장소로 기능했으나 본래 시는 특정한 장소로 고착되지 않는 '비장소'에 가깝다. 시는 일종의 플랫폼이며, 따라서 시집 또한 단순한 책이 아닌 다른 곳의 자아와 만나거나 다른 자아가 될 수 있는 세계로의 이행을 가능케 하는 비장소이다. 시스템의 외부를 상상하든 사회제도가 요청한 바에 복무하든 시인이 시를 쓰고 시집을 묶는 일은 꿈과 유토피아의 조각들을 붙잡으려는 행위라는 것이 결론이다.

시의 사적인 독법

김정빈

0

시란 무엇인가? 강웅식[1]은 '~란 무엇인가?'라는 질문의 방식이 철학적 질문임을 지적했다. 그에 따르면 철학은 질문이 멈출 수 있도록, 개념의 구축이라는 목적지에 이를 수 있도록 질문을 통제한다. 이에 반해 시는 어떤 본질에 매여 있지 않고 느슨하게 풀어져 있는 상태가 되게 하므로, '~란 무엇인가?' 하는 물음을 통해 본질을 명확하게 규명할 수 없다.

그럼에도 아주 좁은 범위에서 굳이 '시'를 규정하고자 하는 시도도 보였다. 그는 "어떤 언어 구성물이 시로서 인정을 받기 위해서는 철학(혹은 시학)이 구축하는 어떤 체계나 전체성의 지도와 좌표 위에 놓일 수 있어야 한다"며 한 편의 시를 쓴다는 것은 기존의 공식에 따라 말을 배치하고 구성하는 것, 즉 기존의 이해의 지평에서 시처럼 보이는 물건을 만들어내는 것"이라 밝히기도 했다.

여기서 '기존의 이해의 지평'을 오롯이 시 작품 안에서 찾아볼 수 있는 공식 (제목이 있고, 내용이 있다는 점) 외에, 시로서 인정받았다는

1   강웅식, 「시를 찾아서 1 : '시란 무엇인가?'라는 질문에 대하여」, 『시작』 2020년 가을호.

사회적인 공식으로 이해한다면, 시는 단지 그것이 시라고 유추되는 지면—문예지, 시집, 신문 등—에 실렸기 때문에 시라고 불리는 존재가 된다. 그러므로 문예지에 '시'라고 명시된 채 사진 한 편이 올라왔다면 그것은 어쩔 수 없이 시며, 새해 첫날 신문에 '신춘문예 시 부문 당선작'이라는 제목 아래 소개된다면 그 글은 내용과 형식에 관계없이 또한 시다.

해당 지면들에는 시를 다룬다는 사회적인 인정이 있기 때문에 구성물을 시로 만들어준다. 그렇다면 지면은 어떤 과정을 통해 시를 다룬다는 인정을 얻어낸 것인가? 해당 지면에 글이 실리는 과정을 살펴보자. 우선 신춘문예의 경우 투고된 작품을 권위 있는 심사위원이 심사하며, 투고를 통해 제작되는 시집이나 문예지 또한 심사의 과정을 거친다. 이외의 문예지는 청탁을 통해 글을 싣는데, 청탁의 대상은 대부분 등단이라는 통과의례를 거쳐 시인이라는 정체성을 획득한 사람이다. 이 등단이라는 과정 또한 공모전이나 신춘문예에서 심사의 과정을 거치는 일이다. 말하자면 기존 문학의 규칙에 따라 심사를 거쳐야 '시인'으로 인정되며 그가 적은 글이기 때문에 해당 지면에 실린 글을 시로 판단할 수 있는 것이다.

결국 시인이 쓰면 손쉽게 시詩가 된다. 시인이 벽에 글을 적어두어도 그것은 시가 될 수 있으며, SNS에 올린 짧막한 글도 시가 될 수 있다. 손 글씨로 적어 사진을 찍고 그 이미지를 포스팅해도 시다. 시인이 독자들에게 메일로 보내는 글도 시일 수 있다. 결국 지면을 넘어 개개의 시 작품을 시로 규명해주는 근원적인 주체는 시인이다. 그런데 이러한 추론은 아무런 정보 값을 주고 있지 않는 듯하다. 시인이 써서 시라니. 시인 또한 시를 써서 시인인 것이 아닌가?

1

       시인이란 무엇일까. 직업으로 보기도 애매하고, 지위로 볼 수도 없는, 이 일종의 상태에 가까운 개념을 어떻게 정의해야 좋을까. 이상적인 정의로는 시를 쓰는 모든 사람이 곧 시인이겠다. 시인이라는 이름은 (그 이름으로 알량한 폭력을 휘두르지만 않는다면) 누구에게나 열려 있고, 그 말을 어떻게 차용하든 상관없기 때문이다. 그러나 시인이라는 말에는 통상적으로 어떠한 조건이 필요한 듯하다.

  예를 들어, 근본적으로 노랫말은 곧 시와 같으나, 노랫말을 쓰는 이를 작사가라고 하지 시인이라고 칭하지 않는다. SNS 또는 블로그에 시를 게재하는 사람은 시인인가? 하물며 시 작문을 전공하는 문예창작과 학생들이 적는 글은 시라고 할 수 있지 않을까? 물론 그들은 모두 시인이라 칭할 수 있으나, 그들은 스스로를 시인이라 소개하지 않는다.

  예술인 복지의 기본이 되는 예술활동증명 제도에서는, 일정한 기준에 부합하는 이들만 시인(예술인)으로 인정하여 복지의 대상으로 규정한다. 그 기준은 '5편 이상의 시 작품을 문예지 등에 발표했거나, 1권 이상의 문학 작품집을 출간한 경우'를 말한다. 여기서 문예지는 국제표준도서번호ISBN 부여, 결호 없이 3년 이상 발간된

(문학) 월간지 또는 5년 이상 결호 없이 발간된 격월간·계간·반연간 종합 문예지/잡지, 장르별 문예지 혹은 3년 이상 된 일간지 및 30년 이상 된 문학 전문 주간지라고 명시되어 있다.

예술활동증명에서 시인을 규정하는 체계는 앞선 논의와 순서가 비슷하다. 특정 지면을 빌려 작품을 발표한 이를 시인으로 인정해주는 것인데, 이는 결국 특정 지면에 적힌 글이 곧 '시'로 인정받는다는 의미다. 여기서 우리는 누군가가 쓴 글이 '시'로 인정받았기에 시인(예술인)이라는 지위를 획득하는 것이며, 이 지위를 획득한 이후에는 어떤 글을 쓰든 '시'로 분류될 기회를 얻는다고 이해할 수 있다.

넓은 의미에서 시인이란 시를 쓰는 사람을 일컫지만 좁은 의미에서는 사회적으로 공인된 '시'를 썼다고 인증된 사람만이 시인의 칭호를 얻는다. 즉, 시인이라는 정체성을 획득하기 위해서는 단순히 시를 써봤다는 경험 외에 자신이 시인인 이유를 설득시키는 과정이 필요하다. 이를테면 내가 쓴 것이 '제대로 된 시'라는 검증 과정이다. (나아가 그 인증을 통해 새로운 '시'를 써내는 과정으로 문학에서 시장詩場은 변모해왔다.)

그렇다면 '인증'은 어떤 절차를 통해 가능한가? 공모전 또는 신춘문예에서 시 부문으로 당선이 되는 것 ─ '등단'이라 불리는 일이야말로 가장 자명하게 '시인'이라 인증받는 방법이다. 등단이 상태 전환의 시작점이라면, 시인이라는 상태를 유지하기 위해서는 예술활동증명 기준을 따라 시집을 출판하거나, 문예지에 시를 실어야 한다. 그런데 우연히도 이 일련의 행위들은 모두 시의 대가로써 원고료를 받는 행위라고 설명할 수 있다.

판매라는 행위는 그 자체로 시라는 작품에 대한 가치를 인정받는 행위다. 화폐는 가치의 표상이며, 가치 교환을 용이하게 하기 위해 만들어진 도구이기 때문이다. 물론 작품을 작성하고 경제적 대가를 받았다고 하여 그 작품의 가치가 해당 값으로 고정되는 것은 아니다. 가치란 사람마다 모두 다르게 느껴지고, 특정 상황에 놓인 두 사람(또는 단체) 간의 상호 협의하에 교환을 위해 가치의 수위를 일시적으로 고정시킨 것이 '가격'이기 때문이다. 그러니까 판매 행위는 재화와 서비스를 제공하고 돈을 받는 것을 넘어 ― 가치 있는 두 존재를 교환한다는 것에 입각한다면 ― 작품의 가치를 인정받고, 협의하에 다른 가치로 교환하는 행위라고 할 수 있다.

따라서 시인에 대해 가장 명쾌한 정의를 내리자면 이렇다. 시인이란 자신의 글을 '시'라는 이름으로 판매하는/판매할 수 있는 이들이다. 이러한 정의에 따르면 메일링 서비스나 구독 서비스에서 시를 소개하는 이들도 시인 범주에 포함할 수 있다. 이 경우 특정 기관이 아닌 독자 집단이 '제대로 된 시'를 검증해준 셈이다.

시인이란 직업의 명칭이기도 하니까, 다소 뻔한 정의일 수도 있겠다. 그러나 판매의 의미가 단순히 상업에 한정되는 것은 아니다. 앞서 말했듯 시인이라는 타이틀에는 '제대로 된 시를 쓸 수 있다'라는 검증이 필요하며, 시를 판매하는 행위란 아무런 효용도 실용성도 없는 기호물에 가치를 담는 작업이 가능함을 증명하는 가장 확실하고 뚜렷한 행위이다. 가치 없는 글에 아무도 돈을 지불하지 않기 때문이다.

이는 어디까지나 사후적인 분석임을 밝힌다. 모든 데이터는 조회된 순간 과거의 데이터이기 때문에, 과거의 데이터를 긁어모아 규명하는 것은 과거의 일을 정리하는 것에 지나지 않는다. '지금'이라는 말이 미래가 과거로 변하고 있는 2차원적인 실시간-순간이라고 한다면 '지금'은 곧 과거이자 현재이며 동시에 미래를 내포하고 있다. 그렇기에 엄격한 의미로서 '지금-여기'의 시에 대해서 논하는 일은 언제나 이미 작성되고 발표된 시 작품들을 넘어서 앞으로, 근방의 미래에 작성될 시들에 대하여 갈무리를 잡는 일이므로, 시에 관한 앞선 정의가 '지금-여기'의 시를 의미한다고는 볼 수 없다.

시인과 시의 기준을 '시'라는 이름의 사용과 판매가치로 나눈 것은, 세속적인 기준이며 너무 단순한 기준이다. 어떤 예술 작품은 분명 뛰어난 가치를 인정받고 있으나 판매가치를 인정받지 못했을 수도 있으며, 오히려 세속적으로 합의된 규정에서 벗어나고자 하는 것을 예술이라고 주장하는 이들도 있기 때문이다. 더욱이 중요한 것은 판매가 단순히 두 사람 간의 협의만 있다면 가능하다는 점에서 이 논리는 위험하다. 그로 인해 한 사람을 모욕하고 인권을 유린하는 글이 한 사람의 구매자만 있다면 '판매가치'를 획득할 수 있다. 누군가는 시라는 이름으로 노래방 도우미에 관한 글을 함부로 쓰고 발표하면서도 시인으로 불리고, 누군가는 빛나는 언어 조형물을 가지고 있으면서도 등단 전까지(시를 판매할 기회가 없으므로) 시인으로 불릴 수 없다. 그리하여 시인이 아니던 시절에(등단 이전에) 쓴 글을 등단한 후에 발표하였을 때 '시'로서 인정받고 찬사가 쏟아지는 괴리가 생기기도 한다.

그럼에도 불구하고 지금까지의 시가 이러했다고 규명하는 이유는, 오히려 '시인' 또는 '시'에 대해 논할 때, 힘없이 배제되는 이들을 기만하고 싶지 않기 때문이었다. 모호하고 허황된 이야기로 커다란 이상에 대해 논하면서, 등단 과정을 거치지 않았다는 이유로 누군가를 가차 없이 배제하고 싶지 않았다. 이상을 논하다가 실제 행태와 유리되는 논리를 펼치기보다 담론장에 소환되는 이와 초대되지 않는 이를 가르는 그 기준 — 시라는 이름으로 판매될 수 있는가 — 에 대해 더 솔직하게 고찰해보고 싶었다.

공모전이나 신춘문예 당선은 등단이자 데뷔이자 가장 첫 판매이며, 부수적으로 받는 상금은 시인으로서의 첫 수익이라고 볼 때, 시의 판매는 새로운 의미를 갖는다. 자신이 작업한 시를 독자에게 건네준다는 점에서 '판매'는 제작자와 이용자의 관계성을 이르는 비유라고도 볼 수 있다. 판매되는 순간 비로소 상품성이 완성되듯이, 시 또한 세상에 나와 독자에 의해 읽힐 때 비로소 완성된다. 시가 본질적으로 읽히기 위한 것이라면, 시를 읽고 싶은 마음 또한 '시적인 것'으로 구분되어야 한다.

2

'시를 읽는다'는 행동은 어떻게 구현되는가? 시는 예술 작품이기도 하지만 저작권이 있는 저작물이다. 저작물의 대여, 소유,

관람을 위해서는 정당한 대가를 지불해야 한다는 것이 현대의 일반적인 인식이다. 즉, 시를 읽는 행위는 현대사회에서 구매와 소비의 형태로 이루어지고 있다. 거칠게 요약하자면, 시란 자신의 존재를 증명하기 위해 독자의 소비와 구매가 필요한 것이다.

가장 대표적인 방법은 시집을 구매하거나, 문예지를 구독하여 문예지 속 시 단품을 확인하는 것이다. 또는 시인이 운영하는 메일링 서비스를 통해 시를 전달받을 수도 있다. 전자책 형태로 만날 수 있는 시라면 구독 서비스를 이용하여 읽을 수도 있다. 도서관에서 빌려서 읽거나, 학교에 소속된 이들은 학교 이름으로 문예지를 무료로 열람할 수도 있는데, 이는 정당한 대가를 지불하고 구비해둔 책을 구성원들이 공유하는 차원으로 이해할 수 있다.

여기서 읽는 행위와 시를 읽기 위해 대가를 지불하는 행위의 구분이 모호해지면서, 시를 향유하는 양상이 전과는 다르게 관찰된다. 자, 우리 솔직해지자. 책을 잔뜩 사두고 펼쳐보지도 않았던 적이 얼마나 많은가. 혹은, 책을 사두고 조금 읽었는데 어려워서 계속 모셔만 두는 일이 얼마나 많은가. 내가 책을 절반쯤만 읽었다면 나는 그 책의 절반 독자인가? 혹은, 책을 구매만 하고 읽지 않았다면 나는 허황된 독자인가?

독자라는 집단은 어떻게 확인할 수 있을까. 책을 읽을 때마다 작가 사인회나 낭독회에 참석해서 '저 당신의 독자입니다!' 하고 티 내야 하는 걸까. 책을 읽을 때마다 SNS든 주변 사람한테든 내가 이 글을 얼마나 이해했는지 다 말하고 다녀야 독자가 되는 것일까. 그런 행위를 하지 않는다면 나는 독자라는 논의 범주에서 배제당하는 것일까?

책의 구매량은 수치로써 명확하게 표현될 수 있으나 실제로 완독하였는지, 읽은 후 독자가 얼마나 깊이 되새겼는지는 수치로 확인할 수 없다. 그럼에도 불구하고, 시를 읽고 싶은 마음까지 시적인 것으로 간주한다면, 시집의 구매량은 독서 의지를 확인하기에 가장 좋은 지표가 된다.

음악 시장에서는 이를 역으로 활용하여 작품에 대한 지지를 드러내는 데 사용한다. 좋아하는 가수의 앨범을 몇 장이고 사는 일이 비일비재하며 음원 순위를 높이기 위해서 음소거를 해둔 채 스트리밍만 하루 종일 켜두는 일도 많다. 이때 앨범 구매나 스트리밍은 음악을 듣는 행위가 아니다. 그럼에도 음악에 대한 인기나 지지를 평가하는 기준이 되는데, 곧 음원에 대한 충성도를 보여주는 일이기 때문이다. 청취와 별개로 구매까지 음악의 향유 형태가 된 것이다.

이 논리가 책과 시에도 적용될 수 있지 않을까? 내가 어떤 시인을 너무 좋아하고 그 시인의 시를 사랑하지만 피치 못할 이유로 책을 읽을 시간이 없다고 하자. 그럴 때, 읽을 시간이 없더라도 시인의 새 시집을 사는 일은 가장 확실한 지지의 표현이지 않을까. 심지어 어떤 책은 읽지 않았더라도, 사는 것만으로도 모종의 안도감이나 만족감을 주는 경우가 있다. 이런 상황이라면, 시를 구매하는 일이 곧 시를 향유하는 일이 된다.

앞서 말했듯이 시의 판매란, 시에 가치를 담는 일이고, 시의 구매란 그 가치를 인정하는 일이기 때문이다. 다만 이 일련의 교환 행위에 '현재'라는 조건을 끼웠으면 새로운 양상이 드러난다. 기호소비로 인해 가치의 범위와 기준이 무한정 확대되기 때문이다.

이전에야 '상품 소비'가 사용가치와 교환가치를 통해 이루어졌다고 하지만 현재는 기호소비적 측면이 더욱 부각되었으니까, 사용가치가 부족하더라도, 자신을 표현 및 과시하는 데 도움이 된다면 얼마든지 (가치를 지닌) 상품으로 인정받을 수 있다. 전혀 쓸모없어 보이고 실용성이 없어 보이는 물건들이 되려 그 의외성 때문에 각광받는 일도 비일비재하다. 콜라주를 하듯 소비를 통해 자신을 구성하는 소유물을 축적해가는 일에, 실용성은 꼭 필수 요건이 아니기 때문이다.

예를 들어 책이란 상품을 구매했다면 과거에는 책이란 상품의 사용가치(읽을거리)에 대한 가격이었다. 그러나 현재는 나라는 사람을 표현하기 위한 수단으로 소유물 중 하나로 책을 구매하기도 한다. 이때 책은 굳이 읽을/읽힐 필요가 없다. 돈을 지불하여 소유하게 된 순간 가치를 인정받았기 때문이다.

이 지점에서 나라는 사람을 표현하기 위해 목걸이, 귀걸이와 같은 액세서리가 아닌 굳이 '시'와 '시집'을 선택했다는 점에 주목한다면, 시집을 통해 표현하고자, 궁극적으로 달성하고자 하는 이미지가 곧 '시를 읽는 사람' '시를 좋아하는 사람'이라는 점에서 시를 읽고 싶은 마음에 속한다고 볼 수 있다.

그러니까 시집을 장식으로 사두는 사람도, 더 화려한 장식용 소품이 아니라 시집을 샀다는 점에서 마음 한구석 시를 읽고 싶은 마음이 있다는 것이고, 오늘 당장은 아니더라도 언젠가 그 시집을 꺼내 읽는 날이 올 수도 있다는 말이다.

3

　　판매가치를 시의 가치 중 하나로 인정하는 일은 사실상 시를 상품으로 취급하는 일과 같다. 개인적으로는 시가 상품화되는 일이, 시를 읽고 싶은 마음에 대한 반증이라는 점에서 우선 긍정적이다. 기호소비는 타자와 자신을 구별하려는 심리를 바탕으로 하는데, 요즘처럼 책을 안 읽는 사회에서 시에 돈을 쓰는 일이 얼마나 특별해 보일지! 오늘날 시는 개인의 이미지를 구성하는 데 가장 쉽고 확실한 기호다. 구매 욕구를 자극하는 매력적인 상품의 자질이 충분하다. (시를 사랑하는 사람의 입장에서 말하는 사심 발언이다.) 시가 정말로 상품화에 성공하여 더 많은 이들이 시의 매력을 알게 된다면, 시에 대한 관심도가 높아질 테니, 더 다양한 시가 탄생할 토대가 마련되는 일인데 마다할 이유가 없다. 시인이 경제적 이득을 얻는 것은 말할 것도 없다.

　　그러나 인문학이 상품화되던 과정을 살펴보면, 상품화는 결코 쉬운 길이 아닌 것 같다. 대표적으로 인문학이 어떻게 예능으로 변모하였는지를 확인해볼 수 있다. 요즘 스타 강사를 초빙해, 인문학을 설명하는 예능 프로그램이 많아졌다. 학원의 방식인 요약과 해답을 제공하며 인문학을 스낵컬처화한 것인데, 유튜브에서도 짧은 인문학 지식을 제공하는 콘텐츠가 늘어나면서 '인포테인

먼트(information+entertainment)'라는 신조어도 생겨났다. 자기계발에 대한 압박이 심한 사회에서 인문학은 여가의 한 방식으로 소비되고, 지적 허영을 채우는 도구로, 죄책감 없는 여가 생활로 자리잡았다.

양은아[2]는 예능 인문학의 특성을 (1) 간결한 요약과 해답, (2) 퍼포먼스 중심의 설계, (3) 비판적 관점이 표백된 질문과 지식의 유통으로 밝히며, 이로 인해 궁극적으로 (4) 생각을 대신 해주는 '탈脫인문학화'가 이루어지고 있다고 지적하였다. 명쾌한 요약과 주변 정보들 중심으로 흥미를 부각시키며, 현란한 비주얼에 가려 정작 질문은 강연자가 자문자답하는 형태로만 존재한다는 의미다. 그는 넓고 얕은 지식을 추구하며 생각을 대신 해주는 프로그램에서는 생각하는 힘, 즉 지성이 존재하지 않는다는 결론을 내렸다.

인문학이란 기본적으로 사유를 통해 발전하고, 존속되는 것이다. 과연 질문과 공론화가 아닌 신변잡기식 수다에 그치는 일은 흥미로울지언정 사고가 필요하지 않다. 예능의 형태로, 잘 가공된 '지식'을 제공하는 일은 사유와 멀어지는 일이다. 수용자의 지적 훈련 없이 정해진 답처럼 보이는 지식을 제공하는 일은 단순히 그럴듯한, 교양 있는, 고급스러운 이미지만 제공하는 일이다. 인문학이라는 지식 상품을, 소비를 통해 소유하고 이를 셀프 브랜딩에 사용하는 것에만 그친다면, 상품화에서 기대했던 효과 — 인문학

2　양은아, 「예능인문학의 성격과 기호소비적 특성에 관한 연구」, 『평생교육학 연구』 26권 3호, 2020.

에 대한 관심 및 논의 증대 ― 는 얻을 수 없다. 따라서 상품화된 인문학은 수용자들을 어떻게 지적으로 훈련시킬 것인지를 고민하며 나아가야 한다.

여기 A씨가 꽤 마음에 드는 제목의 시집을 발견했다고 하자. 평소에 책을 잘 읽지도, 관심도 없었는데 우연히 만난 이 시집이 요즘 내 심정을 너무 잘 드러내는 것 같아서 이끌리듯 책을 샀다. 책을 샀다는 것만으로도 스스로가 기특해서, 충분히 만족스러운 나머지 집에 두고 잊었다고 치자. 그래도, 책이란 장식품보다는 읽을거리니까. 괜히 카페 갈 때 그 시집을 챙겨 갈 테고, 한가로운 주말에 괜히 꺼내서 읽기야 읽을 것이다. 다만 뭔가 좀 어렵고, 뭔가 시인은 더 큰 이야기를 할 것 같은데 나는 알아들을 수가 없는 것 같아서 지루하겠지.

이러한 상황에서 시는 어떤 태도를 취해야 할까? A씨가 시 읽기가 꽤나 즐겁다는 사실을 깨닫고, 다시 다른 시집을 찾아 구매하도록 유도하기 위해서, 그러니까 지속 가능한 시 매매가 이루어지기 위해서 말이다. 인문학과 마찬가지로, A씨에게도 사유하는 훈련이 필요하겠다. 하지만, 어떻게?

A씨는 '나'를 드러내기 위해, 더 정확히는 현재 자신의 기분을 드러내기 위해 시집을 샀다. 존재 방식의 한 형태로 시를 소비한 것이다. 그러니까 A씨는 '나는 어떤 사람인가?' '나는 지금 어떤 기분을 느끼고 있는가?'라는 질문을 품고 사는 사람이며, 이러한 질문을 기저로 하여 시를 구매한 사람이다.

스스로를 표현하기 위해 소비하는 이들은 자신에 대한 고찰이

습관화되어 있다. 그렇다면 현재 시의 구매자들에게 가장 쉬운 사유는 '나'에 입각한 사유이며, '나'에 입각한 읽기일 것이다. 더불어 자기표현 욕구가 충만한 이들에게 자신에 빗대어 읽고, 자아를 확장하는 행위는 가장 확실한 동기가 된다. 따라서 현재 시의 구매자들에게 자신을 비추고 자신에 빗대는, 가장 사적인 읽기는 가장 많이 하고 가장 익숙한 사유 방식이자, 동기가 확실한 방식이다. 이 사적인 읽기를 택한 이들이 시를 지속적으로 구매하고, 이로써 시인의 작업을 지지하는 것이다.

4

사적인 읽기에 관해 논하기 위해 내가 시를 어떻게 읽게 되었는지 소개하고자 한다. 나는 시의 재미를 정말 애정하는 한 모임에서 배웠다. 그 모임은 시창작학회라는 이름이 붙어 있어서, 시에 대한 나름의 철학을 가지고 진지하게 합평해주는 이들도 있었다. 그러나 운이 좋게도 나와 함께 모였던 이들의 대부분은 나처럼, 고등학교 교과과정 외의 문학은 배우지 않았고, 시라는 것이 뭔지 잘 모르는 사람들이었다. 우리가 들고 왔던 들쭉날쭉한 글들을 '시'라고 부를 수 있는 이유는 단 하나였다. 우리가 그렇게 불렀으니까.

우리는 매주 나름대로 제목을 단 짧은 글을 가져와 모여 앉았고, 서로의 글에 최선을 다해서 칭찬해주었다. 우리가 한 것은 합평과는 거리가 멀었다. 우리의 목표는 좋은 시를 쓰는 것이 아니었기에. (우리는 합평이라는 말 대신 '아무말대잔치'라는 말을 더 선호했다.) 우리는 단지 서로의 생각을 듣고 공감해주고, 지지해줄 뿐이었다. 대신 최선을 다해서 공감했다. 단순히 '이 부분 정말 좋다'라고 말하지 않았고, 이 부분이 왜 좋았는지, 꼭 이유를 들어서 설명했다. 모든 사람이 고개를 끄덕일 만한 보편타당한 이유를 들 필요도 없었고, 능력도 없었다. 우리는 단지 자신이 최근에 겪었던 일, 요즘 드는 감정, 요즘 좋아하는 영화·드라마·애니메이션, 수업 시간에 있었던 일 등등 정말 사소하고 개인적인 이유를 들어서 감정을 설명했다. 물론, 왜 좋은지 모르겠는데 좋다는 말도 많이 했다.

같은 문장을 좋아할 수는 있어도, 똑같은 말을 하는 이는 없었다. 내가 글에서 느낀 위안은 아주 사적이고, 감정적이어서 논리 같은 건 없었다. 그러나 우리 중 누구도 내 말을 비웃지 않았다. 논리나 배경지식이 부족하더라도 작품과 어떻게든 관계를 맺으려하는 그 몸부림을 아무도 우습게 대하지 않았다. 그래서인지 창작 모임이라는 이름과는 다르게 나는 그 모임에서 시인이 되는 방법보다는 시의 열렬한 독자가 되는 방법을 익혔다. 나는 어디 가서 '시 좀 안다'라고 말할 수 없는 사람이었지만, 우리가 '시'라고 불렀던 그 글들, 우리가 나눴던 말들을 더없이 사랑하는 사람이 되었다.

모두가 시의 주제나 숨은 의미 따위를 통찰해낼 능력이 있는 것은 아니다. 다만 나 한 사람이 이 작품을 보고 어떤 감정을 느꼈는지 분명히 알며, 작품을 애정할 줄 알면 된다. 누군가 나와 같은 생각을 한 사람이, 또는 내 생각에 동의하는 사람이 있을 수도 있겠지만 그뿐이다. 어차피 각자가 각자의 이유로 작품을 애정하고 있기 때문이다.

시를 읽는 독자의 입장에서, 난해함 그러니까 전에 없던 독특함을 마주하면 당황스럽다. 이해할 만한 배경이 없기 때문이다. 그래서 주섬주섬 내게 가장 친숙한 맥락에 시를 놓아본다. '나'라는 맥락이다. 대상을 깊이 이해하기 위해 자신을 투영하여서, 그러니까 가장 사적인 발화이기에 시가 난해해졌다면, 난해함에 대한 감상은 철저히 개인 안에서만 작동할 것이다. 시가 독특하면 독특할수록, 시가 숨긴 것이 많을수록, 독자는 저마다 다른 감상을 가질 것이다. 그리고 당연하지만 다양한 감상과 맞닿았을 때 시는 더욱 풍부해진다. 어쩌면 시인의 의도와 전혀 다른 감상을 느낄수록 시가 확장되는 것일지도 모른다.

우리는 난해함을 보면 명쾌하게 풀어내고 싶은 기분이 들지만, 명쾌를 거부하는 것이 난해함의 태생이다. 그러니 우리는 작품에 대한 발화가 오로지 사견으로 존재함을 인지하고, 두려움 없이 나의 목소리를 내면 된다. 더 많은 사람들이 제각각의 목소리를 낸다면, 그 후에는 각각의 사견이 지지와 동의를 얻는 방식으로 '시 읽기'가 행해질 것이다.

내게는 이런 방식의 감상 — 철저히 '나'에 입각한 — 이 너무 당연한데, 누군가에게는 생소할지도 모르겠다. 시라는 것이 작품을 매개로 하여 독자와 대화를 나누는 것이라고 상정했을 때, '나'에 대해 말하기는 대화가 아닌 것처럼 보이기 때문이다. 물론 어떤 시들은 그렇다. 여전히 다정하고 깊은 대화가 가능하다. 저마다의 방식으로 슬픔을 소화하고 있는 이들을 찾아가, 서로 이해하고 이해받는 일이 가능한 공간을 주기도 한다. 그런 방식으로 이해 가능한 시들도 있다.

그런가 하면 어떤 시들은 결핍된 자아를 만나서 지켜보는 것만으로도 큰 위로임을 알려준다. 단지 지켜보고 있기에 아무런 상호작용이 없어 보일 수도 있다. 나에게는 유독 맥락이 없는 단톡방이 있다. 누군가 "악, 나 좀 구해줘"라고 말하면 다른 이가 "나도 구해줘" "살려줘"라고 말한다. 또는 어떤 이가 우는 이모티콘을 보내면(눈은 웃고 있지만 눈물이 콸콸 흐르는 이모티콘이다) 다른 이가 "아 배고파" "밥 내놔"라고 한다. 그런데 이 맥락 없고 서로에게 관심 없는 듯한 대화에서 나는 가장 큰 위로를 느낀다. 비유하자면 대나무 숲 같은 원리다. 우리는 각자 자기 일상을 잘 지내다가, 이따금씩 이 방으로 뛰쳐 와 한마디 내지르고 간다. 방에 있는 친구들은 과잉반응하지 않고, 그저 그 자리에서 무던히 듣거나 자기도 한마디 내지른다. 그러면 나는 잊고 다시 일상으로 돌아갈 수 있다. 그렇게 무맥락의 발화는 그 자체로 위로가 된다.

물론 우리도 따뜻한 위로를 나눌 때도 있고, 진지한 대화를 나눌 때도 많다. 그러나 내 모든 감정에 일일이 위로받고 싶지 않다. 나는 힘들다고 매번 주저앉아 울고 있을 시간이 없다. 크게 무너졌다 일상을 다시 쌓아올릴 체력도 없다. 내게 이따금씩 찾아오는 감정의 파도를 만끽할 여유가 없으니 때마다 격파하겠다. 그래서

"야, 망했어"라고 말하면 "나도 망했어!" 하고 말하며 같이 웃고 넘겨주는 이가 좋다. 이럴 땐 오히려 진지하고 다정한 위로가 부담스럽다.

이 단톡방에 있는 모두는 같은 마음이기에, 우리는 집단적 독백으로 서로의 격파를 돕는다. 적어도 나와 내 친구들 사이에서는, '나에 대해 말하기'가 대화를 대체하고 있는 것이다. 우리는 각자가 오로지 자신에 대해서만 말하는데도 유대감을 쌓을 수 있다. 우리를 이해하지 못하는 이가 있을지도 모른다. 그렇다고 우리가 틀렸거나 이상하다는 뜻은 아니다. 우리는 단지 이전과는 다른 방식으로 관계를 맺고 있을 뿐이다.

5

교양과목으로 시 창작 수업을 들을 때였다. 교수님께서 꾸중하고자 하는 말이 아니라, 정말 궁금해서 묻는 것이라며 학생들에게 물어보셨다. 학생들이 쓴 시를 보면 '너'라는 말이 정말 자주 나오는데, 막상 시 안에서 누군가와 대화를 하고 있거나 누군가를 묘사하고 있지 않다가도 다소 뜬금없이 '너'가 나온다는 것이다. 교수님께서는 애인이라면 애인, 친구라면 친구라고 정확히 써야 한다고 하시면서도, 이상하게 학생들이 시 밖에 있는 '너'를 아무렇지도 않게 이해하는 것을 보면, 어쩌면 학생들 사이에서 '너'라는 말이 갖는 특정한 의미가 있을지도 모르겠다며, 그것이 무엇인지 알려달라 하셨다.

당시 이 물음에 답하는 이는 아무도 없었는데, 한 가지 모두가 동의한 지점은 '너'가 애인이나 친구나 가족 등등 다른 단어로 바뀌어서는 안 된다는 것이었다. '너'라는 말이 애인이냐고 물으면 아니라곤 할 수 없겠지만, 애인이라고 단정할 수도 없었다. 이제 와 그 질문을 돌이켜본다면, '너'라는 말이 단순한 호명을 넘어 특별한 관계 그 자체를 이르는 이름이 된 것이 아닌가 싶다.

누군가를 '너'라고 부를 만한 상황은 대개 대면해 있음을 상징한다. 지금 나와 같은 공간에 있거나, 혹은 몸이 떨어져 있어도 같은 대화방 안에 초대되어 있는 등 물리적/심리적으로 밀접해 있는 상황을 말한다. 인스타그램에 비유하자면 DM을 통해 (말 그대로) 직접적인 대화를 나누고 있는 상대를 뜻한다. 그 상대는 애인일 수도 친구일 수도 어쩌면 만난 적 없는 사람일 수도 있다. 중요한 것은 내가 지금 그 사람에게 DM을 보냈다는 것이다.

왜냐하면 인스타그램 피드에서는 대화의 상대를 볼 수 없기 때문이다. 분명 피드에서는 한 번에 수많은 사람들을 만날 수 있어 간편하다. 그러나 내가 올린 사진, 내가 쓴 글을 수많은 사람이 본다 하더라도 하트를 누르거나 댓글을 달지 않는 이상 그들의 존재를 인지할 수 없다. 사람과 사람을 이어주는 역할을 할 줄 알고 소셜네트워크서비스SNS라 이름을 붙였지만 사실 피드에 콘텐츠를 올린 개인과, 구름 같은 익명을 이어주는 데 그친다는 점에서 네트워크로서의 의미는 퇴색되었다. 요즘은 이러한 인식에 따라 '소셜미디어'라는 명칭으로 대체하고, 콘텐츠의 방향성 또한 그러한 흐름을 따르고 있기도 하다.

그러니까 SNS로 상징되는, 이전과는 새로운 방식으로 관계를 맺는 세대가 생겨난 것이다. 언제나 미디어를 거쳐 타인과 대면하는 이들은, 가공된 자아를 곳곳에 송출하면서 '지인' '팔로워' 등으로 불리는 수많은 불투명한 관계를 보유한다. 그런데 송출의 방식으로 편리하게 여럿을 만나지 않고, 내가 굳이 한 발짝 더 나아가서, 직접적으로 호명할 수 있는 상대가 있다면? 오프 더 레코드 격으로 대화를 나눈다면? '특별한 관계'로서 의미를 갖기 충분하다.

마찬가지로 '우리'라는 말 또한 새로운 의미를 가진다. 지금껏 '우리'는 정체가 분명한, 화자를 포함한 어떤 집단을 이르는 말이었다. 그러니 '우리'에 속한 이들은 서로를 확인하고, 인지했다. 그러나 지금은 꼭 정체가 분명할 필요가 없다. SNS에 '우리는 분노한다'라는 문장을 게시한다고 치자. 그 문장은 어떻게 힘을 얻느냐면, '우리'에 포함되고 싶은 이들이 기꺼이 좋아요를 누르거나 게시물을 공유하면서 힘을 얻는다. 아니면 해시태그라는 기능을 활용할 수 있다. 이전과는 전혀 다른 방식으로, 전체 인원수로만 남은 '우리'가 형성된다.

물론 새로운 관계성에는 내가 소속한 집단이 어디인지 확인하기 어렵다는 문제점도 있다. 예를 들어 A가 고발당하는 일이 있다고 하자. 그럼 어떤 '우리'들은 A가 저지른 잘못이 무엇인지, 그 심각성은 어느 정도인지, 재발을 막기 위해서는 어떤 조치가 필요한지, 또 어떤 태도로 이 사건을 바라봐야 하는지까지 논의를 이끌어온다. 그런데 눈을 돌려 '너희'들을 보면 A가 잘못을 저질렀는지 아닌지조차 모른다는 경우가 허다하다. 그럼 나와 함께 논의한 이들은 어디에 있는가. 나의 우리들을 확인하지 못한 채로 우리는 우리라는 말로만 존재한다.

　저 멀리서는 시가 곧 대화라는데 지금 여기서는 철저히 '나'에 입각한 발화가 강화되고 또 대화의 자리를 차지하고 있다. 저 발화는 저 사람 개인의 견해이고, 이 발화는 내 개인적인 의견이다. 이해하기 어려운 '너'를 목격한다면 이해하는 것을 포기하고, 누군가 나를 이해하고 싶어서 질문하는 것 또한 부담스럽다. 이슈에 따라 모두가 대화를 하는 것처럼 보이지만 사실 각자 혼잣말을 하고 몇몇 혼잣말이 좋아요를 받을 뿐이다. 직접적인 호명만으로도 특별해지는 '너'와 안개 같은 연대의 '우리'를 상대로, '나'는 어떤 대화가 가능할까.

　분명 각각의 '나'들은 서로 단절되어 있다. '너'를 호명하지 않는 이상 이전처럼 대화할 수 없다. 그러나 '우리'는 '나'의 목소리를 지지함에 있어 두려울 것이 없다. 누구보다도 적극적이다. 안개꽃이 한 송이의 꽃을 더 풍성하게 만들어준다 했던가. 한 명이 목소리를 낼 때, '우리'는 그 목소리에 힘을 실으며 동조한다. 그리고 '우리'에게는 동조할 목소리가 더 많이, 더 다양하게, 더 세밀하게 필요하다. '우리' 개개인을 대변할 목소리가, 개개인이 투영되어 더 지지하고 싶은 목소리가, 그리하여 나의 슬픔이 다음 사람의 슬픔이 되지 않도록 누군가의 깨달음이 모두의 깨달음이 될 수 있도록 세상을 조금이나마 바꿀 목소리가 필요하다.

　그렇기에 당사자성에 입각한 가장 사적인 발화가 가장 공적인 발화로서 기여한다.

이제 이곳은 점점 더 많은 사람들이 자신에 대해 말하도록, 자신의 여러 면모에 대해 거리낌 없이 말하도록 장려된다. 의견을 발전시켜 합의점에 다가가는 대화도 여전히 필요하지만, '새로운 대화'는 독특한 발화로 인해 진전을 가지며, 발화 자체가 다변화되는 방향으로 이루어진다.

따라서 무릇 '문학이란~' '시란~' 또는 '요즘 세대란~' 등등 커다란 범위를 가지고 와서 한 번에 규명하는 일은 쉽게 비웃음을 산다. 이토록 다양한 개인들에 대해 깊이 있게 이해했다면, 한마디로 규정하는 일은 불가능하므로. 새로운 관계성에서 대화란, 단지 철저하게 '나'에 집중하여, '나'에 비추어 더듬더듬 커다란 세상을 인지해나가는 것만이 방법이다.

그렇다면 시를 읽는 일도, 몇몇 통찰력 있는 대표의 대화로는 절대 이루어질 수 없다. 시인들이 누구의 계보를 잇는 누구가 아닌 개개인으로 존재하기 때문이다. 이제 시장에는 다변화된 시와 더욱 다변화된 독자의 만남이 있을 뿐이다.

결국 시의 좌표가 유동하고 있는 상황에서 던져야 할 질문은 시란 무엇인가―무엇이 시이고 비시^{非詩}인가―가 아니라, 시를 어떻게 읽을 것이냐 하는, 시를 읽는 마음이었다. 그리고 나는 믿는다. 어려우면 어려운 대로, 서툴면 서툰 대로 내 마음대로 시를 읽어도 된다고. 노래에 부분 부분 섞인 외국어 가사를 해석해가며 듣지 않듯이, 그냥 글을 따라 읽으면서 자연스럽게 느껴지는 호흡을, 문장의 길이라든가 가시적인 형태를 즐기면 된다고. 문장 하나만 건지거나 기억에 남는 단어 하나만 건져도 된다고.

　시를 읽어서 나의 것으로 만든다. 이 오래되고 낡은 문장이 오늘날 동일하게 적용되고 있다. 말 그대로 시에 유무형의 값을 지불하는 것이 '나의 것'으로 만드는 일의 시초가 되며, 더 나아가 나만의 맥락에 두고 나를 투영하며 시를 읽는 일이 곧 시의 향유가 된다. 오늘날 시인과 독자, 그리고 이들을 매개하는 시는 각자의 자리에서 자신을 주장하며, 지금까지와 마찬가지로, 대화하고 있다.

유동하는 시의 좌표와
멀티 페르소나

김지윤

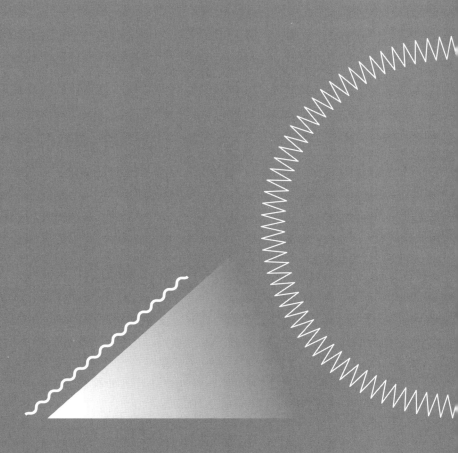

멀티 페르소나와 균열되는 '인칭'

"내 속엔 내가 너무도 많아"라고 1988년에 시인과 촌장은 노래했다. 다중 정체성으로 인한 내면의 혼돈은 "내가 이길 수 없는 슬픔"이라고 표현되었고, 2002년에 조성모가 이 곡을 리메이크해서 다시 인기를 끌었을 때에도 통합되지 않는 다중 자아는 내 안에서 "당신의 쉴 곳 없"게 만드는 요인이었다. 자아가 통합되지 못하고 균열되어 있기 때문에 욕망은 충족되지 못한 "헛된 바람들"에 불과한 것이라는 이 노래의 가사는 타자와의 결합을 불가능하게 하는 비극적 의미를 내포했고 공감을 얻었다. 존재의 내면에 의식과 무의식이 충돌하며 지킬과 하이드처럼 양쪽으로 갈라져 내적 갈등을 야기하는 것이라는 전제 아래에서라면 자아의 균열은 봉합되어야만 하는 목표를 갖게 된다. 그리고 이러한 통합을 이루기 위해 다중 자아 중 어떤 것은 외면당하거나 배제되어야 한다.

그러나 이후 20년이 지난 지금, 현재를 관통하는 키워드는 멀티 페르소나다. 다양한 매체와 SNS가 범람하는 시대에 정체성은 분열되는 것이 아니라 분리될 뿐이다. 관계의 성격에 따라서뿐 아니라 공간에 따라, 매체에 따라, 플랫폼에 따라, 심지어 하나의 SNS 내에서도 계정에 따라 다른 자아는 끝없이 만들어지고 바뀌고, 대체될 수 있다. 이것의 전제는 한 사람이 다양한 정체성을 가진 것이 당연하다는 것이다. 오히려 하나의 통합된 정체성이라는 것에 의문을 제기하거나 이것을 고루한 폐쇄성의 방증처럼 여기기도 한다.

최근 텔레비전 프로그램, 게임, 인터넷 커뮤니티 등을 중심으로 확산되고 있는 용어 중에 '본캐' '부캐'가 있다. 처음 만들어 주로 사용하는 캐릭터가 '본캐'이고, '본캐' 다음으로 만든 서브 캐릭터들은 '부캐'이다. '부캐'는 처음에 예능 프로그램에서 시작되어, 한 사람이 수많은 정체성과 역할을 수행하는 것을 보여주었다. 현재 대중문화에서 주목받는 이 트렌드가 흥미로운 것은 이 다양한 '나'의 페르소나들은 사회의 기대를 충족시키기 위한 가면이 아니며, 분열은 고통이 아닌 유희이고 삶의 다양성을 향유하는 방식이라는 점이다. 따라서 '통합'에 대한 목표를 설정하고 있지 않으며 '진짜 나'와 '가짜 나'를 구분하고 있지도 않다. 모두가 '진짜'이며 그중 어떤 '나'에게 중심이 실려 있다 하더라도, 그 '나'와 결합하여 하나로 통합되어야 한다는 강박 같은 것은 없다.

이런 멀티 페르소나의 시대에, 시적 주체의 변화 양상을 살펴보는 것은 흥미로운 일이다. 사실 시학에서는 시적 주체의 문제가 시에서 핵심적인 것이라고 여기는 하나의 전통이 자리 잡아왔으며, 특히 서정시에는 시인의 주체성이 그대로 드러나 있다고 간주되곤 했다. 서정시는 전통적으로 동일성에 핵심을 두고 내면의 목소리를 주관적으로 드러낸다고 여겨져왔다. 말하자면 시를 쓰는 주체는 "자아와 세계의 동일성"(김준오, 『시론』, 삼지원, 2000)을 드러내는 '주관적' 발화를 한다는 것이다.

그런데 2000년대 이후 시 속에서 화자와 시인의 목소리는 단일하게 포개지지 않게 되었고 점차 그런 현상은 더욱 확산되었다. 고봉준은 2010년대 시를 진단하며 시에서의 '자유간접화법'이 확대되고 있는 현상에 대해 "1인칭 발화자의 권위와 동일성을 재생산하는 기존의 서정시 발화와 달리 1인칭의 목소리에 균열을 새기기 때문"[1]이라고 보았다. 자유간접화법은 저자의 통제를 벗어나는 인물들, 독립적이며 병합되지 않는 목소리들과 의식들의 복수성을 담아내고 있는 화법을 말하는데, 고봉준은 1인칭 발화자의 권위와 동일성을 재생산하는 전통적 서정시의 진부한 원칙들에서 벗어나게 하는 이질적이고 복수적인 목소리들, "기원이 어디인가를 확신할 수 없는 진술들, 주체에서 분리-해방된 목소리들"[2]에 주목했다.

2020년대의 시들에서 목소리와 주체는 분리되고, 복수적인 목소리를 담아내며 사건이나 진술은 개연성이나 이야기 구조를 벗어나 있곤 한다. 그러나 최근 시들의 특징적 면모는 조금 더 면밀히 살펴볼 필요가 있다. 진부한 서정시적 전통을 벗어나려 하거나 1인칭 발화자의 권위나 동일성을 해체하기 위해 그들이 다성적이

1   고봉준, 「'주체'에서 멀어지는 목소리들 : 최근 시의 자유간접화법에 대하여」, 『시작』 2014년 봄호, 43쪽.
2   같은 글, 45쪽.

고 이질적인 목소리를 내려는 것은 아니다. 오히려 애초에 '다양한 정체성' 자체가 자기 자신이라는 사실을 자연스럽게 상정하고 있는 것이다.

시적 주체의 발화와 텍스트 속 언어의 동일성을 해체시킨다는 점에서 결론은 같다고 해도 '자기'가 지속적 동일성을 가진 존재라는 사실을 애당초 전제하고 있지 않다는 점에서 크게 다르다. 다원성으로 인해 무엇을 극복하거나 넘어서려고 하는 것도 아니다. 애초에 고정되고 절대적인 자아라는 것이 있어야 그것이 '분열'되거나 '통합'을 욕망하는 것이 가능할 수 있지만, 주체의 동일성이나 연속성 자체가 생산되지 않는다면 '동일성의 재생산' 또한 성립되지 않는다.

자아의 분열은 문학에서 자주 다루었던 소재이지만, 최근의 시들은 보다 더 적극적으로 시제와 인칭의 혼란, 붕괴된 내러티브와 맥락 없는 장면, 발화자를 알 수 없는 대화 등을 보여주는 면이 있다. 시공간, 사건들이나 인물들 사이 관계가 의심스럽고 불확실하며 시적 주체는 소통에 대한 기대 자체를 벗어나려 한다.

무수한 '나'가 존재하는 SNS, 1인 미디어 시대에 소위 '세컨드 라이프'가 불특정 다수에 의해 재구성되는 현실 속에서라면 자아의 결핍은 오히려 더 증가된다. 이에 대한 반작용으로 차라리 자기 자신이 다양한 정체성을 가지고 무엇이 '본캐'인지 알기 어렵게 만들면 나의 자아를 재구성하려는 외부의 시도를 차단할 수 있다.

최근의 시들 속에서 주체의 발화가 알아들을 수 없는 절규, 혼종적이고 다성적인 잡음 등으로 나타나거나 발화자와 청자를 구분할 수 없게 주고받는 대화로 나타나는 경우를 자주 찾아볼 수 있다. 수신자와 발신자가 누구인지 알 수 없는 상태로, 희망과 절망, 공포와 기대, 분노와 수치, 모멸과 증오의 감정이 두서없이 말과 말 사이에 뒤섞여 있다. '자기'는 지속적 동일성을 가진 존재가 아니며, 알아들을 수 없는 목소리는 소통 가능성을 전제하고 있지 않다.

　황혜경의 『나는 적극적으로 과거가 된다』(문학과지성사, 2018)는 "너와 나를 흔들어 섞는다/나와 너, 우리는 인칭을 지워가며, 입니다/지워지는 인칭/구별 없이"(「지워지는 인칭」)라는 구절에서처럼 인칭을 지워버리고 "오늘이 어제에게 내일이 오늘에게 물어보거나/내일이 내게 말하지 너를 기억하지 않겠어, 그래, 나를 지워줘"(「다음의 바탕」)에서와 같이 시간을 뒤섞는다. "적극적으로 과거"가 되는 시적 자아들은 시제를 혼란스럽게 만들려 한다. 이곳에 명징한 사실성이란 존재하지 않는다. 다양한 시점의 얽힘을 보여주곤 하는 황혜경 시에서 화자들은 소통에 대한 기대 그 자체에서 벗어나려고 한다.

　"지금의 너는 나의 상처가 섞인 혼용어로 존재한다고 쓰는 그녀를 훔쳐보았고 그것이 너를 너로 사랑하지 못하는 너의 슬픔이라고 읽었다"(「이후의 서술敍述」)와 같은 구절에서 찾아볼 수 있듯 '너'는 "혼용어"로서 존재하며 주체를 이해하거나 서로 소통하는 방식도 단일하지 않다. "숨어 살기 좋아하는/한 여자/또/사람들 곁에서 도망친다/격리의/힘/상징의/덫"(「어떤 상징」, 『느낌 氏가 오고 있다』, 문학과지성사, 2013)에서처럼 대상과 재현을 연결해주는 '상징'은 이제 '덫'으로 인식된다.

지금의 시는 전통적 시 장르에 대한 규정과 기존의 해석의 틀을 벗어나 새로운 가능성을 모색하고 있다. 기존 서정시 발화처럼 1인칭 발화자의 권위와 동일성을 재생산하지 않고 주체와 객체 간의 거리도 점점 멀어져가고 있다. 기존에 존재하지 않았던 유형의 시적 화자들이 등장할뿐더러 이미지들도 대상을 재현하기보다는 대상에서 멀어지려 하고 있다. 아예 언어를 소거한 시각 이미지, 그것도 파편적 이미지로 나타나기도 한다. '나'라는 서정적 자아는 복수적으로 분열된다. 내가 아닌 가상의 인물을 캐릭터로 창조해 시 속에 등장시키기도 한다.

　이러한 변화는 2000년대에 이미 시작되었던 것이다. 황병승의 시집 『여장남자 시코쿠』(랜덤하우스코리아, 2005)를 떠올려보자. 시인은 이 시집에서 내 안에 있는 여러 명의 나에 대해 말한다. 내 속의 '나들'은 서로 조화롭거나 겹쳐지지 않는다. 시 「커밍아웃」에서 "나의 진짜는 뒤통순가 봐요/당신은 나의 뒤에서 보다 진실해지죠/당신을 더 많이 알고 싶은 나는/얼굴을 맨바닥에 갈아버리고/뒤로 걸을까 봐요"라고 쓰는 화자의 발화처럼 고정된 하나의 '진짜'가 단일한 얼굴로 드러나는 식의 자기 정체성은 현대에는 점차 그 의미를 잃어가고 있다. 무수히 분열된 '자기^{itself}'를 "호주머니 속에 서랍 깊숙이/당신도 잔뜩 가지고 있"으며 이러한 수많은 '나'는 "백 년 전에 죽은 할아버지도 됐다가 고모할머니도 됐다가" 하는 가변적 존재들이기 때문이다. 「니노셋게르미타바샤 제르니고코티카」에서는 대상은 아예 묘사 불가능한 존재가 된다. 이 시는 첫 행부터가 "당신을 묘사할 수 없습니다"로 시작되고 있다. "일에 미친 여자"와 "춤에 미친 남자"와 "나" "목이 긴 나의 귀부인" "불같은 기관사" 그리고 "검은 염소"가 등장한 뒤 "우리"가 등장하는데 대체 어디서부터 어디까지가 "우리"로 묶이는지도 알 수 없고 명사들은 지칭하는 대상이 불분명하다. 제목인 '니노셋게 르미타바샤 제르니고코티카'는 과연 누구의 이름인지도 끝까지 해명되지 않는다. 그들은 유령처럼 등장해서 잡음처럼 대화하고 그들의 행동은 앞뒤도 없이 뒤섞여서 어떤 이야기로도 묶을 수 없다. "아무것도 발음할 수 없"는 파편적 언어로 가득한 붕괴된 내러티브인 것이다. 「소녀미란다좌절공작기」에서 미란다가 쓰는 소설에는 수많은 등장인물들이 다중적 목소리를 내고, 주체는 생성과 소멸, 변이를 거쳐 다른 주체로 치환된다. 결국 픽션을 만드는 미란다조차 픽션의 일부가 된다.

2000년대 이후 시들은 이처럼 시적 화자를 의심스럽게 만들어 목소리의 근원을 모호하게 하며 시적 주체를 분열시키는 시도들을 보여주었다. 그런데 이 분열은 점점 '분리'로 나아가는 모습을 보이게 된다.

2010년대가 끝나가는 2018년에 출간된 두 시집, 강성은의 『Lo-fi』(문학과지성사, 2018)와 유희경의 『우리에게 잠시 신이었던』(문학과지성사, 2018)은 흥미로운 공통점을 보여주는데 둘 다 시집 속에 같은 제목의 여러 시를 싣고 있다는 점이다. 이는 최근의 시들에서 나타나는 특징이기도 하다. 기존에는 동명이시同名異詩가 여러 편 출현할 경우 순서대로 번호를 붙이는 것이 관례적이었다. 그런데 최근에 나타나는 동명이시들은 번호를 붙이지 않아 각자의 시편들을 구분하기 어렵다. 제목이 같고 넘버는 붙어 있지 않은 이 시들은 의도적으로 각 시편들 간의 선형적 상관관계를 소거하려 하는 것처럼 보인다. 같은 제목을 갖고 있기에 주제 의식 등 유사한 면이 있지만, 순서대로 이어지는 선형성이 없는 이 동명이시들을 시인은 그저 무질서하게 늘어놓고 있기 때문에, 시편들은 어떤 규칙에 맞게 연결되거나 재배열될 수도 없다. 마치 같은 사람이 다중적 자아를 가지고 있지만 그 자아들을 통합하지 않은 채로 놔두는 것과 비슷하다. 마치 멀티 페르소나처럼, 자기 분열이라기보다는 분리되어 있는 이 시들은 선형적인 흐름이 없기 때문에 넘버링을 할 필요가 없는 것이다.

강성은의 『Lo-fi』에는 「Ghost」라는 넘버링 없는 동명의 시 6편이 실려 있다. 함성호가 "강성은이 옹호하는 세계는 없다"라고 했고 장은정도 "자신만의 세계를 완성하는 것에 아무런 관심이 없다"고 평하기도 했지만, 제목 자체가 '유령'이듯 불분명한 주체들과 세계와의 연결성은 극도로 모호하다. 심지어 같은 제목의 다른 시들로 분화되기까지 한다. 시인 자신도 이것을 스스로 목표한 듯, 불분명하게 들리는 저음질 음악을 의미하는 'Lo-fi'를 시집 제목으로 삼았다.

유희경의 『우리에게 잠시 신이었던』은 '우리에게 잠시 신이었던'이라는 제목의 시가 1장과 2장의 서시序詩로 배치되어 있고, 3장에도 '우리에게 잠시, 신이었던 것들'이라고 약간 변형된 제목의 시를 서시로 놓아두었다. '당신'이라는 여러 '신'은 계속 분열되고 변주된다. 강성은과 유희경 모두 같은 제목의 시 여러 편을 넘버링

하지 않았다. 시적 주체를 의미하는 제목을 가진 시를 여러 편의 동명이시로 변주시키면서 아무 구분을 하지 않았기 때문에, 시적 주체를 구별할 기준이 사라지고 이러한 시적 전략 속에서 주체는 동일성을 상실한다.

> 어떤 인칭이 나타날 때 그 순간을 어둠이라고 말할 수 있다면 그 어둠을 모래에 비유할 수 있다면 어떤 인칭은 눈빛부터 얼굴 손 무릎의 순서로 작은 것이 무너져 내리는 소리를 내며 드러나 내 앞에 서는 것인데 나는 순서 따위 신경 쓰지 않고 사실은 제멋대로 손 발 무릎과 같이 헐벗은 것들을 먼저 보고 생각하게 되는 것이다
>
> ─유희경,「우리에게 잠시 신이었던」부분

이 시에서 시적 화자가 바라보는 객체는 인칭이 불확실하다. 주체와 객체 간의 거리는 좀처럼 좁혀지지 않고, 구체적 형상을 확인하기 힘든 어둠 속에서만 나타나며 심지어 "무너져 내리는" 상태로만 드러난다. "나"는 그 파편만을 볼 수 있고 그것을 '순서대로' 조합해 원래의 형상을 복원하려고 시도하지 않는다. 그냥 "순서 따위 신경 쓰지 않고 사실은 제멋대로" 인식하는 것이 고작이라는 것을 알고 있는 것이다. 이 시집 속의 "당신"이라는 2인칭 역시 확인 불가능한 대상인데 주체를 구별할 수 있게 해주는 대표성을 가진 요소들을 의도적으로 모두 지우기 때문이다. 일단 "이름"이 없다.「질문」에서 시적 주체는 "혹시 이름을 벗었는가"라고 "당

신"에게 묻는다. 식별해낼 방법이 없으므로, 사실 질문을 던져봤자 소용이 없다. "당신은 생겨나는 물건"이며, 계속 생성되는 존재에게 고정된 답이 있을 리 없다. "마침내 그가 불을 껐을 때, 어쩌면 불이 꺼진 게 아닐지도 모르지 다시 불을 밝힌다 해도 그곳엔 아무것도 없었을 테니까"(「빈집」)라는 구절처럼 존재의 자리는 모호하며 시적 자아도, 대상들도 마치 유령과 같이 비가시적이고 불확실하다. 모든 것은 '가정假定'일 뿐 사실이 아니고 고정된 것도 없다. "가령, 가령에서 시작해,/가령으로 끝나는 가장의/숨김 아래, 뚜껑이 닫은"(「너의 사물」) 존재들은 그 안에 무엇이 들어 있는지 알 수 없다. 설사 상자를 열어본다 해도 확인되는 내용물은 임시로 그곳에 있을 뿐이다. "상자는 모든 것을 담고 있고/아무것도 담고 있지 않"(「상자」)는 것이다.

유동하는 주체들의 불확실성

2020년대의 시들은 주체와 대상 모두 불확실해지는 모습을 보여주고, 자아와 세계의 거리를 무한히 확대시킨다. 그러므로 멀리서 바라보더라도 그 형상을 확실하게 알아볼 수 없다. 또한 계속 변하고 유동적이기 때문에 주체와 대상 사이의 거리는 좀처럼 좁혀지지 않는다. 그렇게 되면 접점은 소실되거나, 만남이 가능하더라도 일시적인 것이 될 뿐이다.

오은경의 『한 사람의 불확실』(민음사, 2020)은 인칭이 사라진 '무

인칭 주체'들을 겹쳐놓는다. 그들은 물론 '나' '우리' '당신' '그' 등의 인칭대명사를 달고 있지만 불확실성 때문에 존재감을 가지지 않고, 비록 겹쳐져 있다 해도 존재들 사이에 접점이 있다고 말할 수 없다. 단지 임시적인 겹쳐짐일 뿐이기 때문이다.

　"우리는 정말 같은 자리였던 적 있었을까, 당신이 제게/물었습니다"로 시작되는 시 「한 사람의 불확실」에서 화자는 어둠이 깔린 놀이터에 앉아 사람들을 바라보고 있다. 여러 사람들이 오고 가지만, 화자는 그들이 "서로 같은 사람들 같았"다고 말한다. 이 시는 당신이 아무 설명 없이 사라지고 "의자 하나만 덩그러니 놓여 있"는 부재의 자리를 보여주며 끝난다. 끝없이 떠나가는 "당신"은 오은경 시집 속에 무수하게 나타난다. 어디로 가는지도 물론 알 수 없다. "어디로 가는지 모르는 채/어디로든 가게 될"(「묶인 사람」) 것이라는 것이다. 오은경 시에서 존재들은 다가왔다 사라지고, 생겼다가 없어진다.

　"유리 벽이 사이를 가로막"은 것처럼 주체와 대상 사이의 접점이 끊어지고 분리되자 시인은 비로소 "이제는 제 이야기를 해도 되겠다고 생각했습니다"(「한 사람의 불확실」)라고 쓴다. 오은경은 산문에서 이 문장에 대해 언급하면서 "1인칭 화자의 목소리와 존재가 불가피하게 수반되는 장르"인 시가 시 쓰는 사람의 당사자성과 연관되는 부분을 의도적으로 벗어나고 싶었으며 "자신의 경험을 이야기하되 서술의 주체를 비켜 나가는 시 쓰기 혹은 재구성이 불완전했던 시 한 편 한 편"[3]을 써 내려가는 과정이 이 시집의 창작 과정이었다고 밝혔다. "여러 모순적 상황과 혼재된 목소리들, 일직선이라기보다는 뒤틀리거나 다시 원점으로 되돌아가고 말았던 지형도"와 같은 시를 쓰는 동안 "'나'라는 폐쇄회로가 아니라 어쩌면 '나'조차 부재하는 것 같은 (텅 빈) 세계로" 이끌려 갔다는 것이다. 그러나 시인의 결론은 분명 "나는 있고 존재"하며 "내가 중요하건 중요하지 않건 나는 하나의 공간처럼 자리할 뿐"이라는 것이다. 나는 존재한다. '고정된 나'나 '일체화된 나'라는 것이 없을 뿐이다. 공간이 바뀌는 것처럼 나는 변화할 수 있으며 변주되고 확장될 수 있는 것이다.

소위 '인칭'이 사라지고 주체를 구분할 수 있는 규칙과 고정된 특징이 없다면 시 속 발화는 개연성이나 맥락이 소거되고 대화나 사건의 내용을 확인하거나 파악하기 어렵게 된다. 이 시집 속의 수많은 인물들은 불가해한 상태로 의문스럽게 시집의 여기저기에서 등장한다. 유미(「스노우볼」 「경험」), 지수(「해바라기」), 수지(「생일날」 「공터에서」 「미경작지」 「영향력」 「눈사람」)와 같은 친구들이 나오고 엄마, 언니, 할머니와 같은 가족(「미경작지」 「프레임」 「시공 기사」 「지진」)도 나오지만 그들의 행동과 대사와 감정은 이해되거나 규명되지 않는다. 특히 '수지'는 상당히 많은 시편에 등장하지만 그 시들을 다 읽어도 우리는 수지에 대해 전혀 알 수 없다는 느낌을 받게 된다. 독자만 모르는 것이 아니라 시적 화자 역시 그들을 이해하지 못하고, 그들을 향한 스스로의 마음도 알지 못해 혼란스러워한다.

이 시집에도 「새싹 뽑기, 어린 짐승 쏘기」라는 오에 겐자부로의

3   오은경, 「다시 만난 세계」, 『문학과사회 하이픈』 2021년 봄호, 75쪽.

작품 제목을 차용한 두 편의 동명이시가 등장하는데, 역시 넘버링은 하지 않은 채 아무렇게나 놓여 있다. 대부분의 시적 장면들은 알 수 없는 화면 캡처 이미지나 맥락을 알 수 없는 편집 영상의 일부처럼 이해할 수 없는 모습으로 던져지고 그 안에서 이루어지는 대화들은 도대체 누구에게 말하는 것인지 분명하지 않다.

그런데 어차피 누군가의 자아가 다중 자아이며, 일관적이거나 통합되는 것이 아니라는 것을 전제하고 나면 그들이 미지수와 같이 예측할 수 없고, 완전히 이해할 수 없는 상태로 존재하는 것은 절망스러운 일이라기보다는 당연한 일이 된다. 그저 부분적이고 단편적인 이해만이 가능할 뿐이고 그나마 그것이라도 얻기 위해 수많은 물음표를 품은 채로 그들의 주변을 배회하는 것만이 유일하게 할 수 있는 일이다. 「복도에서」에 나오는 수많은 분절적 대화들이 시적 화자가 알 수 있고, 경험할 수 있는 파편적 세계의 모습을 잘 반영하고 있는 것이라 하겠다. "우리는 대화를 나눴다고요. 잠깐이지만 정적이 흘렀고, 나는 이 사람 이야기를 더 잘 들으려고 고개를 앞으로 내밀었어요. 당신들은 노력했나요?"라는 시구절처럼 결국 할 수 있는 일이라고는 대화를 나누고, '이야기를 더 잘 들으려고' 노력하는 것밖에 없다.

이 시적 화자는 자신이 타인을 이해할 수 없는 것처럼 타인이 '나'를 이해할 것이라는 기대도 하지 않는다. "정말 나보고 하는 말이 맞는지 궁금했다. 캄캄했고 아무도 없는데 왜 갑자기 나타나서는 내게 친절한지 내게서 무엇을 보았는지 알고 싶었다"(「놀이터」)는 구절처럼 불가해한 타자가 나에게 다가와 잠시 만나는 동안 그가 나의 어떤 부분을 접했는지가 궁금할 뿐이다. 어차피 나의 멀티 페르소나 중 하나 혹은 그 일부일 뿐이므로 "어떤 모습이건 중요하지 않"은 것이다. 다만 "무엇을 보았는지"가 알고 싶고 시적 화자 역시 타인의 일부라도 발견하기 위해 "언제 시작되었는지, 끝났는지도 모를/대화를 엿듣"(「하늘의 푸른 빛」)는다.

이 시인에게 시는 "내가 들립니까?" "내가 보입니까?"(「교통사고」)라는 물음을 지속적으로 던지는 것과 비슷하다. 타자와의 소통은 "들었다는 사실만 기억할 뿐 당신에 대해 모릅니다"와 같은 고백으로 귀결될 뿐이지만 그래도 "당신과 친해지고 싶었습니다"라는 것이 속마음이라고 할 수 있다.

그러나 관계 맺음은 매우 어렵다. 이 시집의 해설에서처럼 "이 시에 등장하는 인물들을 또렷하게 각기 다른 인물들로 분리해서 생각하는 것을, 그들을 선형적인 시간 속에서 차례대로 배열하는 것을 불가능하게"⁴ 하는 구조 때문이다.

더욱이 '나'조차도 각각의 시편들 속에서 다른 존재로 계속 변주된다. 동일한 인물이라는 것을 확신할 수 없을 정도로 변화하는 '나'는 복수로 '나들'이라고 부르는 것이 더 정확하게 느껴질 정도로 서로 겹쳐지지 않는다. '나'는 계속해서 새로워지고 변할 수 있다. 그리고 시인은 "아직 태어나지 않은 나에 대해 고민하며"(「보푸라기」) 시를 쓴다.

---

4 강보원, 「여기서부터 다시 시작합니다」, 『한 사람의 불확실』 해설, 민음사, 2020, 145쪽.

원본 없는 이미지들과 분절된 장면들

　　최근 시들에서 '시각화'는 주목할 만한 현상 중 하나인데 대상과 재현 사이 연결이 끊어지고, 원본이 사라진 이미지들이 등장한다는 점에서 그렇다.

　현대의 경험들은 상당 부분 탈脫내러티브적이다. 멀티트랙과 다양체, 동시다발적으로 이루어지는 복잡성이 특징이며, 무엇보다 매우 시각적이다. 잘 구성된 서술보다는 이미지가 강조된다. 디지털 사본, 사진, 영상이 넘쳐나고 복사를 거듭하는 현대적 상황에서 어떤 대상을 재현하는 미메시스적 주체의 목소리는 점점 원형과 멀어져 각각의 복제물, 시뮬라크르만 남게 된다. 플라톤이 가짜 복사물로 가치가 없다고 말했던 시뮬라크르를 재해석한 들뢰즈는 모방된 '사본'을 원본과 구분해서 또 다른 실재로서의 자율성을 강조했다. 그는 자기동일성이 없고 지속적이지 않지만 원형을 벗어나 새로운 창조를 거듭하는 역동성으로 인해 인간 삶에 변화를 주는 사건을 시뮬라크르라고 규정했다.

　넬슨 굿맨이 "이미지는 세상에 대한 새로운 배치와 지각을 만들어내는, 세상을 만드는 방식"[5]이라고 한 말대로, 현대시에 나타나는 '원본 없는 이미지'들은 '원본'에서 가능한 벗어나 현실을 확장시키고 표현의 가능성을 넓히려 한다.

5　W. J. T. 미첼, 『그림은 무엇을 원하는가 : 이미지의 삶과 사랑』, 김전유경 옮김, 그린비, 2010, 141쪽.

시는 대상이나 상황에 대한 시인의 주체적 정서를 드러낸다는, 전통적인 정의에 따르면 시적 이미지에서 원본이 사라진다는 것은 시 속에 나타난 '주체'나 시적 대상인 '객체'에 대한 정의가 모두 변화함을 의미한다. "자아와 세계의 동일성"(김준오, 『시론』)에 균열이 생긴 이상 이는 불가피한 일이다. 주체와 객체 사이에는 좁힐 수 없는 거리가 생긴다.

이소호의 『캣콜링』(민음사, 2018)과 유진목의 『식물원』(아침달, 2018) 두 시집에서 모두 특이하게 나타나는 점은 이미지를 활용하고 있다는 것이다. 『식물원』에서는 다량의 사진이 직접적으로 쓰이고 있고, 『캣콜링』에서는 직접 보여주는 경우는 적지만, 다양한 방식의 시각적 효과가 실험되고 있다. 마리나 아브라모비치, 니키 드 생팔 등 여성 현대미술가들에게 영감을 받은 시편들과, 영화 제목을 차용해 오거나 영화적 기법을 도입한 시들, 타이포그래피를 활용하고 있는 시들은 매우 흥미로운데 다양한 시각적 이미지

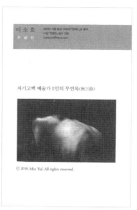

들을 적극적으로 도입하여 생생한 재현의 효과를 높이고 있기 때문이다.

왼편의 이미지는 『캣콜링』의 마지막 시인 「이경진, 〈행복한 부모에게 어떻게 우울증을 설명할 것인가(How to explain depression to happy parents)〉, 단채널 영상, 17,529시간, 2013년」이다. 이 시는 아예 시 자체가 시각문화 작품을 표방하고 있다. 마치 디지털 영상의 정지 화면, 비디오아트의 한 장면인 것처럼 제시되는 이 시는 위의 이미지처럼 전시회 도록의 한 컷인 듯 구성되어 있다. 물론 실제 존재하는 비디오아트 작품은 아니며 이 가상의 비디오아트의 작가로 되어 있는 '이경진'은 이소호 시인의 개명 전 이름이다. 이 작품을 통해 이 시집 전체를 관통하는 가족제도에 대한 깊은 불신의 정서를 보여주며 특별한 설명 없이 제목과 이미지만으로 시적 효과를 창출해내고 있다. 오른편의 이미지는 시집에 수록된 시는 아니지만 『창작과비평』 2019년 봄호에 실린 이소호의 시 「자기고백 예술가 1인의 무언록」이다. 이 시는 오로지 이 사진 한 장만을 제시하고 있다. '무언록'이라고 제목에 쓰고 있는 것처럼 언어를 의도적으로 제거하고 시각 이미지만을 전면적으로 내세운다. 원래의 작품이 존재하지만, 재사용되며 한 편의 시로 구성되는 과정에서 이미지는 원본과 멀어져 더 이상 원본의 지배를 받지 않고 독립성과 자율성을 획득한다.

그러나 『캣콜링』보다 원본 없는 이미지의 특징을 더 강하게 나타내는 것은 유진목의 시집 『식물원』이다. 이 시집의 특이한 점은 9쪽부터 49쪽까지 40쪽이나 되는 분량이 오래된 흑백사진으로만 가득 차 있다는 것이다. 어떤 설명도 없이 사진들은 오직 번호만 붙은 채 나열되어 있다. 시인과 주변인으로 짐작되지만 확신할 수 없는 사진 몇 장과 이해하기 어려운 사진 몇 장, 맨 마지막에 종려나무의 사진이 등장한다. 원본이 사라진 기억들은 맥락과 배경을 알 수 없는 사진들로만 남아 제시되는데, 시 아래에 아무 텍스트가 없어서 전혀 해명되지 않는다. 시집의 절반이 아무 설명도 텍스트도 없이 사진으로만 가득 차 있는 경우는 전례가 없는 일이다. 분명 표현된 대상은 있지만 그것이 주체와 동일시되지 않을뿐더러 연결점마저도 매우 모호해진다.

사진첩을 닫듯이 페이지를 넘기면 그때부터 사진이 끝나고 시가 시작된다. 시들에는 삼나무, 복숭아나무, 신나무, 망그로브, 디포리 등 식물의 이름이나 혹은 장소(염리동, 해변에서), 연도(1998년)가 덧붙여져 있으나 제목은 의미나 순서를 알 수 없는 숫자로 되어 있으며 기억과 식물이 뒤섞인 낯선 풍경들을 그리고 있다. 숫자들은 마치 영화의 각 신scene에 붙인 번호와 같지만, 만일 이것이 영화라면 내러티브가 전혀 없는 영화이기 때문에 숫자는 순차적으로 배열되어 연결되지 않는다. 즉, 제목이 아무 지시성을 갖지 않는 것이다.

장 보드리야르는 『시뮬라시옹』(1981)의 첫 문장에서 "시뮬라크르란 결코 진실을 감추는 것이 아니다. 진실이야말로 아무것도 존재하지 않는다는 사실을 숨긴다. 시뮬라크르는 참된 것이다"[6]라고

---

6   장 보드리야르, 『시뮬라시옹』, 하태환 옮김, 민음사, 2001, 9쪽.

썼다. 현대사회의 이미지는 점점 원본 없는 이미지들이 되어간다. 이미지가 존재 혹은 원본에 우선하는 사회가 도래한 것이다. 발터 벤야민은 기계 복제가 미술 작품의 아우라ᵃᵘʳᵃ를 붕괴시키며 정치적·해방적 기능을 갖게 되었다고 주목한 바[7] 있는데 보드리야르는 바로 이 원본과 복제의 구분 자체가 폐기되었다고 주장하며 그 과정을 시뮬라시옹이라 부른다. 유진목의 시에서 보여주는 시뮬라시옹들은 최초의 원형, 최초의 기억에서 가능한 한 멀어지려 한다. 유진목의 시 속에는 해명되지 않는 기억들이 파편적 이미지로 존재하는데 하나의 진실이란 가능하지 않다는 것을 보여주려는 듯 계속해서 변동하며 고의적으로 주석이나 설명을 배제하기 때문에 개연성을 찾아 맥락화할 수 없다.

유진목에게 시각문화의 영향이 크다는 것은 분명하다. 영상 기법의 도입은 유진목 시의 매우 중요한 특성으로, 시인 자신이 시의 장르를 빌려 쓴 시나리오와 같은 문법으로 창작한다는 것을 밝히기도 했다. 시각문화는 인터넷, TV, 영화, 미술 등 모든 시각 이미지를 포함한다. 몇 편의 단편영화와 뮤직비디오를 찍고 스크립터로 참여했으며 '목년사'라는 1인 제작사를 만들고 장편영화 시나리오를 쓰기도 한 특이한 이력을 가진 시인은 자신이 생각하는 감정이 "짧은 호흡으로 터지면 시가 되고, 긴 호흡으로 통제하면 시나리오가 된다"[8]고 말하기도 했다. 그 이전 시집에서부터 유진

7   발터 벤야민, 『발터 벤야민의 문예이론』, 반성완 옮김, 민음사, 2005, 202쪽.
8   백승찬, 「시집 '연애의 책' 출간한 영화인 유진목… "모든 작업은 시에서 출발"」, 경향신문, 2016. 6. 9.

목의 많은 시들이 시퀀스별로 분절되는 영화적 기법을 활용하고 있음을 찾아볼 수 있지만, 이 시집에서는 더 적극적으로 시각문화가 시적 표현을 위해 동원되고 있다. 유진목이『식물원』에서 시도하고 있는 것은 시각문화와 시가 겹쳐지며 그 경계가 모호해지는 지점을 보여주는 것이다.

유진목의 그다음 시집인『작가의 탄생』(민음사, 2020)은 영화적 특징이 더 강하게 나타난다. 신 또는 장면은 영화의 기본 구성단위인데, 유진목은 분절적인 장면을 시 속에 질서나 개연성 없이 흩어놓는 방식으로 삶과 세계의 혼란을 그대로 드러내는 다중 주체들을 보여준다.

파로키와 로스빙은 개의 이름인데, 이 시집에「파로키」라는 동명이시가 네 편,「로스빙」이라는 제목의 동명이시는 두 편 등장한다. 당연하게도 넘버링은 되어 있지 않고 각 시들이 보여주는 장면들에는 일관성도 순서도 없으며, 물론 개연성이나 인과관계도 없다. 파로키는 어떤 장면에서는 이미 죽었고, 어떤 장면에서는 멀쩡히 살아 있고, 사라지고 또 나타난다. 이 시집에는 1막부터 8막까지의 순서로 장이 배열되어 있지만 실제로는 아무 선형적 흐름이 존재하지 않는다. 심지어「할린」이라는 두 편의 동명이시에 등장하는 할린은 죽은 사람이라는 것 외에 누구인지 전혀 알 수 없다.

원본 없는 이미지들과 분절된 장면들은 다중적 주체의 발화와 함께 시가 '동일성'을 벗어나는 데 기여한다. 제목 없는 시 속에서 일부러 섞어놓은 이미지들처럼 앞뒤 맥락 없이 발화되는 목소리들은 분명 기억에 대해 말하고 있다는 것을 알 수 있지만 누구의 발화인지조차 모호하여 기억의 주체, 발화의 주체가 동일성을 벗어난다. '그'이거나 '나'이거나 '너'인 주체들은 밑도 끝도 없이 대사를 던지고, 끝을 맺지 않는다. "이건 당신이야?/모르겠어. 나인 것 같기도 하고 아닌 것 같기도 해 (……) 이건 당신이야?/이건 나이기도 하고 아니기도 해"(「34」)라는 시 속 대화는 한 개인의 다중 자아가 표출되는 모습을 보여준다. "나이면서 내가 아닌" 1인칭 목소리들은 이처럼 동일성을 적극적으로 거부한다.

하지만 여기에서 느끼는 시적 화자의 감정은 절망보다는 희망에 가깝다. 주체들의 만남은 일시적이고 서로의 기억과 경험과 대화는 끝없이 어긋나지만 "그래도 괜찮아. 너는 도착할 거고 나를 만나거나 만나지 못할 거야. 너는 배에서 내리면 돼. 바다가 끝나고 육지가 시작될 거야. 나는 있거나 없겠지만 너의 삶은 계속될 거야"(「시항」)라고 시인은 쓴다.

전환점과 새로운 좌표를 위하여

시에서 '인칭'과 '동일성'이 해체되고 원본 없는 이미지로 인해 주체와 객체 간의 연결이 끊어지는 것은 더 이상 자아와 세계가 동일성을 유지할 수 있는 세상이 아니라는 데 기인한 것도 있다. 우리가 고려해야 할 것은 2010년대 이후 사회적 문제들과 고통스러운 현실이 우리에게 준 절망감, 그리고 그것이 시에 미친 영향이다. 백은선의 시집 『가능세계』(문학과지성사, 2016)에 대한 해석을 주목할 만한데, "서사성이나 스토리구조가 의도적으로 분쇄되고 숱한 이미지들이 파편적으로 등장하는 장시 스타일 또한 세계에 대한 절망적 인식과 관련이 있다는"[9] 것이다. "세월호 이후 처음 등장한 세대의 첫 발화를 목격"하는 것 같다는 평가처럼 세상의 파탄과 절망의 극한에서 이미지나 서사의 응집은 불가능해진다. 자아는 분열되고 세계도 마찬가지다. 파탄의 세상에서 히스테리적 언어가 늘어나는 것은 어쩌면 자연스러운 일일 텐데, 시의 언어는 점점 더 자아와 멀어져 자기 분열적 목소리를 내기 시작했고 세상에 대한 인식도 한층 더 절망적인 것이 되어갔다.

최근 시 속에 나타나는 시뮬라크르들은 또한 진정성이 사라진 시대의 방증일 수 있다. 원본의 사라짐과 주체의 해체는 주체가 동일성을 유지할 수 없는 시대, 원본의 아우라가 사라질 수밖에 없는 시대라는 사실을 의미하기도 한다. 사회학자 김홍중은 현대를 '진정성'이 와해되어버린 시대로 본다. 그의 표현에 따르면 "포스트–진정성 체제"로 진입한 것인데 "비판적·내면적·성찰적인 주체, 사회적 연대와 공적 체험의 능력을 가진" '인간'을 형성시키는 시대정신이 그가 말하는 진정성[10]이다. 진정성이 사라진 시대에 시인이 느끼는 무력감을 박상수는 무력하면서도 전능한 느낌이라고 표현했다. 무력감을 드러내면서도 다른 한편으로는 아무

---

9 김소연·김영찬·백지연, 「이 계절에 주목할 신간들」, 『창작과 비평』 2016년 여름호, 442쪽.
10 김홍중, 『마음의 사회학』, 문학동네, 2009, 20~58, 132~133쪽 참조. 그는 이런 사회 안에서 '역사적 의미에서' 인간적인 내용을 박탈당한 채 살아가는 사람들의 인생을 코제브의 용어를 빌려 '동물적인 삶'으로 불렀다

것도 하지 않기를 '선택'함으로써 무능감이 전도된 형태의 전능감을 드러내고 있다[11]는 것이다.

더 이상 자아가 동일성을 유지할 수 없고, 서사성이나 이야기성을 유지할 수조차 없는 시대에 '절규'해야 하는 시적 주체는 더 이상 현실을 재현하기를 포기하고 자기 자신에게서 언어가 흘러나가는 것을 그대로 놔두고 있다. 말하자면 세계의 가장자리에 서서 혼돈의 세상을 지켜보는 채로 무 앞의 글쓰기를 계속하고 있는 것이다. 이러한 무력감을 끝내고, 가짜 전능감이 아닌 진짜 '힘'으로 바꾸어놓기 위해 우선적으로 확보되어야 할 것은 이미 우리가 잃어버린 지 오래인 '진정성'일 것인데, 이전 시대에 시의 진정성을 확보하게 해주었던 외부의 적도 압력도 사라진 현재 상황에서 새로운 열정을 불러올 수 있는 것은 무엇일까?

무언가가 새로 만들어지기 위해서는 새로운 것이 태어날 수 있는 가능성이 확보되어야 하고 그 잠재성이 발견되고 확대될 수 있는 빈자리가 필요하다. 그러려면 폐쇄성이 아닌 개방성이 있어야 하고, 변화를 이해하고 생각과 판단의 준거를 바꾸려는 시도가 요구된다.

최근 몇 년간의 사회의 큰 사건들 속에서 공통적으로 문제되어 온 것들은 대개 '위계'와 관련되어 있었다. 최근 시 속에서 탈주하는 주체들은 탈위계적이며 다층적인 층위를 보여준다. 위계의 해

---

11 박상수, 「2010년대 시인들의 무기력 혹은 무능감」, 『현대문학』 2015년 3월호, 350~376쪽 참조.

체나 탈중심화는 개인과 공동체의 개방과 다원성을 불러오고 잠재된 가능성을 확대시킨다.

중요한 것은 새로운 변화를 새롭게 읽어야 한다는 점이다. 어떤 전위성이나 기존 문학적 전통의 전복을 시도한 것이라고 보는 것은 기존의 방식으로 변화를 읽는 방식이다. 최근 시들에 나타나는 다중 주체, 다중 자아는 '자기$^{the\ self}$'에 대한 새로운 시대의 인식 변화에 있다는 사실을 고려할 필요가 있다.

현대적 개인은 일관적이지도 불변적이지도 않은 특이한 존재로 다원적이고 다변적인 관계 속에 자리하고 있다. 관측과 예상이 가능한 지속적이고 단일한 주체라는 개념이 더 이상 기능하지 않는 현실에서 '자기다움'을 실현시켜야 할 최종 목적지로서의 '자기'라는 것을 상정하고 하나의 인격체로 통합될 수 있어야 한다는 정언명령이 유효하지 않게 되는 것이다. 그렇게 되면 다중 자아는 억압되거나 하나로 통합되어야 할 부정적인 것이 아닌, 다양한 정체성을 표출할 수 있는 긍정적인 것이 된다.

그러나 수많은 '부캐'를 가졌다고 해도 그중 '본캐'는 존재한다. 다만 이 '부캐'들이 '본캐' 안에 통합되어야 하거나, 그 과정에서 특정 '부캐'가 배제될 필요는 없다. 또한 내 부캐들의 다양한 모습이 각각 나의 어떤 면을 반영하고 있는가를 생각하는 과정에서 '본캐'를 찾을 수 있게 해주기도 하고 이전과는 다른 방식의 자기 인식을 가능하게 한다.

이 과정에서 단일한 '자기다움'이란 존재하지 않기 때문에 사회가 규정하는 대로 살아가야 한다는 강박이나 특정한 모습이 되어야 한다는 사회적 강요 모두 무용한 것이 되어 효력을 잃게 된다. 부캐들은 각각 나름의 방식으로 '자기다움'을 발현한다. 동일성으로부터 벗어나는 오늘의 시는 생성과 변화 속에서 고정된 정체성 대신 잠재성을 택하며, 잡음과 자유로움 속에서 새로운 진정성을 획득하려 하고 있다.

물론 이러한 시도를 하고 있는 많은 시인들이 이제 자기 작품 세계를 만들어가고 있는 신인들이며, 무르익기 위해서 더 시간을 가져야 한다는 것은 사실이고 앞으로 어떻게 나아가게 될지 더 지켜볼 필요도 있을 것이다. 그러나 이러한 새로운 흐름들이 생겨나며 물결의 방향을 바꾸고 있다는 사실 자체에 주목하고 싶다. 시의 좌표는 계속해서 유동하고 있다.

어떤 독서법 – 감정적 읽기
: 이원하, 『제주에서 혼자 살고 술은 약해요』

박윤영

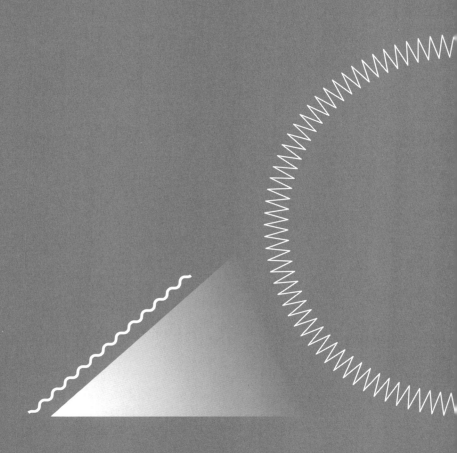

1

    소명출판에서 반품과 재고 도서를 보관하는 비용을 줄이고자 10톤 트럭 서너 대 분량의 책을 파쇄하기로 결정했다는 사실은 읽히지 않는 책이 '폐지'가 될 수밖에 없는 현실을 극명하게 보여준다.[1] 글을 쓰고 그것을 책의 형태로 출간하는 일은 일종의 소통 행위인 동시에 경제 행위라는 전제하에서 책의 판매량은 소통의 가능성을 가늠해볼 수 있는 지표가 되는 동시에 작가의 경제적 목적을 달성하게 하는 합리적 수단이 된다. 글을 써서 생계를 유지할 수 있다는 것은 자본주의하에서 작가로서 존립할 수 있는 최소한의 조건이 된다는 점에서 무엇보다 중요하다.

    가라타니 고진의 '근대문학의 종언'을 굳이 언급하지 않더라도 문학의 영향력은 이전 시대에 비해 약화되고 있으며, 한국문학 역시도 침체된 분위기 속에서 별다른 돌파구를 찾지 못하고 있다. 일군의 스타 작가들에 의해 명맥을 유지하고 있기는 하지만 한국

---

[1] 김보관, 「소명출판 "10톤 트럭 서너 대 분량 파쇄…" 도서정가제 속 판매도, 보관도 어려운 재고 도서」, 뉴스페이퍼, 2020. 10. 24.

문학이 독자 대중의 관심으로부터 멀어졌다는 사실을 부정하기는 어렵다. 그리고 이러한 현상은 소설보다 시의 경우 더 두드러진다. 『세계의 문학』 『21세기 문학』 등 전통 있는 문예지가 폐간되고 『릿터』 『문학3』 『웹진 비유』 등 새로운 플랫폼에 기반한 문예지가 등장한 사건은 이른바 읽히는/팔리는 문학에 대한 문단 내부의 고민을 보여준다. '독자와의 만남/소통'이라는 타이틀하에 진행되는 각종 문학 행사들 역시 (구)독자를 확보하려는 노력과 무관하지 않다.

　시의 경우, 낭독회나 창작 소모임 등을 통해 어떤 장르보다도 활발하게 독자와의 소통을 시도하고 있는 듯 보인다. 그러나 '시/에세이' 분야에서 시집이 20위권 안에 드는 일이 좀처럼 드물다는 사실은 문제의 양상이 좀 더 복잡하다는 것을 의미한다. 결국, 텍스트를 벗어나 좀 더 친숙한 관계 맺음을 위해 오프라인에서까지 만남을 도모해야 한다는 사실은 역설적으로 또 다른 차원에서 문학/시라는 장르가 지닌 폐쇄성을 드러내는 셈이 된다. 이러한 상황에서 이원하의 첫 시집 『제주에서 혼자 살고 술은 약해요』(문학동네, 2020)가 출간 직후부터 반향을 일으키며 한 달 반여 만에 7쇄를 찍는 등 1만 부 넘게 팔렸다는 사실은 주목을 요한다.

　이러한 고무적인 현상을 어떻게 이해할 수 있을까. 김정빈은 등단작에서 "모든 독자가 구체적인 언어로 시를 이해하는 것은 아니"라고 말한다. 대부분의 대중 독자의 경우, "시를 읽는 순간 떠올린 이미지"와 "알 수 없는 직관" 또 "형용할 수 없는 감동"으로 시를 이해하는 경우가 더 많다는 것이다.[2] 김정빈의 주장에 따르면, 대부분의 독자는 시를 읽는다기보다는 느끼며 이 과정에서 읽는 행위와 느끼는 행위는 분리되지 않는다. 이 같은 김정빈의 지적은 작품을 숭배하다시피 하며 거의 신성시해온 이전 세대의 독서법과는 확연히 대별되는 것이며, 문학의 가치나 상품성이 작품의 주석적 해석이나 그것의 축적을 통해 형성된 의미 체계가 아닌 다른 곳에 있을 수도 있음을 암시한다. 이는 이원하의 약진을 설명하는 데 있어 하나의 중요한 참조점을 제공한다.

2

시를 읽는 행위가 무엇인가를 느끼는 행위와 크게 다르지 않다면, 시를 읽는다는 것은 사회적으로 구성된 어떤 감정을 공유하는 행위이거나 특정한 감정 자체를 사회적으로 구성하는 행위가 된다. 거시적 차원에서 감정[emotion]은 어떤 사회적 결과를 만들어내는 동기로 작용하며, 주변 환경과의 관계를 지속 또는 변형시킨다. 즉, 감정은 신체적 표현 형태를 가지고 있으면서도 사회적으로 구성되는 것으로, 그 표현 방식 역시도 사회적으로 관리되고 통제되며 신체와 사회 모두의 산물이면서도 그 어느 하나로 환원되지 않는 관계적 속성을 지니고 있다.[3]

---

2 김정빈, 「이 시대의 독법 : 팔리는 문학에 대한 고찰」, 세계일보, 2020. 1. 3.
3 이안 버킷, 『감정과 사회관계』, 박형신 옮김, 한울아카데미, 2017.

시집을 구매하는 행위는 일종의 소비 행위로, 감정은 시집이라는 하나의 상품을 구매하는 행위에도 영향을 미친다. 우리가 의식적·무의식적 차원에서 상품에 부여하는 의미들은 사회적 경험이나 개인적인 전기와 기억, 문화적 신화와 공상의 산물이라고 할 수 있다. 소비사회학이나 소비심리학에서는 물질적 대상이 특정한 페르소나(자아)를 구성하고 표현하기 위해, 또 하위문화 집단의 공동체 의식을 형성하는 데 이용되고 있음을 지적한 바 있다. 디트머에 따르면, 소비재는 '정체성의 물질적 상징'이다. 그러므로 우리가 상품을 선택하고 사용하는 행위는 진정한 자아를 확인하고 그것에 정성을 쏟는 과정이라고 할 수 있다. 가령 의복이 자아표현의 수단으로 기능하듯이, 시집이라는 오브제는 누군가에게는 주체성을 표현하는 중요한 도구가 되기도 한다.[4]

특정 물건을 선택해 구입하기까지 가장 큰 영향을 미치는 것은 사물의 이미지에 대한 우리의 인식이다. 소비의 과정에서 우리는 우리가 다른 사람들에게 보여주고 싶어 하는 자신의 이미지가 무엇인지, 또 스스로가 어떤 존재인지를 확인하게 된다. 캠벨은 소비 경험 전반을 쾌락주의와 관련짓는데 그에 따르면 대부분의 사람들은 특정 물건을 소유함으로써 발생하는 어떤 즐거움 때문에 소비를 감행한다. 이 즐거움은 대상이나 경험을 획득하거나 소비하지 않더라도 자신을 특정 물건의 소비 주체로 상정하는 상상의 과정에서 발견되기도 한다. 때때로 현실은 이 같은 공상이 주는

---

4 데버러 럽턴, 『감정적 자아』, 박형신 옮김, 한울아카데미, 2016, 258~262쪽.

즐거움에 미치지 못하기도 하고, 결국 실망스러운 경험만을 안겨 주기도 한다. 결국 소비는 즐거움뿐만 아니라 환멸, 슬픔, 절망까지도 포함하는 광범위한 감정의 스펙트럼을 지닌다.

한편, 출판사의 홍보 전략이 대량 생산된 책이라는 물건에 감정적 의미를 부여하는 데 중요한 역할을 하는 것은 사실이나 그것은 독자가 책과 상호작용하는 방식의 일부일 뿐이다. 독자는 다양한 형태의 미디어와 플랫폼, 타인과의 관계, 교육, 직장, 유행 등을 통해 구성된 감정을 상품의 이미지에 결합한다. 즉, 사람들은 사물을 구입해 사용하면서 그것들을 의인화하고 변형하는 '전유'의 과정을 거치는 것이다. 이 과정에서 특색 없는 물건은 의인화된 물건으로 변형되고, 이는 개인이나 세대의 주체성 형성의 중요한 부분을 담당하게 된다.[5]

3

일반적으로 대중 독자가 책을 구매하는 데 가장 큰 영향을 미치는 요소는 무엇일까. 아마도 북 디자인과 책 제목 정도가 아닐까 싶다.[6] 표제 시이기도 한 '제주에서 혼자 살고 술을 약해요'라는 시집의 제목은 다섯 어절만으로도 독자에게 다양한 정서적 감흥을 불러일으킨다. 우선, '제주에서'라는 첫 어절을 살펴보자.

5   같은 책, 263~277쪽.

한국문학에서 제주는 유배의 땅으로, 또 이데올로기의 대립과 국가 폭력의 상처를 상징하는 공간으로 반복적으로 재현되었다. 그러나 이제 제주는 세속(도시)과 대별되는 공간으로서 우리 시대의 '무진霧津'으로 기능하고 있다.

「무진기행霧津紀行」은 1963년 『사상계思想界』에 그때 그 잡지의 문화 담당이던 한남철의 하명으로써 실린 작품이다. 그해 2월, 나는 학점 미달로 대학교 졸업을 못 하고 한 학기 더 다녀야만 하게 되어서 몹시 우울했다. 9월에 시작되는 2학기에 등록을 하기로 하고 일단 휴학계를 내고 고향으로 내려가서 이불을 뒤집어쓰고 소설이나 끄적이며 지냈다. 그때 문득 든 생각은 '왜 나는 서울에서 실패하면 꼭 고향을 찾는가' 하는 것이었다. 그 한 줄의 생각이 이 작품의 모티브이다. 그러나 지극히 개인적인 체험만 가지고 보편성을 가져야 하는 소설을 쓴다는 것은 이만저만 뻔뻔스러운 짓이 아닌 것 같아서 그 한 줄의 생각을 내 바로 앞 세대에 속하는 이들의 한 가지 특징이라고 내가 생각하고 있는 도피주의逃避主義, 그 행동양식行動樣式에 결부시켜 소설로 형상화形象化해 보려고 한 것이 이 작품이다.[7]

---

6 김정빈은 이 시대의 독자 대중이 독서하는 이미지 자체를 욕망하고 그것을 구매하려 한다는 사실을 지적하는데, 가령 각종 굿즈와 함께 판매되는 잘 디자인된 신 도서류의 출현은 이러한 변화를 잘 보여준다. 하나의 물성 미디어로서 존재하게 된 책은 책이라는 매체가 지닌 매력을 극대화하는데 집중한다. 김정빈, 앞의 글.

7 김승옥, 『뜬 세상에 살기에』, 지식산업사, 1977, 168쪽.

김승옥은 「무진기행」의 창작 동기를 '왜 나는 서울에서 실패하면 꼭 고향을 찾는가'라는 한 줄의 생각에서 찾고 있다. 그는 이러한 자신의 생각이 너무나 개인적이라고 판단한 나머지 소설적 보편성을 획득하고자 '도피주의'라는 행동 양식을 덧붙인다. 김승옥의 술회에 따르면, 한 대학생 작가의 개인적인 우울은 전후세대의 무기력과 결부되어 사회적인 것으로 분화된다. 그러나 애초에 서울에서의 실패를 고향에서 위로받고자 하는 심리 자체가 꼭 개인적인 것만은 아닐지도 모른다.

김승옥의 소설 「누이를 이해하기 위하여」(1963)나 「무진기행」 (1964) 등에서 '고향'은 도시와 대조되는 자연적인 공간으로 그려지며 도시적 생활 방식에 환멸을 느끼거나 좌절한 이들이 언제든 되돌아갈 수 있는 곳으로 형상화된다. 고향에 대한 이러한 재현 방식은 황석영의 「삼포 가는 길」(1973)이나 이문구의 『관촌수필』 (1972~1977) 등에서도 반복적으로 발견된다. 특히, 이문구의 소설에서 고향은 도시적 삶이 잃어버린 윤리적·도덕적 가치관까지도 내포하고 있는 이상적인 공간으로 미화되어 나타나기도 한다. 이처럼, 1960~1970년대 소설이 고향이라는 공간에 대해 지니고 있는 감정 구조는 사회적인 성격을 띠며, 이는 '서울살이'에 지친 독자 대중의 폭넓은 공감을 이끌어낸다.

시인은 왜 하필 제주에서 살며 시를 쓰게 되었을까. 이국적인 풍광을 갖춘, 도시에서 가장 멀리 떨어진 곳인 제주는 우리 세대에게 '힐링의 성지'가 된 지 오래다. '힐링'은 제주와 가장 가까운 단어로 자연, 여행, 휴식, 멈춤, 자유, 안식, 비경쟁, 느림, 돌아봄, 연대,

환대 등 도시적 생활 방식과는 대비되는 거의 모든 것을 포괄하는 다채로운 의미망을 지니고 있다. '#힐링'이라는 해시태그로 인스타그램을 검색해보면, 무려 1374만 개의 게시물이 검색되는데, 이는 이 시대가 얼마나 힐링을 원하고 있는가를 직접적으로 보여준다. 또한 톱스타 이효리가 불러온 '제주살이' 열풍은 친환경적이며 비/탈자본주의적인 새로운 삶의 방식을 고민하게 하는 계기가 되기도 했다.

이원하의 고백에 따르면, 등단작이기도 한 「제주에서 혼자 살고 술은 약해요」의 원제는 '혼자 살고 술은 약해요'였다고 한다. 시인은 뽑히기 위해, 또 특별하게 보이기 위해서 나중에 '제주에서'를 덧붙였다고 밝힌 바 있다.[8] 그렇다면, 시인의 의도는 적중한 셈이다. 도시/제주라는 이원적 대립 구도는 그것이 허상이든 아니든 도시적 삶에 지친 현대인의 감정 구조가 만들어낸 결과물로 보는 것이 타당할 것이다. 이원하의 시집에서 가장 첫머리에 놓인 제주라는 기표는 이 시대가 갈망하는 치유의 욕망을 거의 즉물적으로 매개한다는 점에서 일차적으로 독자 대중의 관심을 불러일으켰을 가능성이 크다.

시인은 이 제주에서 '혼자 살고' 있다. 시인의 삶의 방식은 사회학적으로 '1인 가구'나 '나홀로족' 정도로 규정되며, 자발적으로 활동하며 혼자 활동하고 즐기는 삶을 추구한다는 점에서 '나홀로족'에 가까워 보인다. 이러한 가정하에 이 시집의 제목을 다시 읽

---

8 구둘래, 「이원하 시인 '제주에서 혼자살고 술은 약해요'」, 『한겨레21』, 2020. 4. 24.

어보면, 시인/시적 주체는 '혼여(혼자 여행)' 중이며, 술은 약하지만 '혼술(혼자 술 마시기)'을 즐기는 사람 정도로 구체화된다. 제주에서 혼자 산다는 이원하의 시적 주체들은 자연 속에서 머물며 오로지 마음의 문제에만 골몰한다.

유교적 가족주의가 팽배한 전통적 농경사회에서 개인은 윤리적·경제적인 이유로 소거되었으며, 30년 가까이 지속된 군부독재는 전체주의나 집단주의를 내재화하는 계기가 되었다. 한국 사회에서 혼자서 무엇인가를 한다는 것 자체는 꽤 오랫동안 금기시되거나 부정적인 것으로 간주되었다. 그러나 이제 혼자 살기는 하나의 문화적 현상으로 자리 잡고 있다. '혼자서'의 첫 글자인 '혼-'이라는 접두어/약어의 빈번한 사용은 집단을 우선시했던 한국 사회가 각 개인의 특성을 중요시하는 사회로 변하는 과정에 접어들었다는 사실을 의미한다. 이러한 변화는 디지털 문화를 체화한 Z세대를 중심으로 더욱더 확산되고 있다.

1990년대 중반에서 2000년대 초반에 태어난 Z세대는 디지털 환경에서 성장한, '디지털 네이티브'라 할 수 있다. 디지털 환경에 익숙한 Z세대의 등장은 나홀로족의 출현과 밀접한 관련이 있다. 이들은 스마트폰이나 SNS를 통해 거의 시공간의 제약을 받지 않고 다양한 사람들과 교류하며 느슨한 관계를 유지한다. 즉, 디지털 환경은 혼자이되, 혼자이지 않은 상태를 가능하게 한다. 10대 후반에서 20대 중반에 해당하는 Z세대는 타인과의 관계에 집중하기보다는 오로지 나를 위한 시간을 즐기며, 자기 자신의 행복과 안정을 지키는 일이 무엇보다도 중요하다고 생각한다. 이들에게 혼자 살

기란 주체적이며, 자유로운 삶의 방식을 스스로 선택한다는 의미
이다. 이와 관련하여 김보경이 이원하의 시에서 "한 청년 여성의
자기 돌봄과 자기 재현의 욕망"[9]을 발견해낸 것은 타당하다.

4

　　이원하의 시집에 수록된 첫 번째 작품은 표제 시이기도 한
「제주에서 혼자 살고 술은 약해요」이다. 이 시는 이원하의 시집을
구매하려는 독자들이 처음으로 접하게 될 시일 가능성이 높다는
점에서 중요한 의미를 지닌다.[10] 가령, 오프라인 서점에서 시집을
구입하려는 독자라면 서가에서 표지와 차례를 넘긴 후 아마도 앞
부분에 실린 몇 편의 시를 훑어보게 될 것이다. 이때 가볍게 읽어
넘긴 한두 편의 시는 시집 전체의 인상을 좌우하는 동시에 소비자
로서 존재하는 독자가 최종적으로 시집의 구매 여부를 결정하는
데 큰 영향을 미친다. 온라인 서점에서 책을 구입하려는 독자라
하더라도 출판사에서 제공한 홍보 자료를 통해 이 시의 전문을 접
하게 될 확률이 높으므로 구매를 결정하는 데 있어 이 시가 지니
는 중요도는 달라지지 않는다.

9　김보경, 「'하는' 여성들」, 『문학동네』 2020년 가을호, 2020, 112쪽.
10　이 글은 한 명의 독자가 이원하에 대한 정보 없이 시집을 구매하게 되는 과정을 상상하
　　고 있다.

유월의 제주

종달리에 핀 수국이 살이 찌면

그리고 밤이 오면 수국 한 알을 따서

착즙기에 넣고 즙을 짜서 마실 거예요

수국의 즙 같은 말투를 가지고 싶거든요

그러기 위해서 매일 수국을 감시합니다

나에게 바짝 다가오세요

혼자 살면서 나를 빼곡히 알게 되었어요

화가의 기질을 가지고 있더라고요

매일 큰 그림을 그리거든요

그래서 애인이 없나 봐요

나의 정체는 끝이 없어요

제주에 온 많은 여행자들을 볼 때면

내 뒤에 놓인 물그릇이 자꾸 쏟아져요

이게 다 등껍질이 얇고 연약해서 그래요

그들이 상처받지 않았으면 좋겠어요

앞으로 사랑 같은 거 하지 말라고

말해주고 싶어요

제주에 부는 바람 때문에 깃털이 다 뽑혔어요,
발전에 끝이 없죠

매일 김포로 도망가는 상상을 해요
김포를 훔치는 상상을 해요
그렇다고 도망가진 않을 거예요
그렇다고 훔치진 않을 거예요
나는 제주에 사는 웃기고 이상한 사람입니다
남을 웃기기도 하고 혼자서 웃기도 많이 웃죠

제주에는 웃을 일이 참 많아요
현상 수배범이라면 살기 힘든 곳이죠
웃음소리 때문에 바로 눈에 뜨일 테니깐요

　　　　　　　　　　　　　—「제주에서 혼자 살고 술은 약해요」 전문

　우리가 이렇게 많은 비밀을 알아도 괜찮은 것일까. 이 시는 '나'
에 대한 발화들로 가득 차 있다. 시적 주체는 "수국"이 지닌 물성
을 사랑한다거나 "화가의 기질"을 가졌다든가 하는 조금은 사소
하고 특별한 사실들을 나열함으로써 누군지 모를 사람들에게 자
신에 대해 설명하기를 즐긴다. '나'의 이야기를 좀 더 들어보면, 그
는 자신의 내면을 들여다볼 줄 알며, "애인이 없"고, 사랑에 다소
비관적인 태도를 지닌 사람이다. 그리고 '나'는 결정적으로 술이
약하다. 이 모든 진술들은 '나'가 자기 자신에 대해 도무지 숨길 줄

모르는 솔직한 사람일 것 같다는 느낌으로 향한다. 이처럼 이원하는 굳이 말하지 않아도 될 사소한 취향이나 심리 상태, 개인적인 기질, 개인사 등을 밝히는 방식으로 시적 주체를 재현해낸다.

시적 주체가 '나'에 대해 자세히 말함으로써 스스로를 드러내는 방식을 택한 것은 그것이 다른 어떤 방식보다도 '진정성'이라는 태도를 담보하기 때문이다. 시인은 자기 스스로를 투명하게 드러냄으로써/드러낸다고 강조함으로써 피상적일 수밖에 없는 독자와의 관계 맺기에서 최소한의 신뢰성을 확보한다. 이원하에게 계산하지 않은 솔직함은 가장 큰 무기이자 자부심의 근원이다.[11] 솔직함이라는 서술 태도를 끝까지 밀어붙이려는 시인의 윤리 의식은 시집과 짝패를 이루는 산문집 『내가 아니라 그가 나의 꽃』(달, 2020)의 출간으로 이어진다. 시적 주체를 통해 간접적으로 발화할 수밖에 없는 시인과 달리 에세이스트는 자신을 화자와 일치시킴으로써 한층 순도 높은 진정성을 담보할 수 있게 된다.

진정성의 어원은 '온전한 힘을 소유하다(to have full power)'라는 의미의 그리스어 'authenteo'에서 찾을 수 있다. 진정성을 의미하는 독일어 'eigentlichkeit'가 주체적인 태도를 뜻한다는 점을 고려하면 진정성이란 자기 자신에 대한 온전한 힘을 소유하는 것 혹은 그러한 태도와 관련됨을 알 수 있다.[12] 현대 심리학에서는 진정성

---

11 산문집 『내가 아니라 그가 나의 꽃』을 발간한 직후, 시인은 한 인터뷰에서 "진짜 솔직하게 썼는데, 그거 하나는 자부심이 있"다고 말한다. 선명수, 「'시라는 고정관념을 발로 차는 시인' 이원하… 이번에는 산문집 〈내가 아니라 그가 나의 꽃〉 출간」, 경향신문, 2020. 7. 6.

을 두 가지 개념으로 설명하는데, 첫째는 사회적 게임에 얽혀 있는 자신을 되찾아 흐름에 따라 살면서 내면의 진짜 자기를 찾는 행위이며, 둘째는 자신의 모든 행위를 통해 진짜 자기를 표현하는 것이다.[13] 이원하의 시적 주체들은 외부와의 연관을 끊고 오로지 내면의 목소리에 귀를 기울인다. 그리고 내적 법칙에 의해 존재하는 자연만을 그의 유일한 대화 상대로 삼는다. 그러니까 진정성의 측면에서 이원하의 시는 진짜 자기를 현시顯示하려는 행위이자 자연과 가장 가까운 곳으로 여겨지는 제주의 리듬 속에서 스스로를 회복하려는 시도라 할 수 있다.

그러나 현대사회에서 개인이 진정성을 유지하는 것은 거의 불가능한 일에 가깝다. 급변하는 사회구조와 시시때때로 틈입하는 사회적 억압과 욕망들은 개인이 온전한 자기로 존재하는 것을 어렵게 하기 때문이다. 이원하의 시는 이러한 맥락 속에서 쓰이고 읽힌다. 특히, 이전 시대의 가치관이나 관습, 가르침 등에서 탈주하여 오롯이 '나' 자신이 되고 싶다는 세대론적 갈망은 이 시가 사회적 감정과 결부되어 강력한 자기 재현의 메시지로 기능하는 데 기여한다. 우리 세대에게 진정성은 참됨, 진짜, 꾸밈없음, 진심, 고유함, 솔직함, 진실함 등의 의미로 통용되며 신뢰나 믿음, 감동 등의 감정을 유발한다. 또한 진정성은 신념과 취향, 이해관계의 차이를 떠나 어떤 작품의 탁월성을 평가하는 절대적인 시적 지표로

12　김예실·이희경, 「진정성에 대한 고찰」, 『인간이해』 제31권 2호, 서강대학교 학생생활상담연구소, 2010, 2~3쪽.

13　같은 글, 4~7쪽.

작용하기도 한다.[14] 독자는 한 편의 시를 읽는 짧은 순간에 이 모든 것들을 느끼고 경험하며 시적 주체와 자신을 동일시하거나 동경한다.

한편, 이 시의 시상 전개 방식을 살펴보면, 자기 재현의 목소리와 더불어 불특정 독자를 향한 유혹의 목소리가 거의 반복적으로 교차되어 나타난다는 사실을 발견할 수 있다. 가령, 수국을 좋아한다고 말하다가 갑자기 "나에게 바짝 다가오"라고 요구한다거나 자신의 기질에 대해 늘어놓은 후 "바로 눈에 뜨일 만큼" "나의 정체는 끝이 없"다는 자신감을 드러낸다거나 하는 등의 모습은 독자를 당황시키면서도 왠지 모를 기대감을 유발한다. 이 같은 의도적인 자기과시는 SNS의 자기 재현 방식과 유사하며, 자신에게 다가설 것을 요구하는 시적 주체의 발화 역시 '팔로우follow – 팔로워follower'의 관계 맺음을 통해 이루어지는 SNS의 소통 방식을 연상시킨다.

편지 같기도 하고 일기 같기도 한 서술 방식은 소통의 가능성을 증폭시키는 데 기여한다. 소셜미디어를 통해서 형성된 인간관계가 나홀로족에게 우울감이나 고립감을 느끼지 않고 계속해서 혼자 생활할 수 있도록 심리적 안정감을 부여하듯이, 시인에게는 시 쓰기가 그러한 역할을 한다. 그러니까 시인은 독립적이되 고립되지 않기 위해서 시를 쓰고 그것을 통해 소통하려고 애쓴다. 가령,

14 정현종, 「진정성, 시적 탁월성의 지표 : 또는 진정성의 연금술」, 『인문과학』 제66집, 연세대학교 인문과학연구소, 1991.

「시인의 말」에서 자신의 시를 "편지 아닌 편지"(5쪽)라고 지칭한다거나 "혼자 살고 술은 약하다는 말은 사실 구조 요청 메시지"[15]였다는 시인의 고백은 이 같은 추측에 힘을 실어준다. 이원하의 시는 정보 기술에 대한 이해를 바탕으로 정보를 해독하고 자신의 생각을 표현하는 데 익숙한 미디어 리터러시 세대에게 더욱 친숙한 느낌을 준다.

> 하도리 하늘에
> 이불이 덮이기 시작하면 슬슬 나가자
> 울기 좋은 때다
> 하늘에 이불이 덮이기 시작하면
> 밭일을 하는 사람은 아무도 없을 테니
> 혼자 울기 좋은 때다
>
> 위로의 말은 없고 이해만 해주는
> 바람의 목소리
> 고인 눈물 부지런하라고 떠미는
> 한 번의 발걸음
> 이 바람과 진동으로 나는 울 수 있다
>
> 기분과의 타협 끝에 오 분이면 걸어갈 거리를

---

15 선명수, 앞의 글.

좁은 보폭으로 아껴가며 걷는다
세상이 내 기분대로 흘러간다면 내일쯤
이런 거, 저런 거 모두 데리고 비를 떠밀 것이다

걷다가
밭을 지키는 하얀 흔적과 같은 개에게
엄살만 담긴 지갑을 쥐버린다
엄살로 한 끼 정도는 사먹을 수 있으니까
한 끼쯤 남에게 양보해도 내 허기는 괜찮으니까

집으로 돌아가는 길

검은 돌들이 듬성한 골목
골목이 기우는 대로 나는 흐른다
골목 끝에 다다르면 대문이 있어야 할 자리에
거미가 해놓은 첫 줄을 검사하다가
바쁘게 빠져나가듯 집 안으로 들어간다
　　　　　—「여전히 슬픈 날이야, 오죽하면 신발에 달팽이가 붙을까」 전문

　시집에 수록된 두 번째 작품인 「여전히 슬픈 날이야, 오죽하면 신발에 달팽이가 붙을까」에는 울고 있는 화자의 모습이 나타나 있다. "하늘에 이불이 덮이기 시작"하면 화자는 밖으로 나갈 차비를 한다. 비 오는 날에는 밖에서 일하는 사람이 없기 때문에 화자

는 온전히 혼자가 된다. 화자는 이런 "울기 좋은 때"를 놓치지 않는다. 비 내리는 제주에서 울며 걷는 화자의 모습은 마치 뮤직비디오의 한 장면처럼 기시감이 들면서도 낯설다. 이 장면이 슬픔이나 절망감을 재현하는 대중문화의 전형적인 클리셰와 닮아 있음에도 신선하게 다가오는 까닭은 이것이 "하도리"라는 곳에서 실제 일어나고 있는 일처럼 느껴지기 때문이다.

이원하의 시에서 비 내리는 제주의 풍광은 그 자체로 울음이 된다. 거리를 활보하는 제주의 울음은 가만한 도시의 울음과는 선명한 대비를 이룬다. 도시에서 감정은 늘 주워 삼켜야 하는 은폐의 대상이거나 감내해야 하는 노동 행위일 뿐이다. 비 내리는 날을 기다려 마음껏 거리를 활보할 수 있는 울음 따위는 도시에 존재하지 않는다. 그러나 이 시에는 어떠한 사실보다도 울고 싶다는 화자의 심리가 전경화되어 나타난다. 제주에서는 그 무엇도 울고 싶은 화자의 마음을 억압하지 않음으로써 화자는 비와 구름, 바람과 더불어 부지런히 자신의 고통과 상처를 특권화할 수 있다. 적어도 이곳에서는 "세상이 내 기분대로 흘러간다".

화자는 자신의 상처를 확인하고 마음껏 드러내 보이며 흘러가는 대로 흐르다 집으로 돌아간다. 그리고 그 치유의 끝에는 개의 허기를 돌아볼 줄 아는 여유를 지닌 보다 갱신된 '나'가 있다. 진한 슬픔의 정서를 다루고 있다는 점에서 엘레지 같기도 한 이 시에서 독자가 힐링의 서사를 발견하게 되는 것은 어쩌면 당연하다. 치유라는 것은 상처와 그것의 회복을 전제로 하기 때문이다. 무수한 억압 속에서 자신의 내면을 들여다볼 기회조차 잃어버린 도시인에게 온전한 '나'를 확인하고 드러내 보이는 이원하의 시는 그 자체로 힐링의 경험이 된다. 특히 우리 세대에게 제주의 자연은 도시적 삶 속에서 잃어버린 '나'를 회복하기에 더없이 좋은 장소로 인식되는 곳이기에 이원하의 시는 우리의 무의식이 지향하는 어떤 삶의 구체적 재현으로 읽힐 가능성이 크다. 여기서 중요한 사실은 독자 대중의 궁극적인 욕망은 읽을 것을 통해 자기 자신을 찾고 정립하는 일이라는 것이다. 이원하 시의 화자는 그러므로 곧 '나'(자기)가 된다. 이러한 동일시의 욕망은 이원하의 시집을 구매하는 가장 중요한 동력으로 작용한다.

5

이 글을 구상하고 발표한 후, 이원하의 시집이 2020년에 가장 많이 팔린 시집 중 한 권에 선정되었다는 소식을 접하게 되었다.[16] 이러한 독자 대중의 호응은 상품으로서 존재하는 문학의 존재 양식을 분명하게 드러냄과 동시에 대중이 시를 읽고 구매하는 하나의 경로인 감정적 독법에 대해 사유하게 한다. 시집을 구매하려는 대중 독자는 시집의 제목과 표지 디자인, 차례 그리고 시집의

---

16 인터넷 서점인 '알라딘'의 집계에 따르면 2020년에 출간되어 그해 가장 많이 팔린 시집은 『너와 함께라면 인생도 여행이다』(나태주, 열림원), 『제주에서 혼자 살고 술은 약해요』(이원하, 문학동네), 『이별이 오늘 만나자고 한다』(이병률, 문학동네), 『여름 언덕에서 배운 것』(안희연, 창비), 『사람은 왜 만질 수 없는 날씨를 살게 되나요』(최현우, 문학동네) 순이었다.

한두 페이지 정도를 가볍게 넘겨 보는 짧은 시간에 무수한 감정의 교차를 경험하며 이는 시집을 구매하는 직접적인 동력으로 작용한다. 이원하의 시는 솔직함과 진정성을 전면에 내세우며 읽는 이와 적극적으로 소통을 시도한다는 점에서 독자 대중의 관심을 불러일으켰다. 많이 팔리는/읽히는 문학이 반드시 좋은 문학이라고는 할 수 없을 것이다. 그러나 쓰는 행위와 읽는 행위의 균형점을 회복하는 일이 우리 시의 현재적 좌표에서 방점을 찍어야 할 부분이라는 점만은 분명하다.

시와 시인 그리고 플랫폼

이병국

1

얼마 전, 신인 작가에게 술자리 참석 강요 등 위계 권력을 행사했다는 논란에 휘말린 시 전문 문예지 발행인(시인)이 자신의 SNS에 입장문을 발표하곤 문예지를 폐간한 사건이 있었다. 이 사건에 특별히 더 관심을 두게 된 지점은, 젠더 감수성이나 위계에 의한 권력 남용이라는 측면도 있겠으나 발행인이 자신의 잘못을 이유로 문예지를 폐간한 정황에 있다. 이러한 정황은 문예지를 발행인 개인의 사적 소유물로 인식하는 오류에서 비롯된다. 한국시인협회장을 지낸 김종해 시인은 이 상황에 대해 "시지 하나 만드는 데 많은 자기 헌신이 들어간다. 돈 벌려고 만드는 게 아닌데 젊은 시인들이 좋은 마음을 갖지 않고 비판적인 시각부터 갖는 것은 잘못됐다"[1]고 입장을 내놓았다. 그런데 인용문에 담긴 "자기 헌신"이 자꾸만 눈에 밟힌다. "돈 벌려고 만드는 게" 아니라면, 그 정도에 그친다면, '시지'를 만드는 일에는 "자기 헌신"이 따를 수 있

1　나원정, 「사적 질문에 술자리 강요?… '위계권력' 논란에 '시인동네' 폐간키로」, 중앙일보, 2020. 7. 26.

겠다. 하나 이 경우에도 돈을 벌 수 없는 문예지를 만들면서까지 발행인이 추구하는 가치가 무엇이었는지를 되묻지 않을 수 없다. 그것은 시 전문지를 통해 발표되는 작품들로 시단의 질적, 양적 팽창을 꿈꾸는 것일 수도 있고, 다른 어떤 긍정적 효과를 창출하고자 함일 수도 있다. 하지만 발행인과 문예지가 동일시된 상태라면, "자기 헌신"의 긍정은 문예지가 지닌 힘이 배태한 권력의 부정적 '자기애'로 전락할 수도 있지 않을까. 이 문예지는 매년 상반기와 하반기 두 차례 신인문학상을 통해 시인과 평론가를 배출하였다. 그것은 무슨 이유일까. 그만큼 (기준은 다르겠지만) 좋은 작품을 쓰는 작가들이 많기 때문일 수도 있겠으나, 정말 그런지는 의문이다. 일종의 생사여탈권 혹은 문단의 진입을 허락하는 권력을 향유하는 마음은 없었던 것인지 질문을 할 수밖에 없다. 발행인이 보여준 행동이나 최근 미투 운동 등으로 폭로된 양상을 보면 여기에 호의적인 대답을 하기는 어렵다.

그것이 하나의 권력이 될 수밖에 없는 것은 알다시피 시를 써서 생계를 유지하는 것이 불가능하기 때문일 수도 있겠다. 덧붙여 시를 발표할 지면을 확보하기가 어려울 정도로 활동하는 시인의 수에 비해 현저히 적은 지면과 시 청탁 제도의 문제 등도 이유가 될 수 있을 것이다. 그 외 여러 문제와 관련해서 이미 많은 수의 문예지들이 특집으로 다루기도 했으니 반복할 필요는 없겠다. 다만, 그런 사정에도 불구하고 시를 쓰고 이를 향유하고자 하는 시인들이 꾸준히 증가하는 것은 주목할 만하다.

한국문화예술위원회가 2015년 문예지 지원 사업을 축소하면서

『세계의 문학』『문예중앙』『작가세계』와 같은 여러 문예지가 폐간했다. 그럼에도 2017년 발간한 〈2017 문예연감〉을 보면, 2016년 문예지의 수가 670종에 달한다고 한다.[2] 이 중에서 우리가 알고 있는 문예지는 몇이나 될까. 생각보다 그리 많진 않을 것이다. 이런 상황에서 문예지를 발간하여 이익을 낼 수 있는 곳은 극히 적거나 혹은 아예 없을 수도 있다. 자본주의 사회에서 이윤을 낼 수 없는데도 문예지를 만드는 이유는 무엇일까 고민해볼 수밖에 없는 지점이다.

문예지 시스템은 최근 독립잡지 등 새로운 플랫폼이 만들어지는 와중에도 축소되기보다는 다른 방식으로 확대되는 추세이다. 문학 생태계를 유지한다는 점에서 "자기 헌신"은 소중한 가치일 수 있지만, 흔히 이야기하는 메이저 문예지가 출판을 겸하면서 책을 통해 얻은 이익을 문예지에 투자하고 이를 바탕으로 다시 작가들을 홍보하고 의미화하면서 단행본 판매를 끌어내는 과정은 "자기 헌신"과는 다른 구조일 것이다.

구체적인 숫자는 찾아봐야겠지만, 일반적으로 저 많은 문예지 중에서 가장 높은 비율을 차지하는 것은 시 전문지이다.[3] 그들 역시 이윤을 낼 수는 없다. 그렇기 때문에 정기구독으로 원고료를 대체하길 원하는 문예지도 있는 것이 아닐까. 이를 타개하기 위해 흔히 말하듯 '등단 장사'가 이루어지는 것이기도 하겠다. 언급하기

---

2   2016년 발행된 문예지는 670종 1853권이며 2017년에는 715종 1956권이다. 「문학 분야 창작 발표 및 유통 확대를 위한 공공 플랫폼 제2차 좌담」, 『문장 웹진』 2020년 1월호 중 김지윤의 자료 참조.

는 어렵지만, 특정 출판사의 경우, 기획 출판과 자비 출판으로 이원화된 시집 출판이 이루어지는 것도 유사한 맥락이라고 볼 수 있다. 상황이 이렇다 보니 지면 확보를 위해 시인들은 원고료 없이도 시를 발표할 수밖에 없는 경우가 생긴다. 그만큼 독자와의 소통을 갈구하는 것이다. 지역에서 활동하는 시인들의 경우는 말할 것도 없다.

이런 상황에서도 시는 꾸준히 창작된다. 각 대학의 문예창작학과와 각종 문화센터와 창작교실, 전국 성인문해교육 프로그램과 SNS 등 수많은 곳에서 시가 창작된다.[4] 시를 출간하는 출판사도 그 수가 늘어나고 있다. 매해 수십 명의 시인이 등단하며, 비등단 시인도 활발하게 활동하는 추세이다. 유쾌한 현상이라고 생각한다. 신춘문예나 문예지 신인상을 통해 등단한 이들에게만 시인이라는 호명을 붙일 필요는 없으니까 말이다.

3　"문학 활동 장르별 종사자 비율을 보면 시가 46%로 가장 많고, 소설 20%, 수필 11%, 아동문학 15%, 평론 3%, 희곡 0.7%입니다. 그런데 복수 응답으로 그동안 활동한 문학 장르를 모두 기재하게 했을 때, 시 78.4%, 소설 36.2%로 높아집니다. 타 문학 장르를 병행하거나 장르 전환을 한 문학인들이 많다는 것을 추정할 수 있습니다. 한 분야에만 종사해서는 문학 생태계에서 존립이 어려운 점이 있을 것입니다. 연령별로 살펴보면 시와 수필은 나이가 많을수록 그 비율이 커졌고, 소설은 그와 상반되게 20, 30대의 비중이 높았습니다." 같은 글.
4　영화 〈칠곡 가시나들〉(김재환, 2019)과 〈시인 할매〉(이종은, 2019)는 글을 배우게 되어 시를 쓰는 할머니들의 모습을 담기도 했다.

2

    2000년대 들어 미래파로 불린 일군의 시인들이나 흔히 젊은 시인들이라고 지칭되는 시인들의 난해한 시는 그 나름대로 자신의 역할을 수행하는 한편, 2010년대 들어 미디어에 노출된 시인들의 시가 대중들에게 시의 접근성을 낮춰준 일은 다른 의미로 중요한 점을 지시한다. 게다가 'SNS 시'라고 일컬어지는 감각적인 시 역시 대중의 공감을 불러옴으로써 시가 '아우라'에 둘러싸인 것만은 아님을 알게 해주었다는 측면에서 의미가 있다. 덕분에 교과서에서나 접할 수 있었던 시는 미디어와 각종 온라인 플랫폼 혹은 구독 서비스 등을 통해 접할 수 있는 트렌디한 것이 되었고 시인 역시 경외감을 느끼게 하는 저 멀리 어딘가의 존재가 아닌, 쉽게 다가갈 수 있는 존재이자 지금 이곳의 우리와 다르지 않은 존재로 인식할 수 있게 되었다(고 본다).

   그렇다면 지금 여기, 시인의 자리는 어떠한가. 시와 시인의 '아우라'가 옅어졌다고 해도 시가 사회에서 유통되는 방식은 그리 긍정적이지만은 않다. 시집을 발간한다고 해도 그것이 소비되는 시장은 협소하기만 하다. 이는 문학 시장 전반의 문제이긴 하지만 몇몇 미디어 셀러를 제외하고는, 아니 미디어 셀러조차도 시집 판매가 시인의 생계를 해결해줄 정도는 아니다. 10%의 인세를 받는 사정을 고려하면 기본적인 생계를 유지하기 위해서 1년에 몇 권을 판매해야 하는지 대충 감이 잡히지만, 그만큼 판매되는 시집은 없다고 보는 게 옳다. 한국고용정보원에서 발표한 '2018 한국의 직업정보'의 소득별 직업 순위에서 시인은 연봉이 가장 낮은 직업 2위를 차지했다.[5] 이 발표에 따르면, 시인의 2018년 연봉은 1209만 원이었다. (오죽하면 "시인을 '12번째 선수'로 영입하자"라는 농담조의 스포츠 칼럼이 실리겠는가.)[6] 한 달에 100만 원을 벌지 못하는 것인데, 이 정도만 해도 준수한 수준이라고 할 수 있겠다. 물론 이때의 수입조차 문예지 시 발표와 시집 판매만으로는 불가능하다는 점을 간과해서는 안 된다. 사회문화적 지위에 비해 시와 시인의 생존 환경은 열악하기만 하다.

넋두리를 위한 자리가 아닌데 쓸데없이 긴말이 이어지는 것은 필자 역시 시를 써서 생계를 유지해야 하는 처지이기 때문일 것이다. 소비자의 욕망을 불러오지 않는 상품은 도태되기 마련이다. 시를 상품이라고 보아서는 안 된다고, 문화적 공공재로 보아야 한다고 주장하는 것은 심정적 위안은 될지언정 실제적 위로가 되지는 못한다. 오히려 독자 대중에게 시가 쉽게 접근 가능한 대중적 매체로 적정한 가격을 지불하여 구매·소비되는 상품이 되지 못하게 가로막는 장애가 될 따름이다. 어떻게 하자고 이야기할 능력은 없으니 이러한 넋두리는 여기서 차치하도록 하자.

시가 독자 대중에 쉽게 접근할 수 있는 환경을 조성하는 것도

5　1위는 연봉 1078만 원의 자연 및 문화해설사였고 그 뒤를 시인, 소설가, 연극 및 뮤지컬 배우, 육아 도우미, 방과 후 교사가 이었다. 민준기, 「"한 달에 고작 100만원"…우리나라에서 평균 소득이 가장 낮은 직업 5가지」, 인사이트, 2020. 6. 26. 이런저런 뉴스를 보면 시인의 수입은 직업군에서 최하, 차하의 수준을 늘 유지한다.

6　송강영, 「시인을 '12번째 선수'로 영입하자」, 국제신문, 2019. 7. 31.

중요하다. 다양한 관계를 형성하고 그로부터 다음을 모색할 수 있기 때문이다. 그러나 시의 소비적 행위에 대해서는 논의를 해볼 필요가 있겠다. 인터넷 공간에서 시를 소비하는 방식은 그리 바람직하지 않다. 문화적 다양성이란 측면에서 활발한 소통이 가능할 수 있을지언정 그것이 유통으로 연결되지 않기 때문이다. 시집의 판매는 대략 시를 쓰고자 하는 이들의 소비에 의존한다고 보는 게 타당할 것이다. 대체로 전국의 문창과, 국문과 전공자의 일부에 국한된다고 보는 게 옳다. (다른 교육기관에서도 소비되는 부분도 있으나 지속적이고 유의미한 소비 패턴인지는 모르겠다.) 이는 시의 소비가 결국 시를 생산하는 자에게 국한되어 발생한다는 점을 짐작할 수 있게 한다. 쓰는 자와 읽는 자가 동일한 셈이다. 그런 이유로 시는 물질적 자본으로 확장될 가능성보다는 일종의 상징 자본으로 인식되는 데 머물러 있다. 문화센터나 성인문해교육 등을 통해 시를 쓰는 일이 가능한 것 역시 그것이 일종의 상징 자본으로 작동하며 '시를 쓰는 나'라는 자존감과 자족감을 주기 때문이다. 부정적으로 이야기하는 것이 아니다. 돈도 안 되는 자학 속에서도 다른 무언가를 얻을 수 있다는 것만으로도 시는 의미를 지닌다.

3

　　다른 무언가는 무엇을 의미하는 것일까. 이를 개인적 만족의 층위에서 사유할 수는 없을 것이다. 역사적 층위에서 시는 일종의 저항적 언술을 위한 수단이며 정치적 장소로 기능했다. 개인의 서정을 노래하는 시조차 그렇게밖에 발화될 수 없는 사회적 상황에 대한 비판적 기능을 수행한다고 볼 수 있다. 시는 목적이자 수단이라는 이중적 지위를 차지하며 활자화된 책을 넘어 거리에서 향유되는 것이기도 하다. 조금 더 생각해보면 그것은 상처를 잡아 뜯는 고통의 쾌감처럼 보이기도 한다. 시가 놓인 장소가 그 자체로 향유되기보다는 사회적 맥락 속에 놓임으로써, 어떤 희생을 담보하고 있는 것처럼 보이기 때문이다. 이는 SNS를 중심으로 한 시의 놀이와도 관련을 맺을 수 있겠다. 일종의 커뮤니티에서 시가 향유되는 방식이 그것인데 이는 공론장의 허울 속에서 폐쇄적인 독자를 양산하는 데에 그칠 위험이 농후하다. 어찌 보면, 다양한 양상으로 시가 소비·향유되는 것으로도 읽을 수 있으나 제한적인 독자와의 소통이라는 울타리에 갇혀 있다고 볼 수 있겠다.

여기에서 벗어나기 위해 시인은 시를 들고 직접 독자를 찾기도 한다. 이 행위는 시대적 요구에 호응하는 정치적 행위나 SNS의 폐쇄적 커뮤니티의 말초적 흥미를 넘어 나와 너의 직접적 소통이 된다. 이는 "기성의 문학 제도의 틀을 비트는 움직임"[7]인 셈이다. 이 움직임은 팟캐스트와 무크지, 낭독회나 브이로그, 메일링을 통해서 이루어진다. "문학의 순수성과 숭고성을 훼손하고 문학을 일종의 놀이로 격하"[8]한다는 비판이 있지만, 순수성과 숭고성이 시와

---

[7] 김태선, 「밀레니얼 세대 작가의 삶: 작가의 표상과 삶, 그리고 글쓰기의 환경에 관하여」, 『내일을여는작가』 2020년 상반기호, 44쪽.

[8] 같은 글, 같은 쪽.

시인을 '아우라'라는 관념적 장벽 안쪽에서 죽어가게 하는 것일 수 있음을 간과해서는 안 된다. 기성의 요구 바깥으로 나가 새로운 장소로 이동함으로써 시와 시를 쓰는 자신을 사람들과 나누는, "삶을 회복시키는 움직임"[9]을 가능하게 하는 것이다.

시가 특정한 소수 생산자가 생산하여 불특정 다수의 소비자를 향하는 미디어의 기능을 수행해온 것이 사실이다. 물론, 이는 시를 수단으로 보는 관점에 기반을 둔다. 그 자체로 하나의 상품이라기 보다는 시인의 사상, 세계관 등을 담아 전달하는 매체로 볼 때 그렇다는 것이다. 이를 좀 더 밀고 나가 생각해보면, 시라는 것은(더 나아가 문학이라는 것은) 미디어로서 존재하며 그 안에 담긴 시인의 사유를 독자라는 소비자에게 전달되게끔 하는 매개에 불과할 수 있다.

과거의 시는 특정한 의미를 지닌 채 그것이 환기하는 말들에 의해 구축되는 장소로 존재했다. 하지만 시는 특정한 장소로 고착되지 않는 성질을 지닌다. 그것은 제멋대로 유랑하며 이리저리 떠돈다. 시는 언제든 떠날 준비가 되어 있으며 시인으로 하여금 자신을 둘러싼 세계의 상투적인 상상으로부터 떠날 수 있도록 매개하는 역할을 수행한다. 이를 마르크 오제가 말한 '비장소'라고 말할 수는 없을까. 그 자체로 고정된 의미를 지니는 것이 아니라 그것이 맺는 관계에 의해 언제든 변화 가능하며 그것을 둘러싼 말이나 텍스트에 따라 이동 가능한 '의무에서 자유로운 구역'으로서의 '공

9   같은 글, 45쪽.

동의 정체성'을 창조할 수 있는 것처럼 말이다.[10] 시는 시인에게 고착된 것도 아니며 특정한 상징 자본의 힘이 작동하는 공간도 아니다. 그것은 일시적인 관계 맺음을 통해 정체성을 부여하고 그에 따라 자유로운 의미를 향유할 수 있는 경험 그 자체가 된다.

그런 점에서 시는 하나의 플랫폼으로 기능한다고 볼 수 있다. 다른 작업을 위한 플랫폼이자 보다 일시적이고 자유로운 개방성의 공간. 물론, 이는 문예지라는 장소에 기입되기 어려운 상황 속에서 비롯된 돌파구의 하나일지도 모른다. 하나 김태선이 읽어낸 것처럼 밀레니얼 세대 작가가 새롭게 써나가는 작가 표상과 글쓰기 환경에 기인한 것에 가깝다고 할 수 있다. 여기에 덧붙이자면, 이는 단지 밀레니얼 세대 작가만의 것도 아니다. 나와 너의 직접적 소통의 놀이만으로 시를 플랫폼이라 말하는 것은 세대론적 관점에서 제한적으로 바라보는 측면이 있으며 시를 둘러싼 각종 움직임에 내재한 욕망을 간과하는 면도 있기 때문이다.

---

10 "언어상의 은밀한 합의, 준거가 되는 경관, 삶의 기술에 대한 정식화되지 않은 규칙을 통해 '인류학적 장소'를 만드는 것이 바로 어떤 사람들과 그 타자들의 정체성이었던 반면, 승객, 고객, 혹은 일요일의 운전자들 사이에 공동의 정체성을 창조하는 것은 바로 비장소다. 아마도 이와 같은 일시적 정체성과 결부된 상대적 익명성은 잠시 동안 줄을 서고, 자기가 있어야 할 자리에 있고, 자기 외모를 점검하기만 하면 되는 사람들에게는 일종의 해방으로까지 느껴질 수도 있다. 의무에서 자유로운 구역(Duty free). 자신의 신원 혹은 정체성(여권 혹은 신분증에 나와 있는)을 확인받자마자 다음 비행편을 기다리는 승객은 '면세' 공간으로 달려간다." 마르크 오제, 『비장소 : 초근대성의 인류학 입문』, 이상길·이윤영 옮김, 아카넷, 2017, 122쪽.

4

흥미로운 시도들이 많이 이루어지고 있는 요즘이다. 그것을 "신자유주의 경쟁 체제가 소외시켰던 인간의 삶을 회복시키는 움직임"[11]이라고도 볼 수 있겠지만, 시인으로서 생존에의 열망과 인정 욕망이 결합된 움직임이라고 보는 것은 너무 억지를 부리는 행위일까. 그 위험을 무릅쓰고 이야기해보고자 한다.

앞에서 언급했듯이 문예지는 이익을 내기 어려운 구조로 되어 있다. 그러므로 문예지는 문학 공공재를 유통하는 공적 지위를 수행하는 한편, 사적 이윤을 창출하기 위해 특정 작가들을 호명하여 상품화하기도 한다. 이를 문예지의 문학성이 작동하는 방식이라고도 할 수 있겠다. 특히 출판을 겸업하는 메이저 문예지의 힘은 그 자체로 특별한 권력이 작동하지 않는다고 해도 그들의 역사와 전통을 습작기부터 내면화한 이들에게 무시할 수 없는 힘으로 작용한다. 중요한 점은 문예지로부터 호명되어 그곳에 시를 싣는 것이 그 자체로 완결된 것일 수는 없다는 점이다. 더 나아가 그곳에서 시집을 출간하여 대중적 인지도를 쌓는 일이 요구된다. 앞에서 말했듯이 시집의 소비자는 시를 쓰고자 하는 이들 중에서도 특정 부류에 제한된 경향이 크기 때문에 그들이 소비하는 시집의 절대량은 확장성을 지니기 어렵다. 그나마 그렇게라도 (소수의) 대중성을 확보하게 되면, 다음 행보가 수월해진다.

---

11 김태선, 앞의 글, 45쪽.

모든 길은 로마로 통한다는 말처럼 우리나라의 사회, 정치, 경제, 문화는 서울이라는 중앙으로 통한다. 메이저 문예지는 그런 점에서 중앙 문예지라고 불리기도 한다. 지역에 기반을 둔 문예지보다는 한층 운용의 미를 살릴 수 있기 때문이다. 그 운용의 미는 그것을 활용하고자 하는 이들을 통해 의미를 지니며 권력화된다. 권력의 실체가 존재하느냐, 하지 않느냐는 중요하지 않다. 권력은 스스로 부여하는 것이 아니라 부여되는 것이기 때문이다.[12] 그러나 비판적 담론을 상실한 권력은 출판사의 하위 파트너로서 자리매김하게 된다.

이 무슨 하나 마나 한 소리인가. 그럼에도 불구하고 이 말을 하는 이유는 권력의 실체가 없다는 것은 그것으로 무엇인가를 도모하기가 어렵다는 것을 말하기 위함이다. 물론 그곳에서 시집을 출판하면 분명 이후의 활동을 모색하기가 수월하다. 달리 말하면 문예지라는 장소가 역사와 전통을 지닌 장소의 기능을 상실하고 단순한 매개체로 전락했음을 의미한다. 당연한 말이겠지만, 이곳은 시인이 도달해야 하는 혹은 도달하고자 하는 종착지가 아니다.

---

12 "문예지는 등단, 청탁, 작품집 발간, 비평적 평가, 문학상 수여와 같은 역할을 통해 구성원들에게 명망과 권위를 부여하는 문학장의 중추가 되었다. (……) 이들은 특정 작가와 작품을 정전화하는 한편 문학사적 계보를 만들어내기도 했다. 천민자본의 무분별한 공략과 독재 권력의 탄압 속에서 민중과 민족이라는 정치적 주체성을 구성하는 연합체로서, 불충분하고 불합리한 근대화 과정에서 드러난 반지성의 야만적 풍토를 극복하는 자유주의적 지성의 보루로서, 당대 문예지의 역할은 다대하고 막대한 것이었다." 전성욱, 「엘리트주의를 넘어 독자 중심으로」, 『문학선』 2020년 가을호, 51쪽. 이러한 긍정적인 역사와 전통은 출판 산업에 종속되어 그 독립성을 상실하고 자사의 문학 출판 경향을 합리화하고 홍보하는 방향으로 변질된 담론을 생산하며 (상대적으로) 거대한 출판 권력의 지위를 부여받는다.

그렇다면 발표한 시들을 묶은 시집은 어떠한가. 시를 쓰는 이들이 많아지는 것은 유쾌한 현상이라고 앞에서 이야기했지만, 그들이 묶는 시집은 단순히 유쾌하게만 바라볼 수는 없다. 등단한 시인이면서 이미 시집을 한 권 낸 이가 우려하는 밥그릇의 문제가 아니다. 가치 평가가 되지 못한 채 소비되더라도 시집이 많이 나오는 것 역시 어떤 면에서 유의미한 일일 수 있다. 다만 그것이 등단 장사와 결부된 일종의 자족감, 자존감의 영역에 머무르게 될까 우려스러운 것도 사실이다. 이것도 다 쓸데없는 기우에 불과할 수 있다. 누구 말마따나 시장은 전지전능하여 스스로 자정할 수 있는 시스템일 테니까 말이다. 하나 시집을 출판하는 일은 관습화된 예술가의 전형으로 간주되는, 문학적 상징 자본을 획득하는 보다 구체적 물성으로 작동한다. 이 물성이 독자의 손에 쥐어지는 일은 생각보다 적으며 그로 인한 좌절감은 또 다른 자학을 불러올 수 있다.

시집을 내고자 하는 것은 이른바 '세계의 자아화'를 실현한 그 증거를 독자에게 전하고자 함에 국한되지 않는다. 출판의 결과물인 시집은 시 쓰는 이를 시인으로 호명하는 것을 넘어서 시인에게 다른 가능성을 지향케 한다. 그런 점에서 시집 역시 다른 작업을 위한 일종의 플랫폼이라 할 수 있겠다. 물성을 지닌 책으로 시집이 머무는 것이 아니라 이를 바탕으로 세계의 다른 자아와 만날 수 있는, 다른 자아가 될 수 있는 곳으로 떠나게 하는 비장소로 기능하는 것이다.

5

　그렇다고 비장소가 장소가 아닌 것은 아니다. 기차역이나 공항 혹은 백화점과 대형마트가 비장소의 기능을 수행하지만, 그곳은 그것 자체로 하나의 장소로 존재하며 '공동의 공간'으로서 우리의 경험을 역사적으로 고정시킬 수 있기 때문이다. "거기엔 아직도 한편으로는 수동성과 불안, 그리고 다른 한편으로는 모든 것에도 불구하고 희망, 혹은 적어도, 기대 사이에서 분열된 우리 시대의 이미지를 본뜬 유토피아의 조각들이 있다."[13] 그것을 어떠한 방향으로 감각하고 맥락화하느냐에 따라 다르게 수용될 수 있다.[14] 역사와 전통은 한순간에 사라지진 않는다. 그러니 시집을 미디어라고도, 플랫폼이라고도 볼 수 있는 것이다. (방어적 자세를 취하는 태도일 수도 있겠다.) 그러나 이 글에서 주목하고 있는 부분은 메시지를 전달하는 시집의 미디어적 속성이 아닌 그것을 활용하고자 하는, 시집을 전유하여 태세 전환을 시도하려는 시인의 욕망에 기반을 둔다.

　시를 쓰고 발표하여 시인이라는 상징 자본을 획득한 시인에게 더욱 분명한 자기 증명은 시집을 출간하는 일이다. 이 시집이 대중적 인기를 끌고 판매로 이어져 인지도를 높인다면 좋겠지만, 그것은 쉬운 일이 아니다. 몇 가지의 제약, 단순하게는 시가 좋아야

---

13 마르크 오제, 앞의 책, 171쪽.
14 절충주의라고도 할 수 있고 고도의 유연성이라고도 할 수 있겠다.

하고 사회적 의미를 지녀야 하며 비평적 평가가 따를 만해야 한다는 점도 있을 수 있고, 앞에서 이야기했듯 존재하지 않으면서 존재하는 문학 권력의 호명을 받아야 할 수도 있다. 그러나 대부분 무엇도 획득하지 못하는 것이 현실이다. 그런데도 시집을 출간하고자 하는 이유를 어떻게 볼 것인가. 아무도 알아주지 않는 자신을 알리고자 하는 능동적 행위일 수도 있고, (눈 씻고 찾아봐도 찾기 어려운) 예술가로서 자신이 세계에 기입되길 바라는 수동적 행위일 수도 있다. 이러나저러나 '돈도 안 되는' 시집을 낸다고 해서 달라질 것은 없다. 차라리 다른 일을 구하는 것이 좀 더 나은 행동으로 보이기까지 한다. 하지만 시인이고자 하고 시집을 내고자 한 이상, 다른 방향을 향해 나아갈 수밖에 없다. 그렇기 때문에 시집이 상품이 되든, 제품이 되든 중요한 것은 그것을 전유하여 '유토피아의 조각들'을 붙잡으려는 행위에 있다.

흥미로운 점은 그 행위가 두 가지 방향으로 나뉜다는 것이다. 하나는 사회적 제도 안으로 들어가 그것이 요구하는 데 복무하는 일이고 다른 하나는 제도 바깥을 상상하고 이를 수행하기 위해 새로운 제도를 만들어내는 일이다. 후자는 앞에서도 이야기했듯 메일링과 브이로그 혹은 팟캐스트와 유튜브, (여러 종류의) 낭독회 및 강연을 통해 새로운 시적(문학적) 장소를 창출하는 데 있다. (낭독회와 강연을 제외하고) 온라인 플랫폼을 활용하는 이러한 움직임은 기성문단의 제도로부터 탈영토화하여 자신만의 영토를 재구축하려는 욕망의 발로인 셈이다. (낭독회와 강연 역시 홍보는 온라인 플랫폼을 통해 이루어진다.) 전자는 국가 및 단체의 지원 사업을 신청하여 그들의 요구를 충실히 따르는 데 있다. 이는 일종의 복지 프로그램의 일환이며 도서관과 서점 등과 연계하여 진행된다. 시집 출간은 이 경우 지원을 위해 필요한 조건이 된다. 부정적인 시선으로 보면, 이 경우 시집은 독립적 지위를 확보하지 못하며 지원을 위한 도구로 전락한다. 위계적인 제도의 시혜를 받들기 위한 도구. 하지만 다른 관점에서 보면, 이는 또 다른 방식의 재영토화를 가능하게 하는 수단이 된다. 시를 써서 자신을 알릴 수 있도록 돕는 문단의 제도적 장치를 구하기 어려운 시인들에게 소통의 숨구멍을 틔워주는 셈이다. 이를 어떻게 활용할 것인지는 개인의 역량에 달려 있겠지만, 그 기회의 장소에 설 수 있게 되는 것만으로도 시인은 시집을 출간하고 이를 전유하여 시스템의 제도 안으로 들어가 보다 넓은 확장성을 지니게 된다. 당장 팟캐스트와 유튜브를 활용하거나 메일링 서비스를 할 수 없는 이들에게 (특히 중앙과는 먼 지역의 이들에게) 이는 실낱같은 기회인 셈이다. 문학 환경의 변화는 문학을 하는 이에게 동등하게 영향을 미치지 않는다는 점을 고려하면 더욱더 중요한 일일 수밖에 없겠다.

그러나 이러한 활동들 역시 지속적으로 생계를 책임져주진 않는다. 그저 일회성 지원에 그치는 경우가 대부분이다. 당연한 이야기겠으나 이러한 지원을 수용하는 이들도 이를 통해 돈을 많이 번다거나 대중적 인지도를 급작스럽게 올릴 수 있을 거라는 허황한 목표를 꿈꾸지 않는다. 그저 쓸 수 있는 시간을 벌기 위한 찰나의 여유를 희망하는 것이다. 하지만 이조차 구하기 어려운 것이 현실이다. 유토피아를 꿈꿨지만, 손에 쥔 것은 그것의 작은 조각일 따름이다. 실재하지 않는 유토피아를 바라보며 자신을 전시해 봐야 얻을 수 있는 것이라곤 그로부터 벗어나 있는 자신의 현재일 뿐이다. 너무 비관적이고 자폐적인 인식일까.

6

시를 쓰고 시집을 내는 것으로는 시인의 표상을 구성할 수 없는 시대다. 그 안에서 "끊이지 않는 인간과 세계의 고통 앞에서 문학은 무엇을 해야 하는가, 또 어떻게 써야 하는가라는 메타적인 물음"[15]을 수행할 수 있다면 좋으련만, 내 눈앞의 현실은 고통이기만 하다. 어쩌면 그 덕분에 더욱 분명하게 세계의 문제가 '나'의 문제로 투영되어 시라는 것에 투신할 수 있는 것인지도 모르겠다. 하지만 자신의 죽음을 전제하는 투신은 자신이 설정한 환상에 매몰될 위험이 농후하다. 그런 이유로 "문학은 여전히 삶에서 가장 중요한 것이라 여겨지지만, 그럼에도 그 가치가 '나'를 앞서지는 않는다. 나아가 문학은 가장 중요한 것으로 여겨지더라도 '나'의 여러 활동 중 하나일 뿐이다"[16]라는 말을 간과해서는 안 된다.

시인의 표상은 시인의 현실적 행위로 인해 의미를 얻는다. 그리고 시는 시인의 행위를 가능하게 하는, 심층적 경험 과정으로서

---

15 김영찬, 「고통과 문학, 고통의 문학 : 한강의 『소년이 온다』와 「눈 한송이가 녹는 동안」을 중심으로」, 『문학이 하는 일』, 창비, 2018, 212쪽.
16 김태선, 앞의 글, 35~36쪽.

존재의 내부를 구성한다. 그것은 특정한 문화적 의미로 이미 주어진 것이라기보다 개방적인 경험으로 향유되는 것이다. 이때의 경험은 시를 둘러싼 관계들의 총체 속에서 이루어지며 새로운 삶의 가능성으로 시인을 이끈다.

수많은 존재와 어우러져 교류하는 삶은 시라는 형태로 재현된, 책상 위의 고독을 매개로 이루어져왔다. 통상적으로 다른 존재와의 유대를 창출하며 시인의 정체성 준거로 작동하는 시라는 장소는 전통적 개념의 바깥을 모색해야 하는 상황에 놓였다. 시는 일종의 거울로 시인을 비춘다. 거울을 통해 현실과 가상을 잇고 자기 자신을 대면하게 한다. 그것이 비록 누추하고 볼품없는 모습일지라도 거울 안에서 "내가 없는 곳에 있는 나"[17]를 보고 "내가 있는 곳에서 자신을 다시 구성하"[18]도록 이끄는 것이야말로 오늘날 시의 층위가 아닐까. 그럼으로써 시는 영원한 현재로 존재하고 비장소로 기능하여 개인과 전체의 관계를 새로운 국면으로 나아가게 할 것이다.

그렇다면 그것을 어떻게 활용할 것인가의 문제가 남는다. 거대 담론이 사라진 지금 그 자리를 대체하는 것은 소외된 자의 잃어버린 목소리를 되찾는 행위로부터 비롯되지만, 그것조차 현대에서는 문화 자본으로 탈바꿈한다. 이때의 문화 자본은 앞에서 이야기한 상징 자본이 되어 생계를 영위하기 위한 수단이 된다는 점에서

---

17 미셸 푸코, 『헤테로토피아』, 이상길 옮김, 문학과지성사, 2014, 47쪽.
18 같은 책, 48쪽.

문제적이다. 실재가 어떻든, 우리에게 시적 진정성이란 생존에의
강한 욕망의 활용태가 된 셈이다.

막차는 좀처럼 오지 않았다
대합실 밖에는 밤새 송이눈이 쌓이고
흰 보라 수수꽃 눈 시린 유리창마다
톱밥난로가 지펴지고 있었다
그믐처럼 몇은 졸고
몇은 감기에 쿨럭이고
그리웠던 순간들을 생각하며 나는
한줌의 톱밥을 불빛 속에 던져주었다
내면 깊숙이 할 말들은 가득해도
청색의 손바닥을 불빛 속에 적셔두고
모두들 아무 말도 하지 않았다
산다는 것이 때론 술에 취한 듯
한 두름의 굴비 한 광주리의 사과를
만지작거리며 귀향하는 기분으로
침묵해야 한다는 것을
모두들 알고 있었다
오래 앓은 기침 소리와
쓴 약 같은 입술 담배 연기 속에서
싸륵싸륵 눈꽃은 쌓이고
그래 지금은 모두들

눈꽃의 화음에 귀를 적신다

자정 넘으면

낯설음도 뼈아픔도 다 설원인데

단풍잎 같은 몇 잎의 차창을 달고

밤 열차는 또 어디로 흘러가는지

그리웠던 순간들을 호명하며 나는

한 줌의 눈물을 불꽃 속에 던져주었다

　　　—곽재구, 「사평역에서」(『사평역에서』, 창비, 2013) 전문

　시는 이제 비장소의 플랫폼일 따름이다. 그곳에서 개인은 소외되고 수동적인 존재로 이곳과 저곳의 연결망을 따라 헤맬지도 모른다. 타인과의 소통을 꿈꾸고 인정 욕망을 충족하고자 해도 결국은 자기 자신의 얼굴과 마주하곤 흠칫 놀라게 될지도 모른다. 하지만 끊임없이 쓰여지는 시는 대합실의 톱밥난로 불을 타오르게 할 것이다. "또 어디로 흘러가는지" 알 수는 없겠지만, 막차는 언젠가는 올 것이고 모두들 각자의 세계로 떠나갈 것이다. 시라는 플랫폼에 누구든 편하게 왔다 가면 좋겠다. 많은 이들이 이용하다 보면, 그 자체로 그것이 산업화되고 활성화되어 상징적 자본을 넘어 경제적·문화적·사회적 자본이 될 수 있는 것일 테니 말이다. 여전히 생계는 막막하고 생활은 어렵고 주변을 떠돌아도, 유동하는 놀이가 가능한 그 비장소의 장소에서 (저마다의 그리움이 "한 줌 눈물"이 될지언정) 모두가 꿈꾸는 곳으로 떠날 채비를 잘 추슬렀으면 좋겠다.

비정기 비평무크지 요즘비평들 1호

ⓒ 강보원 김건형 박혜진 조대한 김요섭 노태훈
　이　소 이은지 김정빈 김지윤 박윤영 이병국, 2021

초판 1쇄 인쇄일 2021년 10월 25일
초판 1쇄 발행일 2021년 11월 15일

지은이　　강보원 김건형 박혜진 조대한 김요섭 노태훈
　　　　　이　소 이은지 김정빈 김지윤 박윤영 이병국
펴낸이　　정은영
편집　　　정수향 김정은 정사라
마케팅　　최금순 오세미 김하은
제작　　　홍동근

펴낸곳　　(주)자음과모음
출판등록　2001년 11월 28일 제2001-000259호
주소　　　10881 경기도 파주시 회동길 325-20
전화　　　편집부 (02)324-2347, 경영지원부 (02)325-6047
팩스　　　편집부 (02)324-2348, 경영지원부 (02)2648-1311
이메일　　munhak@jamobook.com

ISBN 978-89-544-4779-9 (04810)
　　　978-89-544-4778-2 (세트)